뱀파이어의 매혹

뱀파이어의 매혹

La fascination des vampires

by Jean Marigny

EX CULTURA 엑스쿨투라 03

뱀파이어의 매혹

장 마리니 지음 | 김희진 옮김

문학동네

서문

1부 | 전설 속의 뱀파이어

일러두기

1. 이 책은 Jean Marigny, La Fascination des vampires(Klincksieck, 2009)를 완역한 것이다.

2. 옮긴이 주는 〔—옮긴이〕로 표시해 본문에 삽입했다.

3. 본문에서 인용 후 밝힌 () 안의 출처는 해당 원서의 페이지를 가리킨다.

4. 장편소설, 신문, 잡지는 『』, 단편소설, 시, 논문, 기사는 「」, 영화, 게임, 오페라, 회화는 〈〉로 표시했다.

5. 원어 병기는 가독성을 위해 가급적 삼가하고, 비슷비슷한 제목의 작품들을 구별해주기 위해 주로 작품명에 원어를 병기했다. 자세한 작품 정보는 부록에 밝혀두었다.

6. 외래어 표기는 국립국어원 외래어표기법을 존중하되, 현행으로 굳어진 이름이나 국내 소개된 작품 제목의 경우에는 통칭되는 표기를 따랐다.

   ex) 셀마 하이에크→셀마 헤이엑 | 〈Loves at First Bite〉→〈드라큘라 도시로 가다〉

서문

I 오늘날 문학과 영화에 뱀파이어는 왜 그토록 자주 등장하는가?

21세기 초, 뱀파이어는 친숙한 등장인물이 되었으며 집단적 상상계 안에 깊숙이 자리 잡았다. 우리는 문학이나 만화, 영화, 텔레비전 등에서 뱀파이어와 접한다. 특히 젊은 독자들 사이에서는 미국 소설가 로렐 K. 해밀턴의 '뱀파이어 헌터 애니타 블레이크' 시리즈나 최근 전 세계에서 유례없는 큰 성공을 거두었던 스테프니 메이어의 『트와일라잇Twilight』, TV 시리즈를 소설로 쓴 『버피Buffy』나 『엔젤Angel』 등이 엄청난 인기를 끌고 있다. 매년 뱀파이어를 주제로 한 소설이 수십 편씩 쏟아져 나온다. 대부분 미국에서이지만 유럽과 일본에서도 그 정도가 덜할 뿐 마찬가지이다. 영화 제작사에서는 막대한 예산을 들여 장대한 스펙터클의 영화를 제작하고, 매번 수

많은 관객이 이에 몰린다. 대학에서도 뱀파이어에 관심을 기울이고 있어, 대부분의 서양 국가에서는 뱀파이어를 주제로 한 매우 수준 높고 흥미로운 논문을 종종 접할 수 있으며 학술대회도 자주 열린다.

그럼에도 불구하고 뱀파이어가 진부하고 그리 독창적이지 않은 테마인 이유는, 밤이면 송곳니를 드러낸 채 관 밖으로 나와 보다 손쉽게 움직이며 희생자를 덮치기 위해 경우에 따라서는 박쥐로 변신하고 마늘과 성수를 두려워하는, 피에 굶주린 포식자의 이미지 때문일 것이다. 뱀파이어라는 존재가 문학 속에서 활약하게 된 지는 200년 가까이 되었다. 우리는 그에 대해 속속들이 알고 있고, 뱀파이어는 더이상 우리를 놀라게 하는 존재가 아니다. 존 윌리엄 폴리도리가 상상해낸 귀족적인 유혹자 뱀파이어 루스벤 경에서 드라큘라 백작을 거쳐 스테프니 메이어의 주인공 에드워드에 이르기까지, 최종적으로는 이 모두가 닮음꼴인 그 목록들을 열거하자면 끝도 없으며, 오늘날에 와서는 공포스럽다기보다는 미소를 자아내게 하는 존재다. 프랑스에서 프랜시스 포드 코폴라의 영화 〈드라큘라 Dracula〉가 개봉했을 때, 어느 텔레비전 프로그램의 초대 손님은 "드라큘라가 너무 집에만 틀어박혀 있네요"라고 평했다. 분명 맞는 말이다. 브램 스토커가 상상해낸 드라큘라라는 인물이 약간 시대에 뒤떨어진 감이 있긴 하지만 여전히 온갖 영화, 소설, 만화에 영감을 주고 있다는 점은 부인할 수 없다. 타잔이나 슈퍼맨, 조로 같은 대중문학의 다른 유명한 주인공과 비교했을 때, 드라큘라는 세월의 흐름에도 꽤 굳세게 버티고 있는 편이며, 가까운 미래에 완전히 사라지지 않을 것이 분명하다. 일반적으로 뱀파이어는 환상문학의 주요 모티프 중 하나를 차지하고 있으며, 예전에는 상당히 인기 있던 다른 테마들이 확연히 약세를 보이는 것과는 대조적이다. 악마, 마녀, 유령, 사악한 미라 등 여러 세대에 걸쳐 독자들을 매혹시키고 공포로 떨게 해왔던 다른 소재들은 오늘날 더이상 예전 같은 영향력을 지니지 못한다. 물론 윌리엄 P. 블래티의 『엑소시스트The Exorcist』, 아이라 레빈의 『로즈메리의 아기Rosemary's Baby』, 피터 스트라우브의 『고스트 스토리Ghost Story』 등은 베스트셀러 반열에 올랐으며 영화로 제작되어 판타지 영화의 부흥에 크게 기여했지만 말이다. 오늘날 뱀파이어의 진정한 라이벌은 늑대인간이나 좀비 정도다. 매년 늑대인간을 소재로 한 상당수의 소설이 쏟아져 나오며, 좀비는 현재 영화에서 엄청난 인기를 누리는 소재인데, 이는 부분적으로 조지 로메로를 비롯한 감독들 덕택이다. 그러나 명성이라는 면에서는 앤 라이스의 『뱀파이어와의 인터뷰Interview with the Vampire』를 따라올 만한 소설이 없다. 앤 라이스가 그리 알려지지 않은 작가였음에도 불구하고 소설은 출간 즉시 세계적인 성공을 거두었던 것이다. 이 소설과 그 후속작들을 통해, 그때까지 부진하던 뱀파이어라는 테마는 현대 환상문학과 영화에서 가장 인기 있는 소재로 재부상했다. 코폴라는 1992년 막대한 예산을 들여 유명 배우들을 캐스팅하고 『드라큘라』를 새로이 영화화하여 현대의 신화라 부르기에 모자람 없는 뱀파이어라는 테마에 굳건한 지위를 부여했다.

오늘날 뱀파이어가 지대한 관심의 대상이며, 어떻게 보면 유행을 타지 않는다는 사실은 그 자체로 많은 의문을 제기한다. 특히 중부와 동부 유럽을 중심으로 발달한 미신적인 믿음과 관습이 계몽주의가 꽃피던 시대의 서유럽 지식인들의 모임에서 갑자기 커다란 반향을 일으켰던 이유는 무엇인가? 백과전서파가 이성의 이름으로 이런 믿음을 비난하고 교회 역시 위험한 대상으로 치부했음에도 불구하고, 뱀파이어가 대중의 관심을 끌고, 나아가 시인, 소설가, 극작가들에게 영감을 제공해 주었던 이유는 무엇인가? 생전에는 무명작가에 불과했던 브램 스토커가 소설 『드라큘라』로 사후에 엄청난 명성을 얻고, 이 작품이 끊임없이 개작되어 영화나 텔레비전 화면에 등장하는 것은 어째서인가? 드라큘라와 그 족속들이 그토록 매혹적인 이유, 그들과 자신을 동일시하고 극단적인 경우 그들처럼 행동하려 하는 이들까지 생겨나는 이유는 무엇인가? 이 책은 바로 이러한 질문이자 그에 대한 대답이다.

　　　　　　　　　　　　　　　　뱀파이어의 매혹

1부 | 전설 속의 뱀파이어

2

뱀파이어란 무엇인가?

오늘날 뱀파이어는 아주 잘 알려져 있다. 물론 문학과 영화에서 그리는 뱀파이어의 이미지는 과거의 믿음과 전설이 물려주었던 이미지와는 상당히 다르다. 지금은 누구나 뱀파이어가 피를 마셔야만 살아갈 수 있는 특이한 존재라는 사실을 잘 안다. 인간이 상상해낸 다른 어둠의 피조물들과 뱀파이어를 구분하는 특성이 바로 그것이다. 그러나 명확히 해두어야 할 점은, 인간의 피를 빨아먹는 온갖 종류의 악마나 신에 대한 믿음은 먼 옛날부터 있었지만, 그런 존재들은 엄밀한 의미에서 뱀파이어는 아니라는 점이다. 사실 뱀파이어의 두번째 특성은, 뱀파이어가 악마가 아니라 '살아 있는 시체'라는 점이다. 이는 명백히 역설적인 개념으로, 서로 정반대이며 양립 불가능한 두 단어가 결합되어 있다. 사실 뱀파이어란, 원래 지상에서 누구나처럼 정상적인 삶을 살았던 평범한 인간이 사후에 무덤에서 되살아난 것으로, 낮에는 가사 상태로 누워 있다가 밤이면 깨어나 인간을 덮친다. 유령은 살아 있을 때의 모습을 띤 희미한 형상의 정령에 불과한 반면, 뱀파이어는 확실한 물리적 존재감을 지닌다. 뱀파이어와 그 희생자 사이의 접촉은 전혀 허구적인 것이 아니다. 우리의 꿈과 악몽 속에 나타나는 다른 죽은 존재들과 달리, 뱀파이어는 인간에게 실제로 치명적인 위험을 끼칠 수 있다. 부두교 신앙에서 유래한 되살아난 시체인 좀비는 현대 영화에 나타나는 이미지와 달리 대개 인간에게 해를 끼치지 않는다. 좀비는 공허한 시선을 한 온순한 존재로, 살아 있을 때 자신이 어땠는지 전혀 기억하지 못하며 인간에게 어떠한 적의도 품고 있지 않다. 카리브 지역 전설에 따르면 옛날에는 좀비를 노예로 삼아 농장에서 부릴 수 있었다고도 한다. 싫은 소리 없이 명령에 복종하고 쉼 없이 일할 수 있기 때문이었다. 영화에서 그려내는 '좀비'와 뱀파이어는 분간이 어려울 수도 있는데, 뱀파이어는 희생자를 잡아먹는 일이 결코 없으며 피를 마시는 데 그친다는 점이 다르다. 동화에 나오는 식인귀[ogre], 보름달이 뜨는 밤이면 늑대로 변해 사람을 잡아먹는다는 늑대인간, 반 인간 반 정령의 존재로 시체를 먹고 때로는 인간까지 덮치는 아랍 민담 속의 굴[goule] 등 과거의 민담과 전설에서 태어난 여러 포식자들 중, 뱀파이어만이 유일하게 인간의 피만을 먹이로 삼는다. 가끔 뱀파이어와 굴을 혼동하는 경우가 있는데, 그 이유는 프랑스어에 뱀파이어를 지칭하는 여성명사가 없는 까닭에 19세기에 흔히 여자 뱀파이어를 굴이라 지칭했기 때문이다. 뱀파이어의 세번째 특징은, 흡

　　　　　　　　　　　　　　　　　뱀파이어의 매혹

혈 행위가 전염된다는 점이다. 뱀파이어에 의해 피를 빨린 인간은 마치 치명적인 바이러스에 감염된 것처럼 죽고 나면 역시 뱀파이어가 된다. 이 특징은 요즈음 공상과학 소설가들의 작품에도 반영되어 있는데, 자세한 것은 차차 살필 것이다.

합리성의 시대를 사는 우리에게 뱀파이어 같은 존재가 있을 수 있다는 생각은 완전히 부조리해 보인다. 죽었으면서 동시에 살아 있을 수 있다는 자체를 받아들일 수 없기 때문이다. 게다가 뱀파이어는 육체가 사망했고 생명, 호흡, 혈액순환, 소화 기능 모두가 원칙적으로 작동하지 않는 상태인데, 인간의 몸에서 빨아들인 피가 대체 어떻게 자양분이 되는지 역시 이해할 수 없는 부분이다. 그러나 과거 뱀파이어의 존재를 믿던 이들은 이런 수수께끼를 다양한 방식으로 해명했다. 어떤 이들은 뱀파이어란 죽은 자의 영혼이 안식을 찾지 못했을 때 혹은 어떤 연옥 같은 공간을 피난처로 삼지 못했을 때, 유령의 형상으로 지상을 방황하는 대신 부정한 방식으로 생전의 육신에 다시 들어가 불완전하게 생명을 이어가는 것이라 설명했다. 이런 생각은 발칸반도와 루마니아 지역의 특정한 장례 예식에도 반영된다. 매장할 때 사자의 입에 축성된 빵, 동전 혹은 마늘 조각을 넣어 영혼이 시신에 되돌아오지 못하게 막는 것이다. 또한 악마나 그 추종자 중 하나가 죽은 자의 육체를 손에 넣어 되살아나게 한 것이 뱀파이어라고 보는 이들도 있다. 중부 유럽 일부 국가와 그리스에서는 기도를 통해 뱀파이어를 막을 수 있다고 믿었다. 피는 자양분으로서의 기능을 하는 것이 아니라 영혼을 상징하는 것이라 여겨졌다. 뱀파이어는 피를 마심으로써 희생자들의 영혼을, 즉 생명력을 빨아들이는 것이다. 그러므로 불행한 희생자들이 지옥에 떨어질 운명에 처하게 되는 것도 놀라운 일이 아니다.

따라서 뱀파이어에 대한 믿음은 기독교적인 세계관 안에 뿌리를 두고 있다. 살아 있는 시체들은 악령으로 간주되었으며, 바로 그런 이유로 대부분의 유럽 전설에서 뱀파이어는 악마와 마찬가지로 종교적 상징물을 두려워하는 것으로 나온다. 십자가를 들이대면 뱀파이어는 견디지 못하며, 축성된 빵을 보면 뒷걸음치고, 성수에 닿으면 산酸에 닿은 것처럼 타들어 간다. 17세기 말까지 발칸반도의 분분한 이야깃거리였던 현대의 뱀파이어는 기독교 신앙에 근거를 둔 오랜 전승의 소산이다. 영혼은 불멸하고 육체는 죽어서 소멸할 운명이라는 신플라톤주의적인 이분법의 사유, 피가 지닌 생명의 상징, 악마와 그의 지지자들, 그리고 기독교 상징물들이 나타내는 신앙을 통한 전능한 구원이라는 요소가 그러하다.

중부와 동부 유럽의 전설 속에서 뱀파이어는 초자연적인 힘을 지닌 존재로 묘사되고, 그 때문에 매우 두려운 존재이다. 뱀파이어는 온갖 것으로 변신할 수 있다. 보헤미아에서는 밤이면 늑대로 변신해 돌아다닌다고 한다. 수데텐 지방에서는 자주 거미의 형상으로 나타나며, 베스트팔렌 지방에서는 나방으로 나타난다. 뱀파이어는 또한 안개, 지푸라기, 실오라기로도 변신하기 때문에 아주 작은 틈만 있어도 무덤에서 나올 수 있고 문틈이나 열쇠 구멍을 통해 집에 침입할 수 있다. 일식이나 월식을 일으키고, 폭풍우와 비, 우박, 눈을 불러오는 것도 가능하며, 늑대, 쥐, 곤충 같은 특정 동물을 자유자재로 부리기도 한다. 뱀파이어는 마치 뱀이 먹이를 잡을 때처럼 희생자를 호리며 웬만한 공격으로는 쓰러지지 않으므로 완전히 무력화시키는 방법은 나무 말뚝이나 단검을 심장에 꽂는 것뿐이다.

  뱀파이어의 매혹

일 년 중 뱀파이어의 힘이 특별히 강해지는 시기가 있다. 보름달이 뜨는 밤을 비롯한 특정한 날 밤이 그렇다. 게르만 문화권에서는 5월 1일 전날 밤인 '발푸르기스의 밤'이 거기에 해당하는데, 마녀들이 집회를 열고 악령들이 자유롭게 활개 치며 돌아다니는 밤이기 때문이다. 루마니아에서는 성 안드레아스의 밤에 악마들과 뱀파이어들이 무시무시한 싸움을 벌인다고, 또 성 게오르기우스의 밤에는 뱀파이어들이 대축제를 벌인다고 믿는다. 이들은 밤새 춤을 추는데, 이날만은 우유와 옥수수 가루를 섞은 음료를 마신다고 한다.

다행스럽게도 뱀파이어에게는 여러 가지 약점이 있다. 마늘을 싫어하고, 기독교의 상징물을 보면 달아난다. 해가 진 이후에야 무덤 밖으로 나갈 수 있고, 첫닭이 울기 전에 무덤으로 돌아와야만 한다(무르나우의 영화 〈노스페라투Nosferatu〉에 이 점이 잘 나타나 있다). 뱀파이어는 밀물 때에만 물을 건널 수 있다. 특정 지방의 경우 뱀파이어는 집주인의 확실한 초대를 받지 않으면 집에 들어갈 수 없다. 그리스, 에페이로스, 왈라키아에서 뱀파이어는 토요일에는 무덤 밖으로 나갈 수 없다. 낮 동안 뱀파이어는 죽은 것 같은 상태로 무덤 안에 누워 있는데, 바로 이때가 가장 약한 때이다.

3

뱀파이어를 지칭하는 단일한 단어가 있는가?

과거 여러 세기 동안 다양한 국가와 시기별로 흡혈귀를 가리키는 여러 단어들이 있다. 라틴어로 쓰인 영국 문헌에 산구이수가sanguisugae 라는 말로 처음 등장했으며, 게르만 국가권에는 나흐체러Nachzehrer,

블루트사우거^{Blutsaüger}, 도펠사우거^{Doppelsaüger}, 노인퇴터^{Neuntöter}, 기어
할스^{Gierhals}, 알프^{Alp}, 드뤼커맨헨^{Drückermännchen} 등의 표현이 있었다. 그
러나 뱀파이어를 가리키는 단어가 가장 다양한 지역은 단연 헝가리
와 루마니아, 슬라브어 사용 국가들이다. 발칸반도에서는 지역에
따라 그로믈리크^{Gromlik}, 쿠들라크^{Kudlak}, 람피르^{Lampir}, 람피거^{Lampiger},
류가트^{Ljugat}, 류나^{Ljuna}, 테냐크^{Tenjak}, 블코들라크^{Vlkodlak}, 부코들라크
^{Vukodlak}라는 단어를 사용한다. 루마니아에서 뱀파이어를 총칭하여
부르는 단어는 스트리고이^{Strigoï}이고, 다시 여러 단어로 세분화되어,
태어난 직후 세례도 받기 전에 어머니의 손에 죽어 뱀파이어가 된
자를 이르는 모로이^{Moroï}, 하늘에 살며 일식과 월식을 일으킬 수 있
는 비르콜라크^{Vircolac}, 늑대인간과 비슷한 족속인 프리콜리크^{Pryccolitch}
등이 있다. 흔히 노스페라트^{Nosferat}가 정식 결혼을 하지 않은 커플 사
이에서 태어난 사생아에서 유래한 왈라키아 지방의 뱀파이어를 뜻
한다고 하는데, 루마니아인들은 노스페라트라는 단어가 루마니아
어에는 없다고 주장한다. 브램 스토커는 『드라큘라』에서 노스페라
투^{Nosferatu}라는 단어를 사용했는데, 이 단어는 스토커가 1885년 7월
『나인틴스 센터리 매거진』에 실린 에밀리 제러드의 「트란실바니아
의 미신들」에서 발견한 것으로, 제러드의 기록에 실수가 있었을 수
있다. 유럽에서 찾아볼 수 있는 다소 생소한 용어로는 달마티아의
코즐라크^{Kozlak} 혹은 쿠즐라크^{Kuzlak}, 그리스의 브루콜라카스^{Vrukolakas}
또는 부르쿨라카스^{Burkulakas}, 크레타 섬의 칼리칸차로스^{Kallicantzaros}와
카타나노스^{Kathananos}, 키프로스의 사르코메누오스^{Sarkomenuos}, 알바니
아의 갸크피레^{Gjakpirë}, 트란실바니아의 무로니^{Murony}, 불가리아의 크
르보피야크^{Krvopijac}와 러시아의 우피르^{Upyr}나 폴란드의 우피에르치

뱀파이어의 매혹

Upierczi와 흡사한 불가리아의 오부르Obour, 벨라루스의 미에르토비예크Miertovjec, 헝가리의 리데르츠 나다이Lidérc Nadaly, 노라Nora, 팜브리Pambri, 아르메니아의 삼피로Sampiro와 다크나바르Dakhnavar 혹은 다슈나바르Dashnavar, 러시아의 루살키Rusalki와 부르달라크Vourdalak, 폴란드의 스리스Sriz, 그리고 보헤미아 유목민들이 쓰는 물로Mulo 또는 Mullo가 있다. 마지막으로 세르비아, 불가리아, 루마니아에서 두려워하는 뱀파이어로, '유다의 아이들'이라 불리는 머리털이 붉은 뱀파이어가 있다. 이들은 가리옷 사람 유다의 후손으로, 단 한 번의 흡혈로 희생자의 피를 몽땅 빨아들여 텅 비게 하며, 희생자의 몸에는 유다가 예수를 배반하고 받았던 은화 삼십 데나리온을 상징하는 세 개의 X 모양 자국이 남는다. 줄리언 오스굿 필드가 1893년 7월『펠 맬』지에 'X. L'이라는 가명으로 실은「유다의 입맞춤」이라는 단편은 이 독특한 종류의 뱀파이어를 소재로 한 것이다.

'뱀파이어'라는 단어가 등장하여 오늘날 보편적으로 사용하는 흡혈귀를 가리키게 되기까지는 상당한 시간이 걸렸다. 이 단어가 최초로 등장한 시기가 언제였는지는 꽤 정확히 짚어볼 수 있지만, 그 어원은 여전히 불분명하다. 뱀파이어vampire라는 단어가 최초로 문헌에 등장한 것은 빈의 신문인『다스 바이너리슈 디아리움』(1725년)에 실린, 프롬발트라는 이름의 오스트리아 정부 대표자가 작성한 공식 조서로 추정되는데, 당시에는 반피르vanpir라는 철자였다. 1732년 요하네스 플뤼킹거는 그의 유명한 보고서『본 것과 발견한 것Visum et Repertum』에서 이 단어를 그대로 사용했고, 뱀파이어라는 단어는 Vampir, Vampyr, Wampyr 등 여러 가지 표기 형태로 독일어 안에 완전히 자리 잡게 되었다. vampire 혹은 vampyre라는 철자로 표기된 단어는 1732년 3월 3일자 『글라뇌르 드 올랑드』지의 한 기사를 통해 프랑스어에, 같은 해인 1732년 3월 11일자 『런던 저널』지를 통해 영어에 처음 들어왔다. 이후 이 단어는 앞서 인용했듯 각 지역에서 제각각으로 사용하던 용어들을 제치고 가장 보편적인 용어가 된다. 불가리아어로 바피르vapir 혹은 베피르vepir, 루테니아어로 베피르vepyr, 보피르vopyr 혹은 오피르opyr, 러시아어로 우피르upir, 폴란드어로 우피에르upier 등 슬라브어에는 표기법은 조금씩 다르지만 흡혈귀를 지칭하는 비슷한 단어가 있었는데, 뱀파이어라는 말은 이 단어의 세르비아어 형태에서 유래했다. 그런데 슬라브어의 이러한 단어들이 어디서 왔는지는 수수께끼이다. 여러 가지 설이 있기는 하지만 어느 하나 만족스러운 것은 없다. 프란츠 미클로쉬치는 『슬라브족 언어들의 어원사전Etymologie Wörterbuch der Slavien Sprachen』에서 러시아어의 우피르upyr가 '마녀'를 뜻하는 투르크어 우베르uber와 관련이 있다고 주장한다. 한편 W. R. S. 랠스턴은 『러시아 민중의 노래The Songs of the Russian People』(1872)에서 음성학적으로는 매우 유사하지만 의미론적인 면에서는 무척 상이한 리투아니아어의 두 동사, '마시다'라는 뜻의 벰프티wempti와 '투덜대다' 혹은 '신음하다'라는 뜻의 밤피티wampiti가 뱀파이어라는 단어와 유사하다는 점을 지적한다. 중세의 귀신학 논문에는 밤이면 묘지에서 안식을 찾지 못한 죽은 자들이 신음하거나 투덜거리는 소리가 들려온다는 언급이 있는데, 이것이 후자와의 연관성을 뒷받침해 줄 수 있을 것이다. 다른 가능성으로는 '마시다'라는 의미의 산스크리트어 피-바미pi-bami, 그리스어의 피노pino, 라틴어 비보bibo에서 볼 수 있는 인도유럽어족 언어의 어근 pi를 들 수 있다. 비교적 최근의 것으로 '뱀파이

　뱀파이어의 매혹

어'가 라틴어 엠푸사^{empusa}의 첫 음절과 슬라브어 단어 우피르^{upir}의 두번째 음절이 결합하여 만들어진 혼성어라는 설이 있는데, 그리 만족스러운 설명은 아니다. 유감스럽게도 첫 자음 v가 어디서 왔는지 알 수 없기 때문이다. 결국 앞서 열거한 설명들은 모두 가설에 불과하다. 뱀파이어라는 단어의 어원은 여전히 완전한 미스터리일 뿐이며, 우리가 확신할 수 있는 것은 그 말이 슬라브어에서 왔고 18세기에 등장했다는 사실뿐이다.

뱀파이어라는 단어가 지녔던 은유적 의미는 어떤 것들이 있는가?

서유럽 언어들 속에 등장한 이후로 뱀파이어라는 말은 점차 다양한 의미로 쓰였다. 런던의 잡지 『더 크래프츠맨』 1732년 5월 20일자에는 「정치계의 뱀파이어들」이라는 제목의 기사가 실렸는데, 로버트 월폴과 그의 동료들인 휘그당원들을 흡혈귀에 비유하는 내용이었다. 정치적인 발언에서 뱀파이어를 비유로 드는 이런 용법은 대단한 인기를 누렸다. 빅토르 위고는 온갖 부류의 폭군을 뱀파이어라 칭했으며, 현대에 와서는 히틀러, 스탈린, 차우세스쿠처럼 역사에 어두운 기억을 남긴 정치 지도자들이 종종 뱀파이어에 비견되었다. 그러나 정치가들만 뱀파이어로 비유된 것은 아니다. 대단한 합리주의자였던 볼테르는 『철학 사전』에서 이렇게 썼다. "런던에서도, 파리에서도 뱀파이어에 대한 이야기는 전혀 들리지 않는다." 그러나 그는 비난 섞인 어조로 덧붙인다. "솔직히 말해 이 두 도시에는 대낮에 백성들의 피를 빨아먹는 투기업자, 음식점 주인, 장사

꾼들이 있었다. 부패한 자들이긴 하나 결코 죽은 자들이 아니었다. 이 진짜 흡혈귀들이 거하는 곳은 묘지가 아니라 매우 안락한 대저택이었다.”(볼테르, 『철학 사전』, 1961, 61쪽) 볼테르는 다음과 같은 문장으로 글을 끝맺는다. “진정한 뱀파이어는 군주와 백성에게 빌붙어 먹고 사는 수도사들이다.”(같은 책, 64쪽) 20세기에는 노동조합과 좌파 정당에서 탐욕스럽게 부를 갈망하는 자본가들과 그들을 지지하는 자유주의 정부를 뱀파이어에 빗대어 말했다. 1890년 월터 크레인이 제작한 판화에는 ‘자본주의^{Kapitalismus}’라고 적힌 거대한 박쥐가 땅에 쓰러진 노동자의 피를 빨고 있으며 날개 달린 천사가 ‘사회주의^{Socialismus}’라 적힌 휘장이 달린 트럼펫을 불며 노동자를 구출하러 오는 내용이 그려져 있다. 보다 최근의 예로는 롤랑 빌뇌브와 장루이 드고덴지의 저작 『뱀파이어 박물관^{Le Musée des vampires}』(1976, 148쪽)에 재수록된, 원래 1973년 2월 『프랑스민주노동연합』 회보 1429호에 실렸던 재미있는 캐리커처를 들 수 있다. 날개를 달고 날카로운 송곳니를 드러낸 뱀파이어의 모습으로 그려진 발레리 지스카르 데스탱이 작업복 입은 노동자를 쫓아가는 그림이다.

 1761년, 박물학자 루이 뷔퐁은 다양한 종류의 흡혈박쥐에 뱀파이어라는 이름을 붙였다. 남아메리카에 그런 박쥐들이 존재한다는 사실은 일찍이 1498년 크리스토퍼 콜럼버스의 제3차 항해 이후부터 알려져 있었지만, 그 흡혈 행위에 대해서는 오랫동안 오해가 있었다. 한 예로, 남아메리카에 서식하며 날개를 편 크기가 70센티미터가 넘고 ‘투창박쥐^{chauve-souris javelot}’라 불리는 이 거대한 박쥐는 흡혈박쥐의 일종이라 여겨지며, 1758년 린네에 의해 ‘밤피루스 스펙트룸^{vampirus spectrum}’이라는 명칭을 얻었지만 사실은 과실과 곤충을 먹이로 삼는다. 반면 진짜 흡혈박쥐는 몸집이 작은 박쥐류로, 이들이 피를 빠는 양은 고작 하루 10밀리리터에 지나지 않는다. 그중 하나가 보통흡혈박쥐desmodus rotundus로, 파라과이에서 스페인 박물학자 펠릭스 데 아사라가 발견하여 '아사라의 뱀파이어'라 불리기도 한다. 이와 더불어 브라질에 서식하고 오직 피만을 먹이로 삼는 털다리흡혈박쥐diphylla ecaudata와 기아나에 서식하는 흰날개흡혈박쥐diaemus youngi가 가장 널리 분포하는 종이다. 프랑수아 리바도-뒤마François Ribadeau-Dumas는 자신의 저서 『뱀파이어를 찾아서À la recherche des vampires』(1976)에서 브라질의 큰과일박쥐artibeus lituratus와 트리니티 섬의 트리니티과일박쥐artibeus trinitatis에 대해서도 언급한다. 흡혈박쥐는 박쥐목 흡혈박쥐과에 속하고, 남아메리카와 중앙아메리카에만 서식하며 주로 소 등의 동물의 피를 빨지만 매우 드물게 잠자는 사람을 습격하는 일도 있다. 이들은 상처 부위를 빨거나 뾰족한 이빨로 작은 상처를 내어 흘러나오는 피를 핥는 식으로 한 번에 몇 방울 정도의 피를 빤다. 작은 몸집에도 불구하고 그 위력은 대단하여 하룻밤 사이에 소를 죽게 할 수도 있는데, 이는 침에 혈액 응고를 막는 효소가 들어 있어 피를 빨린 상처가 아물지 못하기 때문이다. 흡혈박쥐들은 가축 떼에 큰 피해를 입히는데, 단지 피를 빠는 것만이 아니라 페스트나 그 밖의 각종 전염병을 옮기기 때문이다. 그러나 유럽에 서식하는 박쥐는 널리 퍼진 불길한 이미지와 반대로 곤충과 과실만을 먹이로 삼으며, 따라서 전설 속의 뱀파이어와는 아무런 관련이 없다. 영화에서는 흔히 박쥐가 뱀파이어의 불가분한 아바타처럼 그려지는데, 그 이유 중 하나는 브램 스토커의 『드라큘라』를 각색한 해밀턴 딘과 존 밸더스턴의 연극(1927)에서 최초로 드라큘라 역을 맡은 배우

레이먼드 헌틀리가 박쥐 날개를 연상케 하는 헐렁한 검은 망토를 걸쳤기 때문이다.

1901년 리옹에서 의학박사학위 논문을 발표한 알렉시스 에폴라르Alexis Épaulard는 시간屍姦을 일삼는 정신병자를 뱀파이어라 칭해, 뱀파이어라는 단어에 또 하나의 새로운 의미를 부여했다. '뮈Muy의 뱀파이어'라는 별칭을 얻은 문제의 환자 빅토르 아르디송Victor Ardisson은 무덤 파는 인부의 아들로 역시 무덤 파는 일을 했는데, 자신이 매장한 여성 시체와 성관계를 맺었다. 그가 뱀파이어라 불리게 된 것은 의심할 나위 없이 죽음에 대한 이 이상한 매혹 때문이다. 그러나 온순하고 소심한 성격의 몽상가였던 아르디송은 인간을 습격하는 뱀파이어의 이미지와는 사뭇 동떨어진 인물이었다. 뱀파이어라는 별명을 얻은 시체 애호가가 또 있는데, '파리의 뱀파이어'라 불린 유명한 베르트랑Bertrand 중사(1824~1865)는 파리의 여러 묘지에서 시신을 파낸 뒤 극도로 폭력적인 행위를 범하여 수십 개의 무덤에 모독을 가한 죄로 군법회의에 고발당했다. 오늘날 언론에서는 피와의 관련 여부를 떠나 사이코패스 범죄자를 뱀파이어라 부르곤 한다. 실제로 희생자의 목을 조르거나 배를 가르는 살인자뿐만 아니라 성추행범이나 연쇄 강간범도 이런 부류에 해당한다. 이런 '뱀파이어'들 중 일부는 장안의 화젯거리가 되었다. 가장 유명한 이는 '하노버의 뱀파이어' 프리츠 하르만Fritz Haarmann(1842~1926)으로, 그는 확실히 알려진 것만 해도 스무 건이나 되는 살인죄로 기소되었는데, 하노버 시에서 1924년 한 해에만 실종된 청소년의 수가 600명가량으로 집계되었다. '뒤셀도르프의 뱀파이어' 페테르 퀴르텐Peter Kürten(1883~1931)은 스물아홉 건의 살인을 저질렀고, 이는 프리츠

　　　　　　　　　　　뱀파이어의 매혹

랑의 〈M〉(1931)과 로베르 오셍의 〈뒤셀도르프의 뱀파이어〉(1965) 같은 영화의 소재가 되었다. '런던의 뱀파이어' 존 조지 하이[John George Haigh](1910~1949)는 아홉 명을 살해하고 그 피를 마셨다. 보다 최근의 인물로는 '뉘른베르크의 뱀파이어' 쿠노 호프만[Kuno Hoffmann]이 있다. 호프만은 열댓 군데의 묘지에서 여자 시체를 파내어 피를 마셨고, 1972년 5월 6일 두 사람을 살해했다. 연쇄살인범에 정통한 범죄전문가 스테판 부르구앙의 『연쇄살인범』(2003)에는 '새크라멘토의 뱀파이어' 리처드 체이스[Richard Chase]의 사건도 언급되어 있다. 체이스는 1980년 12월 26일 샌퀀틴 형무소에서 약물 과다복용으로 사망했다. 스테판 부르구앙은 최근 미국 언론이 '켄터키의 뱀파이어'라 칭한 살인자 로더릭 패럴[Roderick Farrell]에 대해 르포르타주를 제작하기도 했다. 1996년 11월 25일, 당시 16세였던 패럴은 자신이 진짜 뱀파이어라는 사실을 증명해 보이겠다며 여자친구의 부모님을 잔혹하게 살해했던 것이다.

20세기 초, 뱀파이어라는 단어에는 전혀 새로운 의미가 부여되었는데, '사이킥 뱀파이어' 혹은 '에너지의 뱀파이어'가 그것이다. 처음으로 이런 의미를 부여한 이는 『뱀파이어와 그 친척들[The Vampire, His Kith and Kin]』(1928)의 저자 몬터규 서머스이다. 서머스에 의하면 사이킥 뱀파이어란 '정신을 빨아들이는 스펀지' 같은, 타인의 생명력을 빼앗아 가로챌 수 있는 존재이다. 그의 설명에 따르면 이런 부류의 인간은 피를 빠는 뱀파이어와 거의 다를 바 없다. "피는 그야말로 생명의 본질이며, 실제로 피를 빨지 않더라도 의식적으로건 무의식적으로건 타인의 생명력을 빨아들임으로써 제 존재에 힘을 북돋고 육신을 재생할 수 있는 인간이 있다. '정신을 흡입하는 스펀지'라

부를 수 있을 것이다."(서머스, 1928, 134~135쪽) 서머스는 성서의 다윗 왕 이야기를 인용한다(「열왕기 상」 1장 1~4절). 노쇠한 다윗 왕은, 비록 직접 "몸을 섞지는 않지만" 젊은 처녀들과의 접촉을 통해 원기를 회복한다. 또한 롤랑 빌뇌브는 저서 『늑대인간과 뱀파이어Loups-garous et Vampires』(1991)에서 샤를 랑슬랭의 논문을 근거로 하여 다음과 같이 주장했다. "산 자든 죽은 자든, 방사나 삼투작용을 통해 다른 산 자의 생명을 빨아들여 '제 것으로 만드는' 자는 완벽한 뱀파이어다. 그 목적이 순전히 이기적인 것이든 타인을 이롭게 하려는 이타적인 것이든 간에 말이다."(빌뇌브, 1991, 78쪽) 현재 우리의 과학적·의학적 지식으로는 사이킥 뱀파이어라는 주장을 확실히 증명할 수도, 그렇다고 부정할 수도 없다. 사실 '생명력'이라는 개념 자체부터 상당히 모호하다는 점을 짚고 넘어가야 한다. 물론 말을 폭포수처럼 쏟아내는 대화를 나누고 난 뒤에 심한 피로감을 느끼는 경험은 누구에게나 있을 것이다. 게다가 웅변의 소질을 타고난 사람들은(히틀러도 그중 하나다) 청중에게 거의 최면에 가까운 매혹을 불러일으키는 능력이 있다. 그러나 이런 현상을 설명하기 위해 정신적 에너지가 옮겨가기 때문이라는 이유를 꼭 끌어올 것까지는 없다. 어쨌거나, 사이킥 뱀파이어라는 개념은 비의秘義나 오컬트 신봉자들의 마음을 사로잡았다. 예를 들어 일부 오컬트 신봉자들은 아프리카의 주술사들이 트랜스 상태에서 군중의 정신적 에너지를 모아들이고 그것을 이용하여 유체이탈을 가능하게 할 수 있다고 주장한다.

팜 파탈을 지칭하는 '뱀프vamp'라는 말이 뱀파이어의 줄임말이라는 사실 또한 생각해 볼 필요가 있다. 1914년 할리우드에서 최초로

 뱀파이어의 매혹

뱀프라는 칭호를 얻은 여인은 테다 바라Theda Bara라는 예명의 덴마크 출신 여배우 테오도시아 굿맨(1890~1995)이었다. 테다 바라라는 이름은 '아랍 데스Arab Death'의 철자를 뒤섞어 만든 애너그램이었다. 카메라 앞에서 두개골 위에 앉은 관능적인 포즈를 즐겨 취했던 그녀는 또한 스크린에서 최초로 상대 배우의 입술에 키스한 여배우이기도 한데, 당시 분위기를 감안할 때 이는 지극히 대담한 행동이었다. 요부를 가리키는 '뱀프'가 뱀파이어에서 왔다는 사실은, 그 성별이야 어쨌건 흡혈귀가 단순히 무시무시한 포식자만이 아니라 유혹자로 여겨지기도 했음을 보여 준다.

5 뱀파이어가 역사 속에 모습을 드러낸 것은 언제인가?

이 질문은 상당한 논란을 불러일으켰다. 몬터규 서머스를 비롯한 몇몇 전문가들은 서슴없이 뱀파이어의 기원이 선사시대까지 거슬러 올라간다고 주장하는데, 이는 명백히 과장된 것이다. 장클로드 아게르를 비롯한 다른 이들은 반대로 18세기 초, 즉 뱀파이어라는 일반 명칭이 생긴 시대부터 뱀파이어를 논할 수 있다고 단언한다. 18세기 이전에도 흡혈을 하는 존재는 있었는데, 장클로드 아게르는 이를 '원시 뱀파이어protovampire'라 칭한다. 그는 뱀파이어의 세 가지 특징, 즉 '살아 있는 시체'라는 점, 다른 이의 피를 빤다는 점, 그리고 피를 빨린 희생자 역시 뱀파이어가 된다는 점이 18세기 초에야 규정된다는 사실을 지적한다. 한편 그는 뱀파이어가 순전히 계몽주의 시대의 산물이라는, 선험적인 역설처럼 보이는 주장을 내세운다. 백과전서파가, 이후에는 교회가 위풍당당한 이성의 이름으로 뱀파이어의 존재에 정식으로 반박을 가했음에도 말이다. 스리지에서 열린 학회의 논문집『뱀파이어』(1993)에 실린 글「육신의 저항, 영혼의 파면」에서 장클로드 아게르는 다음과 같은 논의를 전개한다. "계몽주의 시대가 열리자 신성한 영혼은 과학적인 것이 되었고, 과학 실험을 통해 육체는 성스러움을 잃은 소멸 가능한 존재임이 밝혀졌다. 뱀파이어는 피난처와도 같았다. 백과전서파가 승리를 거두고, 교회는 쇠퇴했다."(아게르, 1993, 87쪽) 확실히 흥미로운 생각이다. "환상문학은 무신앙이 낳은 딸이다"라는 루이 바의 말과 같은 맥락에서, 장클로드 아게르는 우리가 더이상 과거의 악마들을 믿지 않게 되는 순간, 그리하여 뱀파이어를 둘러싼 미스터리와 초자연의 아우라가 모두 벗겨진 순간에서야 뱀파이어는 상상의 인물로 그 존재를 드러낼 것이라 단언한다.

오늘날 사용하는 뱀파이어라는 용어가 등장한 것은 1725년이었지만, 그에 대한 이야기는 17세기 말부터 시작되었다고 할 수 있다. 중부와 동부 유럽에 이 사악한 존재들이 있다는 소문은 일파만파로 퍼져 서유럽의 여행자와 연대기 작가들의 호기심을 불러일으켰다. 17세기 초부터 '살아 있는 시체' 관련 사건의 발생 빈도가 점점 높아졌다. 1617년의 문헌에는 '무덤 속에서 씹는 자'〔자신이 입은 수의나 입술, 손을 씹는다고도 하며 무덤 안의 다른 시체를 씹는다는 설도 있다─옮긴이〕 '나흐체러'와 달리, 밤에 무덤 밖으로 나와 산 사람을 습격하는 사자死者들이 있다는 기록이 있다. 1624년, 자친스키는 악령이 죽은 자들의 육체를 소유하여 살아 있는 것 같은 상태를 부여한다는 가설을 세웠다. 같은 해 2월, 폴란드의 바르샤바 근처 클레파르디

                                                      뱀파이어의 매혹

라는 곳에서는 죽어서 매장된 지 3주 된 한 여인이 다른 두 여인과 어린아이 하나의 죽음을 초래했다는 의혹이 일었다. 죽은 여인의 관을 열자 시신은 조금도 상하지 않은 상태였고 안색은 발그레하기까지 했으며 심장을 찌르자 피가 분수처럼 솟구쳤다. 이 사건과 이와 유사한 다른 사건들은 학자와 연대기 기록자들의 관심을 끌어, 필리프 로어의 『사자의 저작詛嚼에 대한 역사철학적 논고Dissertatio historico-philosophica de masticatione mortuorum』(1679)처럼 학술적인 해설서들이 나왔다. 제목에서 알 수 있듯 로어의 관심사는 흡혈귀라기보다, 무덤 속에서 입을 우물거리며 밖을 지나가는 행인을 죽게 할 수 있는 죽은 자들에게 집중되어 있었다. 우리가 오늘날 떠올리는 대로의 뱀파이어를 다룬 최초의 글은 『르 메르퀴르 갈랑』(1693년 5월호)에 수록된 글이다. 저자는 데누아예라는 사람인데, 당시에는 뱀파이어라는 공식적 명칭이 없었기 때문에 '헝가리의 흡혈귀stryge'라는 표현을 사용했고, 이에 대해 여섯 페이지에 걸쳐 서술했다. 같은 잡지 1694년 2월호에는 마리니에라는 서명이 달린 글이 실렸는데, 데누아예의 글을 인용하여 논평하는 내용이었다. 이 글에는 러시아에 있다는, 죽은 다음 자기와 가까운 이들의 피를 빠는 시체들에 대한 설명이 길게 나와 있다. 주목할 만한 점은, 뱀파이어에 대한 믿음이 동유럽에만 한정되어 있었음에도 같은 시대의 다른 문화권에서 비슷한 사례를 찾아볼 수 있다는 사실이다. 1691년에서 1693년까지 떠들썩했던 유명한 세일럼 마녀 재판을 보아도 그렇다. 토머스 퍼트넘의 아내와 딸, 그리고 다른 두 소녀 애비게일 윌리엄스와 메리 월커트는 자신들이 잠자는 동안 악령에게 피가 나도록 물렸다고 증언했고 증거로 상처까지 내보였던 것이다.

　18세기 초에는 이 문제를 다룬 다양한 논문과 뱀파이어의 소행에 대한 여러 건의 보고서가 나왔다. 1704년 체코의 올로모우츠에서 출간된 카를 페르디난트 셰르츠의『사후의 마술^{Magia posthuma}』은 죽은 뒤 되살아난 존재들의 사례를 열거하며 무덤 발굴과 관련된 법적 문제들을 제기한다. 1725년, 뱀파이어라는 단어가 반피르^{vanpir}라는 철자의 형태로 최초로 문헌에 등장한다. 세르비아의 키실로바라는 마을에 사는 농부 페테르 플로고요비츠^{Peter Plogojowitz}가 여덟 명을 죽였다는 사건에 대한 보고서에서였다. 이 보고서는 1725년 라이프치히에서 출간된, 철학자 미하엘 란프트의『무덤 속 사자의 저작^{詛嚼}에 대한 역사비판적 논고^{Dissertatio historico-critica de masticatione mortuorum in tumilis}』에 소재를 제공했다. 그러나 뱀파이어 문제로 정말 본격적인 조사가 행해졌던 것은 1731년, 터키와의 국경 부근에 있는 세르비아의 메드베기아라는 마을에서였다. 조사를 주도한 사람은 글라저라는 빈 출신의 의사로, 그는 1733년 마을 주민들의 증언을 기록한 보고서를 발표했다. 여기서 그는 밤피르^{vampyr}라는 말을 쓰고 있다. 주민들의 불안이 고조되기에 앞서 당국은 플뤼킹거라는 군의관을 파견하여 추가적인 조사를 단행한다. 그는 1732년 1월 26일『본 것과 발견한 것』이라는 제목의 보고서를 작성했다. 뱀파이어(여기에는 밤피르^{vampir}로 적혀 있다)로 추정되는 이의 정체는 5년 전 짐수레에서 떨어져 죽은 아르놀트 파올레^{Arnold Paole}라는 농부로 밝혀졌다. 플뤼킹거는 뱀파이어의 희생자로 여겨지는 사람의 시체 열 구를 발굴하게 하여 그 시체들의 목을 잘라 태워 버렸다.

　이 사건은 유럽 전역에서 엄청난 반향을 불러일으켜 신문을 통해 오스트리아, 독일, 프랑스, 영국 각지로 퍼져 나갔고 그 이후에도 각종의 학술 논문에서 다루어졌다. 요하네스 스토크의『피를 빠는 시체들에 대한 물리적 논고^{Dissertatio Physica de Cadeveribus Sanguisugis}』(1732), 주세페 다반차티의『뱀파이어에 대한 논고^{Dissertatione sopra i vampiri}』(1744), 그리고 1751년 개정판이 나온 유명한 동 오귀스탱 칼메의『천사, 악마, 영혼의 출현과 헝가리, 보헤미아, 모라비아, 슐레지엔의 망령과 뱀파이어들에 대한 논고^{Dissertation sur les apparitions des anges, des démons et des esprits, et sur les revenants et vampires de Hongrie, de Bohème, de Moravie et de Silésie}』(1746) 등이 그것이다. 세논 수도원에 속한 베네딕트회 수사였으며 권위 있는 성경 해석학자였던 동 칼메(1672~1757)는 뱀파이어에 대한 믿음을 논박하고자 하는 목적에서 뱀파이어에 대한 수많은 사례를 다양한 출처에서 수집하여 집대성해 놓았다. 이 논고는 역사학자와 인류학자들에게 귀중한 정보의 보고가 되었다.

이런 다양한 저작들은 서유럽의 궁정과 살롱에서 화젯거리가 되었다. 루이 15세는 사건에 대해 좀더 알아보기 위해 리슐리외 공작을 빈에 파견하기까지 했다. 성직자들이 살아 있는 시체들의 존재를 믿지 않는 편과 그들이 악령의 현현이라고 보는 편으로 갈려 논쟁을 벌이기도 했다. 프랑스 백과전서파 학자들에게는 뱀파이어를 둘러싼 떠들썩한 소문이 커다란 골칫거리였고, 볼테르는『철학 사전』에서 그 유명한 비난을 퍼부었다. "뭐라고! 18세기인 지금 이 시대에 뱀파이어가 존재한다니! 로크, 트렌처드, 콜린스의 시대가 지난 뒤에, 달랑베르, 디드로, 생랑베르, 뒤클로의 시대인 지금, 뱀파이어를 믿다니……"(볼테르, 1961, 61쪽). 교회 역시 이런 논쟁의 형국이 몹시 거슬리기는 마찬가지였다. 교황 베네딕토 14세(프로스페로 람베르티니)는『신을 섬기는 종들의 미화와 시성에 대한 논고^{De Servorum Dei beatificatione et beatorum canonizatione}』(1749)의 제2판 4권에서 몇 페이지에 걸쳐 뱀파이어에 대한 믿음을 몸소 비판했다. 뱀파이어에 관한 논란에서 계몽주의 시대가 보인 커다란 패러독스는, 이성의 이름으로 그 존재를 반박하느라 오히려 서유럽에 뱀파이어의 존재를 드러내 보이고 말았다는 것이다.

6 17세기 이전에도 피를 빠는 존재에 대한 믿음이 있었는가?

산 자의 피를 빨 수 있는 초자연적인 존재에 대한 믿음은 태곳적으로 거슬러 올라간다. 명백한 생명의 근원인 피는 언제나 인간을 매혹시켰다. 그러므로 인류가 지구상에 출현한 이래 피가 항상 인간의 두려움과 환상과 결부되어 왔던 것도 놀라운 일이 아니다. 뱀파이어와 유사한 속성을 지닌 신이나 정령 중 가장 오랜 역사를 지닌 것들은 고대 아메리카 문명이나 바빌론 문명의 신화에서 찾을 수 있다. 아스텍인은 '가죽이 벗겨진 우리의 주인'을 뜻하는 시페 토텍^{Xipe-Totec}이라는 신을 섬겼는데, 이는 피에 굶주린 신이었다. 시페 토텍을 경배하는 축제 때면 사제들은 열 명가량의 희생자의 심장을 뽑아 그 피를 신에게 바치는 희생 제의를 올렸다. 또 이들은 다른 희생자들을 나무로 만든 틀에 묶어 활을 쏴 죽였다. 희생자의 상처에서 흘러나온 피가 대지를 비옥하게 하고 봄비를 불러온다고 믿었기 때문이다. 더구나 아스텍인들은 아이를 낳다가 죽은 고귀한 여인의 영혼인 시와테테오^{Cihuateteo} 혹은 시비타테오^{Civitateo}라 불리는 여신을 두려워했다. 이는 주로 아이들을 공격하는 이 여신은 쇠약해지는 병을 퍼뜨리고 아이들의 불안과 고통에서 힘을 얻었으며, 드문 일이지만 피를 빨기도 했다. 시와테테오는 무시무시한 신 테스카틀리포카Tezcatlipoca와 관련이 있었다. 고대 페루 문명에는 가장 강건한 전사들을 습격해 피를 빨아먹는 칸추Canchu 혹은 푸마프미쿠크Pumapmicuc라 불리는 신이 있었다.

소아시아, 페르시아, 아시리아, 메소포타미아 문명에서 뱀파이어 전승은 그 역사가 길다. 『뱀파이어와 그 친척들』(1928, 226쪽)에서 몬터규 서머스는 고고학 발굴 작업 때 페르시아에서 발견된 선사시대의 사발에 뱀파이어와 유사한 존재를 그린 최초의 그림이 새겨져 있었다고 말한다. 인간이 정체 모를 피조물에 붙잡혀 피를 빨리는 장면이다. 뱀파이어의 가장 먼 조상은 분명 2000년 전 메소포타미아에서 믿었던 인큐버스Incubus와 서큐버스Succubus일 것이다. 이들은 인간의 피를 빨지는 않았으나, 인큐버스는 잠자는 여자를, 서큐버스는 남자를 덮쳐 성행위를 하고 그 생기를 쇠진시켰다. 가장 오래된 밤의 신으로는 바빌로니아의 신으로 피에 굶주린 릴리투Lilitû가 있다. 여러 세기가 지난 후 릴리투는 아담의 첫번째 아내의 이름인 릴리트Lilith의 유래가 되었다. 아담에게 버림받은 뒤 릴리트는 저주받은 피조물이 되어 아이들의 피를 빨게 되었다. 그래서 릴리트는 모든 뱀파이어들의 어머니로 여겨진다. 6000년 전 아시리아와 바빌로니아에서는 에키무Ekimmu라는 괴물의 존재를 믿었다. 이 에키무는 죽은 뒤 안식을 찾지 못하고, 인간을 습격해 생명력을 빼앗아 가는 시체라는 점에서, 신기하게도 근대 유럽의 뱀파이어를 예고한 포식성 피조물이 되었다. 생전에 고의로 그랬든 모르고 그랬든 금기를 어긴 인간은 죽은 뒤 에키무가 되어 벌을 받았다. 고대 히브리인들은 알루카^{Alukah 또는 Aluka}, '말의 피를 빠는 거머리'라는 이름의 난폭한 포식자를 두려워했다. 어설픈 형태의 뱀파이어라 할 수 있는 알루카는 인간이나 동물의 모습을 취할 수 있었으며, 말만을 습격하는 것이 아니라 인간도 덮쳤다. 같은 의미의 아랍어 이름인 알굴^{Algul}은 알루카의 친족이다. 알굴은 여자의 모습을 하고 아이들을 안심시켜 다가간 다음 납치해 피를 빠는 마신 지니^{djinn}다.

인간의 피를 빠는 사악한 신은 그리스 로마 신화에도 많이 등장한다. 가장 잘 알려진 것이 라미아^{Lamia}, 엠푸사^{Empusa}, 스트리게^{Strige}이다. 그리스 신화에 따르면, 벨로스 왕의 딸 라미아는 제우스의 사랑을 받는 여인이었는데, 제우스의 아내 헤라가 복수심에 불타 라미아의 아이들을 죽였다. 상반신은 여인, 하반신은 뱀인 괴물로 묘사되는 라미아는 그때부터 모든 어머니들을 질투하여 아이들을 죽이기 시작했다. 후대에 라미아는 잠자는 젊은 청년을 덮쳐 피를 빨고 정기를 앗아가는 여자 정령을 일컫는 말이 되었다. 청동으로 된 발을 한 사악한 엠푸사는 헤카테 여신의 딸로 젊은 여인의 모습으로 탈바꿈하는 능력이 있다. 라미아의 경우와 마찬가지로 엠푸사 역시 밤에 괴물 같은 형상으로 희생자를 겁에 질리게 하거나 반대로 아름다운 여인의 모습으로 나타나 유혹하는 존재를 가리키는 이름이 되었다. 라미아처럼 엠푸사도 젊은 남성의 피를 특히 좋아한다. 여성의 모습을 한 또다른 밤의 괴물이 있는데, 스트리게는 새의 몸을 한 여자로 날카로운 쇳소리를 질렀으며 먹이를 포획해 집어삼키거나 피를 빨았다. 기독교 시대 서유럽에서 이 악령은 아이를 납치하는 마녀가 되었으나, 납치의 목적은 잡아먹는 것이 아니라 마녀 집회에서 사탄에게 제물로 바치기 위해서였다. 이탈리아어로 마녀를 뜻하는 스트레가strega는 여기서 유래한 것이다. 동유럽에서 스트리게는 뱀파이어 그 자체를 가리키게 되었고, 17세기부터는 루마니아 민담에 나오는 뱀파이어를 스트리고이strigoï라 부르게 되었다. 고대 그리스에서 믿었던 모르모Mormo는 눈에 보이지 않는 여자 악령으로, 밤에 아이들의 방에 들어가 생명을 빨아들였다. 고대 로마의 레무레스Lemures나 라르바에Larvae는 저승에서 돌아온 죽은 자의 영혼이다. 이들은 인간들 틈에 불화를 흩뿌리는 데에서 기쁨을 느끼고 자신들이 초래한 고통을 자양분으로 삼는다. 고대 신화의 이러한 어둠의 존재들은 현대의 뱀파이어와 달리 죽은 뒤 살아난 시체가 아니라 정령이나 악령이다. 그러나 죽은 자들이 사후에 생명을 얻어 산 자들을 해한다는 전설은 기독교 시대 훨씬 이전부터 있었다. 한 예로, 기원전 6세기 중국인들은 죽은 자의 영혼이 육신을 떠나길 거부할 경우 무시무시한 악령으로 변할 수 있다고 믿었다. 수메르인들은 죽은 자가 무덤에서 나와 산 자들 사이를 방황할 수 있다고 믿었다. 그리스 신화에서는 피가 죽은 사람에게 생명을 다시 부여할 수 있는 힘이 있다고 여겨졌다. 『오디세이아』 제11권에서 오디세우스가 죽은 전우들의 조언을 구하고자 할 때 암양의 피를 이용해 그들의 혼을 불러내는 것도 그런 이유에서다. 그러므로 뱀파이어를 이루는 기본적 요소는 기독교 시대가 시작하기 훨씬 이전부터 인류의 공동체적 상상계 안에 있었던 셈이다. 유럽의 경우조차, 특히 북유럽 국가와 색슨족, 노르만족, 켈트족은 가지각색의 이교 신앙을 믿었으며 이는 스칸디나비아 국가, 아일랜드, 스코틀랜드의 상상계에 그 자취를 남겼다. 바이킹의 흉포한 전사 베르제르커Berserker는 적의 힘을 제 것으로 삼기 위해 적의 피를 마셨다. 덴마크에서는 마라Mara라는 존재를 두려워했는데, 이 이름은 악몽을 뜻하는 영어 나이트메어nightmare와 프랑스어 코슈마르cauchemar의 어원이 되었다. 마라는 제대로 된 장례식을 치르지 못한 죽은 여인의 혼인데, 아름다운 젊은 여인으로 나타나기도 하고 정반대로 흉한 노파의 모습으로 나타나기도 하며, 희생자가 잠잘 때 생명력을 빨아들여 숨을 멎게 했다. 아일랜드와 맨 섬에는, 요정에 속하며 '붉은 피를 빠는 자'라는 뜻의 디어그둘Dearg-Dul이라는 존재가 있다. 이들은 무덤 속에 살고, 대단히 아름다운 남성이나 여성의 모습을 할 수 있어 희생자를 쉽사리 유혹해 피를 빤다. 디어그둘을 막으려면 그가 머무는 무덤을 찾아 돌로 메워야 한다. 마지막으로 스코틀랜드에는 '하일랜드의 하얀 여인' 바반 시Baoban Sith가 있다. 바반 시는 염소 발굽을 지닌 흡혈귀 요정으로, 희생자를 낭떠러지 끝으로 유혹해 떨어뜨리고 상처에서 흘러나온 피를 마신다.

이러한 이교 전설이 켈트족 국가에 흔적을 남기기는 했으나, 우리가 문학과 영화를 통해 알고 있는 모습대로의 유럽 뱀파이어의 직접적인 근원이 된 것은 중세의 기독교 신앙이다. 뱀파이어 신화가 최초로 등장한 시기는 11세기부터로 추정할 수 있다. 콜랭 드 플랑시의 『지옥 사전Dictionnaire infernal』에는 1031년 제2차 리모주 종교회의에서 카오르의 주교에게 전해들은 이야기가 실려 있다. 그 주교의 교구에 파문당한 기사가 있는데, 죽은 뒤 무덤에서 나와 제 일가 친척들을 괴롭힌다는 이야기이다. 죽은 자(대부분 파문당한 이인 경우가 많다)가 매일 밤 무덤을 나와 생전에 가까웠던 이들의 죽음을 몰고 온다는 이야기는 특히 12세기 영국에서 흔했다. 이런 주술을 깨뜨리는 가장 좋은 방법은 시체를 장검으로 찌른 다음 불태우는 것이다. 그런 부류의 살아 있는 시체는 정확히 뱀파이어라는 명칭은 아니었지만 피를 빠는 시체를 뜻하는 '카다베르 산구이수구스 cadaver sanguisugus' 혹은 피를 빠는 자를 가리키는 '산구이수가 sanguisuga'라 불렸다. 뉴버그의 윌리엄(1136?~1198?)이 쓴『잉글랜드 사건사 Historia rerum anglicarum』에는 리처드 1세의 치세인 1196년에 일어난 이상한 사건들에 대한 대목이 여럿 실려 있다. 22장에는 버킹엄 백작의 가신 한 사람이 죽은 뒤에 제 친족들을 공격했다는 일화가 있다. 무덤을 열자 시체는 조금도 상하지 않은 상태였는데, 시체의 가슴에 링컨의 주교가 작성한 사면장을 얹자 비로소 그의 악행도 끝났다고 한다. 23장과 24장에는 버릭, 멜로즈 수도원, 안위크 성에서 일어난 유사한 사례가 나온다. 월터 맵 역시『궁신들의 잡담에 대하여 De nugis curialium』(1181~1193)에서 비슷한 사건들을 다뤘다. 한 예로, 웨일스 지방에서 죽은 자가 자기가 살았던 집에 출몰하는 일이 있었다. 매번 찾아올 때마다 그는 식구들 중 하나의 이름을 불렀고, 호명당한 이는 사흘 뒤에 죽었다. 이 저주는 사자를 추적해 그가 쓰던 검으로 찔렀을 때에야 풀렸다. 이런 존재들은 희생자의 피를 빨지 않는다는 점만 빼면 현대의 뱀파이어와 매우 닮았다. 피를 빠는 행위가 없는데도 '산구이수가'라는 명칭이 붙었던 것은, 사자의 무덤을 열었을 때 시체가 보통 피투성이라 지켜보는 이들의 눈에 시체가 흡혈을 한 것처럼 보였기 때문이다.

11세기와 12세기 영국에서 이런 종류의 믿음은 상당히 널리 퍼져 있었지만, 같은 시대의 유럽 대륙에서는 사례가 매우 드물다. 이탈리아의 아브루초 지방에서는 '피를 빠는 마녀 strega chi succia il sangue'가 공포의 대상이었다. 늙은 여인의 모습을 하고 날아다니는 이 마녀는 어린아이의 피를 빨았다. 포르투갈의 브루자^{bruxa}, 스페인의 브루하^{bruja}도 이탈리아의 마녀 '스트레가'와 유사한 존재다. 한편 기프레드 에스트루츠라는 영주가 죽은 뒤 뱀파이어가 되었다는 11세기의 전설이 있는데, 이 전설은 카탈루냐 지방에만 내려오는 것이다. 프랑스의 경우 일부 지방에서 희생자의 피를 빨거나 생명력을 빨아먹는 존재가 있다고 믿기는 했으나, 공동체적 상상력 안에 깊이 자리 잡지는 못했다. 쥐라 산맥 지방의 '하얀 여인' 전설은 드문 예 중 하나인데, 이는 젊은이를 유혹해 피를 빠는 정령이다. 프랑스에서는 시체가 되살아났다는 사례가 극히 드물고 사람들의 기억 속에 중대한 흔적을 남기지도 못했지만, 영국에서는 이런 미신의 자취가 19세기까지 지속되었다. 영국에서 사형수와 자살한 이의 시체를 사후에 되살아나지 못하게 하기 위해 두 갈래 길이 만나는 십자로(십자가의 상징)에 매장하고 심장에 말뚝을 박는 관습을 오랫동안 지켜온 것은 바로 그 때문이다. 앙투안 페브르에 따르면, 1824년 이런 관습을 중단시키기 위해 영국 의회는 법을 제정하기까지 해야 했다(페브르, 1962, 118쪽). 그 유래와 의미가 무엇인지 잘 알지도 못한 채 세대에서 세대로 전해진 이런 몇 가지 의식을 제외하면, 서유럽에서 살아 있는 시체들에 대한 믿음은 13세기 이후 거의 그 자취를 감추었다.

어떻게 보면 그 이후 뱀파이어는 유럽의 동쪽으로 옮아가게 되어, 14세기부터는 슐레지엔, 수데텐, 동프로이센 등의 중부 유럽에서 뱀파이어 전설이 등장한다. 이들 독일어권 지역에서는 흡혈귀를 지칭할 때 라틴어가 아닌 독일 신조어를 썼다. 우선 나흐체러 혹은 나흐트체러라는, '무덤 속에서 씹고 있는' 괴물이 있다. 현대의

뱀파이어의 매혹

뱀파이어와 훨씬 더 흡사하게 직접 희생자의 피를 빠는 블루트사우 거라는 존재도 있다. 1345년 라우엔부르크에서는 페스트로 사망한 슈타이노 폰 레텐 남작이 며칠 밤에 걸쳐 무덤 밖으로 나와 돌아다니는 사건이 있었다. 호프마이스터〔중세 독일의 궁정이나 대저택에서 재정과 실무를 담당하던 직위-옮긴이〕는 검으로 그의 시체를 찌르라는 명령을 내려 소동을 잠재웠다. 하게티우스의 『보헤미아 연대기』에도 비슷한 사례가 나온다. 1337년에는 블로브의 한 마을에서, 1345년에는 레빈의 작은 도시에서였다. 이 두 사건에서는 문제의 시체를 발굴하여 복부에 말뚝을 박은 뒤 불에 태웠다. 이처럼 살아 돌아다니는 시체는 확실히 끔찍한 존재이긴 했지만 해를 끼치지는 않았다. 그들이 다른 이를 죽게 했다는 기록은 전혀 없기 때문이다. 그런데 세월이 흐르면서 상황은 달라졌다. 페스트가 유행하던 시기에 독일어권 국가에서는 나흐체러가 직접 공격하지 않고도 살아남은 자들의 죽음을 초래할 수 있다는 믿음이 팽배했다. 그래서 사람들은 죽은 이를 매장할 때 입에 돌이나 동전을 넣었는데, 이는 씹는 행동을 하지 못하기 위해서였다. 앙투안 페브르(페브르, 1962, 42~43쪽)에 따르면 1558년, 1564년, 1567년 동부 프로이센에서 죽은 자가 무덤 속에서 수의를 씹고 뜯어먹고 있었다는 상세한 기록이 여러 연대기에 실려 있다고 한다. 무덤을 열어 보면 시체는 매번 피에 흠뻑 젖어 있었고, 사람들은 점차 시체가 희생자의 피를 빨았다는 믿음을 지니게 되었다. 루트비히 라바터의 『망령과 밤을 활보하는 영혼들에 관하여 De spectris, lemuribus, magnis atque insolitis fragoribus』(제네바, 1575)를 비롯해 이런 존재들을 다룬 논문이 최초로 등장한 것도 바로 이 시기이다. 뱀파이어의 원조라 할 수 있는 이런 존재들에

대한 믿음은 점차 보헤미아, 헝가리 등 동부 유럽으로 번져 러시아
에서까지 자리 잡았다. 남쪽으로는 발칸반도, 특히 슬로베니아, 보
스니아, 크로아티아, 세르비아, 몬테네그로에서, 또 왈라키아, 트
란실바니아, 몰도바, 불가리아, 아르메니아에서도 세력을 떨쳤다.
슬라브어 사용 국가가 아닌 그리스의 경우 상황은 보다 복잡했는
데, 원래부터 그 지역에 존재했던 초자연적 존재에 대한 믿음이 인
접국의 영향을 받아 변화를 겪었기 때문이다. 오래전부터 그리스
인들은 되살아난 시체의 존재를 믿어 왔다. 이는 브리콜라카스
vrykolakas라 불렸는데, 어원상으로 늑대인간을 뜻하는 이 단어는 프랑
스어로 들어와 브루콜라크broucolaque가 되었다. 이들은 파문당했거나
종부성사를 받지 못하고 매장당한 까닭에 무덤을 나와 이승을 떠도
는 운명에 처했다. 브루콜라크는 인간에게 해를 끼치지 않았으며,
파문을 취소하거나 사후 종부성사를 거행해 주기만 하면 이들에게
안식을 되찾아 줄 수 있었다. 그러나 16세기 말부터 브루콜라크는
위협적인 존재가 되었고 인간을 습격해 피를 빨기까지 했다. 근처
슬라브 국가의 되살아난 시체들을 닮아간 것이다. 16세기 말엽에
는 현대의 뱀파이어 전설을 이루게 되는 모든 요소들이 점차 갖춰
졌으나, 그 모든 속성을 아우르는 인물로서의 뱀파이어가 확실히
등장한 것은 17세기의 일이었다.

7

뱀파이어 전설과 역사는 실제 관련이 있는가?

특정 사건, 심지어 역사적 실존인물이 뱀파이어에 대한 믿음을 뒷

　　　　　　　　　　　　　뱀파이어의 매혹

받침하는 데 한몫했다는 것은 의심할 나위 없는 사실이며, 유럽의 경우는 특히 그러하다. 우선 뱀파이어 미신이 절정에 달했던 시대가 페스트가 유행하던 시기와 일치한다는 사실을 들 수 있다. 아직 뱀파이어라는 단어는 등장하지 않았으나 그러한 존재에 대한 전설이 가히 황금기를 구가했던 17세기는 역병의 기세가 특히 무시무시했던 시기였다. 페스트는 사람뿐 아니라 가축까지 덮쳤고, 미신이 강하게 뿌리박혀 있던 곳에서는 페스트를 뱀파이어의 소행이라 여길 정도였다. 전염병이나 의심스런 죽음은 당연히 뱀파이어의 탓이라 생각했다. 18세기 초 세르비아에서는 며칠 간격으로 여러 사람이 사망하는 일이 생기기만 하면 온 마을이 말 그대로 집단적 강박관념에 사로잡힐 정도였다. 사람들은 원흉이 된 뱀파이어를 몰아내기 위해 묘지로 몰려가 무덤이란 무덤은 몽땅 파헤치곤 했다. 오늘날 통용되는 의미로 역사 속 최초의 진정한 뱀파이어라 할 수 있는 아르놀트 파올레와 페테르 플로고요비츠 사건이 그렇게 중요하게 다뤄진 것도 그 때문이다. 의심 많은 서유럽인들이 이들 사건에 호기심을 느껴 조사에 착수했던 것이다.

　이런 집단적 믿음 외에도, 잔혹한 범죄로 온갖 소문을 돌게 하고 뱀파이어에 대한 공포를 퍼뜨리는 데 일조한 역사적 인물들도 있다. 그 진상이 사실이건 아니건 말이다. 뱀파이어에 대해 이야기할 때 가장 먼저 떠오르는 인물은 단연코 역사 속의 드라큘라, 왈라키아 공 블라드 3세(1431~1476)일 것이다. 그는 '꼬챙이로 찔러 죽이는 자^{Empaleur}'라는 뜻의 체페슈^{Tepes}로 불렸으며, 브램 스토커의 주인공 드라큘라의 모델이기도 하다. 블라드 드라큘^{Vlad Dracul}의 아들이자 스스로를 드라큘라^{Dracula, Drakula 혹은 Drakulya}라 칭했던 그는 투르크 침입자들과 싸울 때 보였던 용기와 결단력으로, 그리고 극단적인 잔혹함으로 유명하다. 그의 아버지 이름인 드라쿨은 사실 루마니아어로 악마 혹은 용을 뜻하는 단어인데, 블라드 드라쿨은 악마적인 구석이라고는 전혀 없었다. 드라쿨이라는 이름은 그가 1431년 신성 로마 제국 황제 룩셈부르크의 지기스문트가 창시한 용 기사단에 들어갔기 때문에 붙은 것이고, 아들이 사용한 드라쿨라라는 이름은 드라쿨의 지소형指小形 애칭일 뿐이다. 1431년 성채 도시 샤스부르크(오늘날의 시기쇼아라)에서 태어난 블라드는 어린 시절 형 미르체아와 함께 술탄의 궁정에 볼모로 잡혀 있던 적이 있었다. 1448년 풀려난 뒤 그는 아버지의 뒤를 이어 왈라키아를 다스리게 되었다. 1456년 블라드는 적에게 점령당한 트란실바니아의 모든 요충지를 재점령하려는 계획에 착수했고, 1460년 군인 1만 9천 명을 이끌고 쳐들어가 시비우 시를 약탈한 뒤 1만 명 이상을 고문하고 불태우고 꼬챙이로 찔러 죽였는데, 체페슈라는 별명은 여기서 기인했다. 1461년 블라드는 투르크 군대에 막대한 패배를 안기고 왈라키아와 불가리아를 해방시켰다. 그러나 이후 투르크 군의 역습으로 헝가리로 도피하는 신세가 되었고, 블라드가 투르크 군과 비밀 협약을 체결했다고 생각한 헝가리 왕 마티아스 코르비누스는 그를 반역죄로 가두었다. 복권된 블라드는 1475년 풀려나 투르크 침입자들과의 싸움을 재개했으며, 당시 왈라키아의 수도였던 트르고비슈테까지 진격해 나갔다. 그의 마지막 전투는 1476년 12월 부쿠레슈티 근처에서 벌어졌다. 매복 공격에 당한 그는 다섯 명의 적을 죽이기는 했으나 수적으로 우월한 적을 끝내 이기지 못했다. 투르크 군은 시체의 목을 베어 갔고 그의 머리는 콘스탄티노플로 실려

　　　　　　　　　　　　　　　　　　뱀파이어의 매혹

가 말뚝 꼭대기에 박혀 전시되었다. 시신의 몸은 스나고프 수도원에 매장되었다. 교활한 술책가에 극단적인 잔혹함을 내보였으나 전투에서는 뛰어난 전략가이자 용장이었던 양가적 인물 블라드 드라큘라는 오늘날 루마니아에서 국가적 영웅으로 추앙받는다. 스탈린이 그랬듯, 차우세스쿠도 과거의 영웅을 찬양함으로써 국민들의 애국적 열정을 고취시키고자 했고, 블라드의 동상을 여러 곳에 세우도록 명했다. 루마니아인들은 조국을 해방시킨 영웅이 소설 속의 뱀파이어와 결부된다는 사실을 불편해한다. 포로들이 꼬챙이에 꿰어 죽어가는 모습을 즐겨 보는 등 블라드 체페슈에게 무자비하고 잔인한 면이 있었던 것은 사실이지만, 독일과 러시아의 연대기에서 등장하는 믿을 수 없을 만큼 끔찍한 일화들은 멋대로 덧붙인 과장인 듯하다. 어쨌거나 블라드가 희생자들의 피를 마셨다거나 죽은 뒤 되살아났다는 기록은 전혀 없다. 머리가 없는 뱀파이어란 있을 수 없지 않은가. 블라드 드라큘라와 뱀파이어는, 브램 스토커가 자신의 주인공에게 드라큘라라는 이름을 붙였다는 점을 제외하면 하등 상관이 없다.

　스토커에게 영감을 준 역사적 인물은 블라드 드라큘라뿐만이 아니라 더 있다. ‘피의 백작부인’이라는 별명이 붙은 헝가리의 백작부인 에르제베트 바토리^{Erzsébet Báthory} (1560~1614)가 그렇다. 용맹한 군인이었던 그녀의 남편 페렌츠 나다스디는 언제나 전쟁터에 나가 있었고, 카르파디아 산맥 근처, 헝가리 산악 지대 언덕 꼭대기에 자리 잡은 글자 그대로 독수리 둥지 같은 체이테 성에서 그녀는 무료함을 느꼈다. 시녀들 중 하나인 ‘도르코’라는 애칭의 도로티아 센테시가 그녀에게 흑마술을 가르쳐 주었다. 연대기에 따르면, 어느 날

백작부인이 시녀 한 명의 따귀를 세게 때리는 바람에 시녀의 피가 팔에 튀었다. 핏자국을 닦아내고 보니 피가 튀었던 팔의 피부는 놀라우리만치 싱싱해져 있었다. 에르제베트는 피가 주름을 없애 준다고, 영원한 젊음을 가져다 줄 수 있다고 생각했다. 그리하여 젊은 처녀들을 납치하여 피를 뽑아내 그 귀중한 액체로 목욕을 하기 시작했다. 그녀는 희생자들의 피를 완전히 빼내기 전까지 고문하는 과정을 즐겼다. 1600년 남편이 사망한 뒤로 에르제베트는 아무런 제재도 받지 않고 그 끔찍한 짓거리를 마음껏 자행했다. 시녀 도르코, 유모 일로나 요, 하인장 야노스 우이바리(애칭 피치코), 그리고 다르불리아라는 이름의 마법사가 이를 거들었다. 10년 동안 수십 명의 시골 처녀들이 납치당해 성의 지하 독방으로 끌려와 온갖 정교한 방식으로 고문당해 피를 흘리며 죽어 갔다. 기록에 의하면 백작부인은 피를 목욕하는 데 썼을 뿐 아니라 마시기까지 했다고 한다. 희생자 수는 80명이라는 데서부터 300명이라는 데까지 다양하다. 몇 십 명의 젊은 여인이 실종되었다는 소문이 퍼지자, 에르제베트의 사촌인 지외르지 투르조가 군사를 이끌고 조사에 나섰다. 1610년 12월 29일, 피의 향연이 벌어진 직후였다. 성의 지하에서는 시체들 외에도 묶인 채 온몸에 바늘이 꽂힌 희생자들이 발견되었고, 아직 아무 짓도 당하지 않은 몇몇 젊은 여인이 자기 차례를 두려워하고 있었다. 다양한 고문 기구, 쇠사슬, 바늘과 가위를 비롯해, 작은 감옥처럼 생겨 안쪽에 뾰족한 침이 달린 '철의 처녀'라는 기구도 발견되었고, 커다란 냄비며 통 밑바닥에는 피가 말라붙은 채였다. 에르제베트의 공범들은 즉시 체포되어 1611년 1월 2일 재판을 받고 1월 6일에 처형되었다. 백작부인이 왕족에 속하는 가문이었

 뱀파이어의 매혹

기에, 투르조는 사촌이 공개 재판에 처해지는 불명예는 모면하게 해주었지만, 대신 죽을 때까지 자기 방에 감금하라는 명을 내렸다. 그리고 음식과 물이 드나들 수 있는 좁은 틈새만 빼고 방의 문과 창문을 전부 막도록 했다. '피의 백작부인'은 1614년 8월 21일 그 방에서 죽었다. 이후 죽은 그녀가 밤중에 바깥을 배회하는 모습을 보았다는 목격자들이 나왔고, 사람들은 그녀가 뱀파이어가 되었다고 생각했다. 사실이야 어쨌든, 바토리 백작부인은 브램 스토커의 드라큘라의 모델이 되었다. 소설의 드라큘라 역시 백작 칭호를 지니고 있으며, 에르제베트 바토리처럼 외딴 성에 살았다.

프랑스에서 뱀파이어에 대해 말할 때에는 질 드 레^{Gilles de Rais} 혹은 질 드 레츠^{Gilles de Retz}(1400~1440)라는 이름이 자주 언급된다. 질 드 레는 프랑스 육군 원수였으며 한때 잔 다르크와 함께 싸운 전우이기도 했다. 블라드 체페슈처럼 질 드 레도 전장에서 뛰어난 용기를 발휘한 용맹한 군인이었다. 영지로 돌아온 이후 그는 소일거리로 연금술에 몰두했고, 이내 흑마술에 손대게 되었다. 그는 '현자의 돌'의 비밀을 피에서 찾을 수 있으리라 믿었고, 어린아이들을 납치하고 고문해 피 흘리며 죽게 했다. 희생자의 수는 140명에서 300명까지로 추산된다. 정말 피를 마시기까지 했다는 것도 있을 수 있는 일이다. 소문을 통해 사건을 알게 된 브르타뉴 공이 그를 세속재판과 종교재판에 회부했다. 그는 회개의 빛을 내보였지만, 사형 선고를 받아 1440년 낭트에서 처형당했다. 에르제베트 바토리와 달리 죽은 뒤 그가 되살아난 시체가 되었다는 소문은 돌지 않았다. 반면 그는 동화 속의 '푸른 수염'과 자주 결부되는데, 흔히 생각하는 것과 달리 푸른 수염 이야기가 질 드 레에게서 나온 것은 아니다.

왜 동유럽과 중부 유럽에서 뱀파이어에 대한 믿음이 더 강했는가?

발칸반도의 뱀파이어 전설의 실태는 계몽주의 시대에 와서 서유럽에 알려졌고, 즉각 경악과 호기심을 자아냈다. 인간의 피를 빠는 살아 있는 시체들에 대한 믿음은 프랑스인과 영국인에게는 단번에 시대에 뒤진 미신으로 여겨졌고, 이는 그들의 전설과는 완전히 다른 낯선 것이었다. 프랑스 농촌 지방에서는 오래전부터 늑대인간의 존재를 두려워했고 영국에서는 유령이나 귀신 들린 집이 흥밋거리였던 데 반해, 뱀파이어는 그들에게 완전히 미지의 존재였다. 이는 인기 있는 살롱에서 회자되는 순전히 이국적인 호기심이었던 것이다. 11세기와 12세기 영국 연대기에서 라틴어로 쓰인 '산구이수가'(질문 6 참조)라는 존재는 이제 사람들의 기억에서 잊힌 지 오래였던 반면, 동프로이센, 그리스, 루마니아, 헝가리, 슬라브 국가에서는 그러한 존재가 낳은 전설이 근대에도 여전히 생생하게 살아 있었다(질문 14 참조). 거기에 몇 가지 요소를 대답 삼아 제시할 수 있는 역사적 수수께끼가 있다.

첫번째는 유럽을 지배하던 종교에서 찾을 수 있다. 중세에, 가톨릭 전통이 강했던 프랑스, 이탈리아, 스페인, 포르투갈 같은 나라에서 살아 있는 시체들에 대한 소문은 지역적으로 간간이 떠도는 데 그쳤다. 이런 소문의 전파를 막는 데에는 분명 종교재판소가 핵심적인 역할을 했으리라 짐작할 수 있다. 종교재판소는 프랑스 남부와 이탈리아 북부에 퍼져 있던 카타리^{Cathari}파派 같은 큰 이단 세력을 퇴치하기 위해 12세기 말에 설립되었고, 마술과 미신을 타파하기 위해 강제권을 지닌 교회 측의 강력한 기구가 되었다. 서양의 마녀사

냥은 15세기 중반에 그 절정에 이르렀고, 마지막 화형대의 불길이 사그라진 것은 17세기 말이 되어서였다. 그러므로 이런 무시무시한 분위기에서 악마와 내통했다며 붙잡혀 가지 않으려면 살아 있는 시체 같은 이야기를 퍼트리지 않는 편이 신상에 이로웠을 것이다.

14세기에 당시 가톨릭 국가였던 동프로이센, 슐레지엔, 폴란드에서 이런 믿음이 되살아난 이유는, 이들 지역이 동방정교 국가와 가까웠기 때문이라고 부분적으로 설명할 수 있다. 1054년 교회 대분열이 일어나면서 동방 교회는 로마 교회로부터 분리되어 독자 노선을 걷게 되었고, 동방 교회만의 고유한 전례와 원칙을 채택했다. 로마 교회가 가혹한 방식으로 미신을 탄압했던 반면, 비잔틴 교회는 미신을 교회 전례 안으로 통합시키는 편이었다. 이렇게 해서 이른바 그리스에도 브루콜라크에게 평안을 되찾아 주는 특수한 기도가 존재하게 되었다. 발칸반도, 불가리아, 그리고 오늘날 루마니아에 속하는 지방에서는 그들의 저주를 즉각 멈추게 하려면 교황이 사후에 파문 선고를 거둬 주기만 하면 되었다. 이처럼 비잔틴 교회에서는 뱀파이어에 대한 믿음을 규탄하는 대신 확실한 적법성을 부여했던 것이다.

한편 또 하나의 문화적 현상이 근대 서유럽에 들어와 서유럽을 이웃 중부 유럽 국가보다 훨씬 더 빠르게 합리주의의 길로 전진하게 했다. 진정한 사유의 혁명이자 인본주의의 근원, 바로 르네상스였다. 르네상스는 중세의 독단적이고 신학중심적인 사유에 대한 반작용으로 15세기에 태동한 전례 없이 중대한 움직임이었고, 고대 그리스 로마 시대의 학문적이고 미학적인 가치를 유럽 문명에 재건하고자 했다. 이는 문학, 예술, 과학의 비약적인 발전으로 이어졌는데, 특히 이탈리아, 프랑스, 스페인, 영국, 네덜란드, 프로이센, 오스트리아 같은 국가에서였다. 중부와 동부 유럽의 국가는 뒤늦게야 르네상스의 영향을 받았으며 그나마 주로 대도시 주민만이 혜택을 누렸다. 발칸반도, 불가리아, 그리스, 루마니아처럼 도시화가 이루어지지 않고 경제적 발전이 뒤쳐진 지역에서는 교회의 권위가 여전히 건재했고, 카르파디아 산맥이나 트란실바니아처럼 주요 교통로와 멀리 떨어진 산악 지대에서는 미신이 지속될 수 있었다. 그러므로 계몽주의 시대가 도래하기 전 뱀파이어에 대한 믿음이 이들 지역에 집중되어 있었던 것도 당연하다. 18세기 초, 이런 믿음이 서유럽에 알려지자 볼테르나 루소, 백과전서파 같은 계몽주의자들은 아연실색을 표했고 심지어 분개하기까지 했다. 이 시기에 서유럽과 동유럽 사이에 놓인 문화적 심연이 어느 정도였는지 짐작해볼 수 있다.

뱀파이어는 어떻게 알아보는가?

영화와 문학에서 그려내는 뱀파이어의 모습은 17세기와 18세기의 연대기에서 묘사하는 것과는 거의 닮은 데가 없다. 가장 잘 알려진 뱀파이어의 특징 하나는 이가 과도하게 크다는 점이다. 영화에서는 이 한밤의 포식자를 일부러 뾰족한 이를 지니거나(무르나우의 〈노스페라투〉가 그 예다) 엄청나게 긴 송곳니를 지닌(1958년부터 제작된 여러 편의 〈드라큘라〉 영화들) 모습으로 과장해서 묘사한다. 뱀파이어가 이처럼 거대한 이를 지녔다는 목격담은 일부 지방

 뱀파이어의 매혹

에서 실제로 전해지긴 하지만, 아주 일반적인 특징은 아니다. 전설 속의 뱀파이어는 보통 피부를 통해서 피를 빨아들이며, 희생자의 목덜미에 두 개의 잇자국이 남는다는 것은 작가들과 영화감독들이 창조해낸 부분이다. 뱀파이어가 등장하는 모든 소설에서는 또한 시체처럼 창백한 안색으로 그들을 식별한다. 그런데 전승에서 뱀파이어를 구별하는 방법은 바로 그들이 새빨간 안색을 띠고 있다는 점이다. 중세에는 죽은 지 몇 주 지난 시체가 무덤 속에서 온전한 상태를 유지하고 있다면 그것은 성스러움의 증거일 수도 있고, 반대로 영원한 저주를 받았다는 증거일 수도 있다고 생각했다. 이 차이를 구분하게 해주는 것은 바로 냄새였다. 성자의 관에서는 그윽한 향기가 풍기고('인정받다', '높이 평가받다'라는 의미의 은유적 표현 '성자의 향기를 풍기다$^{\text{être en odeur de sainteté}}$'는 여기서 유래했다), 저주받은 이들은 썩어 가는 악취를 내뿜는다고 여겼기 때문이다.

눈에 띄게 붉은 안색 말고도 뱀파이어와 보통 인간을 구분할 수 있는 신체적 특징은 손바닥에 털이 나 있다는 점인데, 소설 『드라큘라』에서 조너선 하커가 드라큘라를 만나는 장면에서 묘사된 특징이기도 하다. 또한 눈썹이 이상하리만치 짙어 콧잔등에서 하나로 만날 정도거나, 눈동자가 아주 엷은 푸른빛 또는 반대로 아주 진한 갈색인 사람, 머리털이 붉거나 완전한 대머리인 사람(무르나우의 〈노스페라투〉에 나오는 것처럼)은 일단 경계해야 한다. 수데텐 지방에만 한정된 특징 하나는, 뱀파이어가 거울에 비치지도 않고 그림자도 없다는 것이다. 루마니아 민담 속의 뱀파이어는 이 외에도 매우 이례적인 특이점이 있다. 척추가 인간보다 길게 뻗어서 털투성이의 짧은 꼬리가 있고, 더우면 이 꼬리가 늘어난다는 점이다. 루마니아의 뱀파이어는 심장이 둘인 경우도 종종 있다. 세르비아의 시골 마을에서는 공동묘지의 많은 무덤을 죄다 열어 보지 않는 한 그 중에서 틀림없는 뱀파이어의 무덤을 찾는 일이 결코 쉬운 게 아니었다. 그러나 몇 가지 믿을 만한 표지가 있었다. 무덤에 세운 십자가가 비스듬히 쓰러져 있거나, 뒤집어져 있거나 땅바닥에 처박혀 있다면 의심할 나위가 없었고, 무덤 근처 땅에 작은 구멍들이 나 있는 경우도 마찬가지였다. 그건 안개로 변신한 뱀파이어가 무덤을 빠져나와 드나드는 출구라는 증거였다. 그래도 의심이 든다면, 몸통 전체가 새카맣거나 새하얗고 한 번도 짝짓기를 한 적 없는 말에 젊은 숫총각을 순 알몸인 채로 태워 묘지를 달리게 했다. 어떤 무덤 앞에서 말이 뒷발로 일어선다면 그건 뱀파이어의 무덤이 분명했다. 한편 집시와 보헤미안들은 뱀파이어를 정확하게 구분해내는 재능을 타고나는 사람이 있다고 생각했다. 세르비아에서는 이들을 밤피리츠^{vampiritch} 혹은 밤피로비츠^{vampirovitch}, 보헤미아와 헝가리에서는 담피르^{dhampir}라 불렀다.

반드시 한눈에 알아볼 수 있는 것만은 아닌 이런 신체적 특징을 제외하면, 전설 속의 뱀파이어는 평범한 사람과 똑같이 생겼다. 영화와 달리 뱀파이어는 매력적인 유혹자도 아니고 귀족도 아니다. 많은 경우 뱀파이어는 르 파누가 그려낸 아름다운 카르밀라보다 오히려 영화 속 좀비를 더 닮은, 사고력을 상실한 존재였으며, 대부분의 경우 그저 무식한 농부였다.

유럽 전설에서 사람은 어떻게 뱀파이어가 되는가?

영화와 문학을 통해 우리는 뱀파이어에게 피를 빨린 희생자는 죽은 뒤 역시 뱀파이어가 된다는 점을 안다. 이는 17세기의 믿음과도 일치하는 부분이며, 뱀파이어만이 지닌 독특한 특징 중 하나이다. 그런데 17세기에 사람들이 믿던 바에 따르면, 한 번도 뱀파이어와 마주치지 않더라도 이 불길한 운명을 짊어지게 될 성향을 남들보다 더 많이 타고난 이들이 따로 있다. 이는 스스로의 과오 때문일 수도 있고, 무심한 운명의 덫에 걸린 탓일 수도 있다. 어떤 신체적 결함이 있다거나, 몸에 붉은 반점이 있거나 손발톱에 검은 점이 있는 사람은 모두 뱀파이어가 될 성향이 있는 것으로 여겨졌다. 태어날 때부터 이가 나 있거나 양막羊膜 조각을 뒤집어쓰고 나온 아이, 사산아, 폭력적인 죽음을 맞은 사람(사고사, 살해, 자살)도 마찬가지였으며, 종부성사를 받지 못하고 죽었거나 축성받지 못한 땅에 매장된 사자는 일반적으로 모두 뱀파이어가 될 가능성이 높았다. 범죄자와 흑마술에 손댔던 사람들은 말할 것도 없다. 불가리아에서는 사순절 기간 동안 술을 마시거나 담배를 피우기만 해도 이 저주받은 운명에 처할 수 있다. 많은 나라에서, 장례 행렬이 묘지로 향하는 동안 고양이나 다른 동물이 관에 뛰어오르거나 까치가 관 위를 날아가면 사자가 뱀파이어가 된다고 믿었다. 이는 드레이어의 영화 〈뱀파이어〉에서 볼 수 있다. 그리스에서는 뱀파이어와 늑대인간을 종종 혼동하는데, 늑대가 죽인 양의 고기를 먹는 행위만으로도 어둠의 피조물이 되기에 충분한 사유가 된다.

뱀파이어와 맞서 싸우는 방법은 무엇이 있는가?

뱀파이어가 될 성향이 있는 사람이 죽으면 입관 절차에서 몇 가지 대비책을 실행해야 한다. 루마니아에서는 시신의 이마에 못을 박거나 몸에 바늘을 꽂고, 이에 더해 성 이그나티우스의 날에 잡은 돼지의 비계를 시신에 바르기도 했다. 비스툴라 삼각주 지역에서는 시신의 겨드랑이와 턱 밑, 가슴 위에 나무 십자가를 두었다. 수데텐 지방에서는 사자가 무덤 안에서 씹는 일을 못하게 하기 위해 입안에 조약돌이나 동전을 넣거나 혀 밑에 누가복음 구절이 적힌 종이를 넣었다. 죽은 이의 영혼이 육체로 되돌아오는 일을 막기 위해, 시신의 입에는 완벽한 봉인이 될 만한 물체를 넣었다. 루마니아에서는 마늘 조각, 그리스에서는 축성받은 빵, 작센 지방에서는 레몬이나 허브 뭉치가 그것이었다. 고인이 살던 집의 거울을 전부 떼어내거나 벽 쪽으로 돌려 걸어 놓는 것도 효과가 있었다. 사자의 영혼이 거울에 흡수되어 있다가 육신으로 되돌아가는 일을 방지하려는 것이었다. 마지막으로 시신을 관 바닥에 못 박아두었다. 수데텐 지방에서는 시체를 일종의 그물망에 넣어 매장했다. 그러면 뱀파이어는 일 년에 그물코 하나씩을 풀어헤쳐야 했다. 러시아에서는 관에 양귀비 씨를 넣었다. 뱀파이어는 매일 밤 그것을 세느라 나갈 수가 없게 된다. 뱀파이어로 변하지 못하도록, 자살자, 사형당한 죄수, 파문당한 자들은 십자로에 묻었다.

　이런 모든 예방책도 소용없이 사자가 뱀파이어가 되어 무덤에서 나온다면, 집을 보호해야 한다. 세르비아와 불가리아에서는 창문과 문에 타르로 십자가를 그렸다. 루마니아에서는 방마다 마늘이

　　　　　　　　　　　　　　뱀파이어의 매혹

나 마늘 꽃을 걸어 두고 열쇠 구멍, 창문, 벽난로에 마늘을 문질러 두었다. 집 밖에 횃불을 내걸거나 현관에 단도를 꽂아 두기도 했다. 검은 개를 키우는 집이라면 개의 이마에 한 쌍의 눈을 더 그려 넣었는데, 이 눈은 뱀파이어에게 겁을 주는 효과가 있었다. 러시아에서는 묘지로 이어지는 모든 길에 양귀비 씨나 찔레나무 가시를 뿌려 두었다. 뱀파이어는 동트기 전까지 이를 하나하나 줍게 된다. 이런 종류의 관습은 이 밖에도 수십 가지를 열거할 수 있으며, 어느 것이나 놀라운 것들이다.

지금까지 말한 방책들이 효과가 없다면 더욱 강력한 수단에 의지해야 한다. 이런 경우에는 교회가 주역을 맡게 된다. 그리스의 경우, 뱀파이어가 파문당한 자라면 교황이 영혼의 안식을 비는 기도문을 암송해 주는 것만으로 저주가 끝난다. 불가리아에서는 묘지로 통하는 길목에서 뱀파이어가 반드시 지나치는 곳에 사제나 마을 주술사가 매복하고 기다린다. 사제가 성상을 들이대면 뱀파이어는 당황하여 물러난다. 뱀파이어가 동요한 틈을 타서 사제는 그를 램프의 정령처럼 병 속에 가둔다. 뱀파이어를 완전히 퇴치할 수 있는 방법으로 가장 널리 애용되고 또 가장 많은 사람이 아는 의식은 물론 심장에 나무 말뚝을 꽂는 것이다. 러시아에서는 이 말뚝이 예수의 십자가를 만드는 데 쓰였던 사시나무, 혹은 단풍나무여야 한다. 다른 나라에서는 산사나무를 주로 쓰는데, 하느님이 모세 앞에 나타났던 것이 산사나무 덤불에서였고 예수의 가시 면류관 역시 산사나무였기 때문이다. 알바니아와 달마티아에서는 나무 말뚝 대신 사제가 축복을 내린 단검을 쓴다.

퇴치 의식은 새벽녘 첫 동이 틀 때가 가장 좋다. 집행하는 이는 단한 번에 말뚝이나 단검을 뱀파이어의 심장에 박아 넣어야 한다. 여러 번 찔렀다가는 뱀파이어가 되살아날 위험이 있기 때문이다. 치명적인 일격을 가하면 뱀파이어는 끔찍한 비명을 내지르고 피를 콸콸 내뿜다가 이내 완전히 잠잠해진다. 나라에 따라 뱀파이어가 곧장 먼지로 변해 사라지기도 하고, 온전한 상태로 남아 있기도 하는데, 이 경우 심장에 박힌 말뚝을 고스란히 유지한 채 시신을 관에 도로 넣어야 한다. 말뚝을 박았다고 해서 뱀파이어를 완전히 퇴치했다고 마음 놓을 수는 없으므로, 만일을 대비해 목을 자르기도 하는데, 보통은 무덤 파는 인부의 삽을 이용한다. 루마니아에서는 이에 만족하지 않고 뱀파이어의 입에 마늘을 넣은 뒤 머리와 몸을 함께 태운다. 루마니아의 흡혈귀 퇴치 의식은 〈대회복^{grande réparation}〉이라 불리며, 다른 어느 나라보다도 그 절차가 복잡하다. 게다가 지방마다 차이가 있기도 하다. 가장 많이 사용하는 것은 나무 말뚝이지만 요리용 꼬챙이, 칼, 대못을 써도 무방하다. 일부 지역에서는 뱀파이어의 심장이 둘이라고 믿는데, 두번째 심장은 몸속 어딘가 예측할 수 없는 장소에 숨겨져 있기 때문에, 두 개의 심장을 확실히 관통하기 위해 말 그대로 뱀파이어의 엉덩이부터 머리까지 꿰뚫어야 한다. 시체는 낫으로 절단해 포도주에 넣고 끓이며, 심장과 간은 따로 불사른다. 마지막으로 그 태운 재를 물에 타고, 불운을 막기 위해 이 꺼림칙한 혼합물을 죽은 자의 일가친척이 마시도록 한다. 트란실바니아에서는 뱀파이어의 머리카락과 피를 온 가족이 모인 자리에서 태워 그 연기를 들이마시게 한다. 산악 지방에서는 시체의 잔해를 산봉우리 높은 곳에서 던져 버린다. 마지막으로 지금까지 말한 의식이 전부 거행되면 무덤을 닫고 고인의 이름이 적힌 십자가

　　　　　　　　　　　　　　　　　　　　　　　　뱀파이어의 매혹

를 제자리에 되돌려 놓는다.

12 뱀파이어에 대한 믿음은 유럽에만 국한되어 있는가?

앞서 살펴본 바와 같이, 문학과 영화에서 보이는 대로의 뱀파이어는 순전히 유럽적인 전통에서 나온 신화다. 그러나 그렇다고 해서 이런 종류의 존재에 대한 믿음이 유럽에만 국한되어 있다는 것은 아니다. 희생자의 피에 굶주려 있거나 생명을 빨아들여 제 것으로 삼을 수 있는 초자연적 존재에 대한 믿음은 세계 모든 나라와 모든 문명에서, 역사 속 모든 시대에서 찾아볼 수 있다. 이들은 신성한 존재일 때도 있고, 악한 정령이기도 하며 본래 인간이었지만 사후에 사악하게 변해 버린 존재일 때도 있다.

 뱀파이어에 대한 믿음은 다섯 대륙 모두에 존재한다. 아시아에는 특히 이에 대한 설화와 민담이 풍부하다. 말레이시아의 바장^{Bâjang}은 남자 귀신인데, 인간의 피와 살을 먹이로 삼지만 인간을 섬길 때면 주인의 적들을 죽일 수 있는 힘이 있다. 랑수이르^{Langsuir}와 폰티아나크^{Pontyanak}는 더 무시무시한 존재다. 랑수이르는 아이를 낳다가 죽은 여인으로, 머리와 손톱이 엄청나게 길고 목덜미에 입 같은 것이 달려 있어 이것으로 아이들의 피를 빤다. 랑수이르를 없애려면 손톱과 머리털을 잘라내어 그것으로 목덜미의 구멍을 틀어막아야 한다. 자바와 말레이시아에서 세력을 떨치는 폰티아나크는 사산아의 귀신이고, 더없이 아름다운 여인의 모습으로 무덤에서 나와 아이들을 주로 습격한다. 말레이시아의 흡혈귀 중 가장 독특한 것은 페낭갈란^{Penanggalan}이다. 기도문을 외던 여인이 어떤 두려움을 느낀다면, 페낭갈란으로 변신할 수 있다. 여인의 머리가 척추와 내장이 그대로 연결된 채 글자 그대로 몸에서 떨어져 나오는 것이다. 이 머리는 공중을 날며 동물과 인간을 습격해 피를 빠는데 특히 어린아이들을 좋아한다. 페낭갈란을 막기 위해서는 집 주변에 엉겅퀴를 뿌려 놓아야 한다. 인도 신화에도 역시 온갖 종류의 포식자가 등장한다. 인도의 흡혈귀 중 아체리^{Acheri}는 어린 소녀의 망령으로, 희생자들에게 호흡기 질병을 퍼뜨린다. 그야말로 사이킥 뱀파이어라 할 수 있는 아체리는 자신이 일으킨 고통을 자양분으로 삼는다. 지가르코르^{Jigar-Khor}는 직접 공격하는 일 없이도 희생자들의 생명을 앗아가는 마녀다. 베탈라^{Vetala}는 마녀 같은 존재로, 정신착란으로 괴로워하는 여인이나 만취해 잠든 이의 피를 빤다. 한트파레^{Hant-Pare}는 다친 인간의 상처에 거머리처럼 들러붙어 피를 빠는 귀신이다. 한투르도르 동^{Le Hántur-Dor Dong}은 동굴에 살며 개와 멧돼지의 피를 먹고 산다. 바이탈^{Baital}은 작고 반은 인간, 반은 박쥐의 모습을 하고 있는데 산 자의 피를 빨고 죽은 자를 되살아나게 한다. 이렇게 바이탈에게 사로잡힌 죽은 자는 산 자에게 온갖 못된 짓을 저지르게 된다. 부타^{Bhuta}라는 뱀파이어는 생전에 불구의 모습이었거나 정신병을 앓던 사람이 죽어서 변한 존재로, 가는 곳마다 전염병을 퍼뜨리며, '매춘부'라는 의미의 체디페^{Chedipe}라는 뱀파이어는 한 집의 식구를 모두 잠재우고 그중 가장 강인한 남자를 희생자로 점찍어 발가락을 물어뜯어 피를 한 방울도 남김없이 빨아낸다. 필리핀의 흡혈귀 아스왕^{Aswang}은 늑대인간과 유사한 흉악한 포식자인데, 본래 평범한 인간이었으나 마술의 힘을 빌어 원하는 대로 모습을 바꿀 수 있는 능력

   뱀파이어의 매혹

을 얻게 된 존재다. 따라서 아스왕은 자유자재로 개나 새로 변할 수 있다. 유럽의 뱀파이어처럼 아스왕도 마늘을 싫어하여 도망간다. 대단한 정신적 능력을 지닌 마법사 베바를랑^{Bebarlang}은 영체를 육신으로부터 분리해낼 수 있으며 공중을 날다가 한 마을을 덮쳐 주민들의 생명력을 빨아들인다. 만두루고^{Mandurugo}, 즉 '피를 빠는 자'라는 이름의 괴물은 어여쁜 여인의 모습으로 희생자를 유혹하지만, 배를 채우고 나면 날카로운 이빨이 난 썩어 가는 시체의 본모습으로 돌아간다. 티베트의 바양카라^{Bhayangkara}는 사람과 동물을 덮치는 무서운 뱀파이어다. 바양카라를 달래기 위해 티베트의 사원에서는 피의 제물을 바친다. 중국에도 고유의 흡혈귀가 있다. 바로 강시인데, 강시는 유럽의 뱀파이어와 놀라우리 만치 닮은 구석이 있다. 우선 폭력적인 죽음을 맞았거나 생전에 범죄를 저지른 이의 망령이라는 점이 그렇고, 마늘과 햇빛을 두려워하며 강을 건널 수 없고 이따금 늑대와 비슷한 면을 보인다는 점이 그렇다. 강시의 몸에는 희거나 푸르스름한 긴 털이 돋아 있고, 손톱은 엄청나게 길다. 일본의 뱀파이어 오토요^{O-Toyo}는 표범을 닮았는데, 여인의 모습으로 나타나기도 한다. 오토요는 마주치는 사람마다 그 생명력을 빨아들인다. 한편 일본에는 부루부루^{Buruburu}, 공포의 신, 혹은 조쿠조쿠가미^{Zokuzokugami}라 불리는 또다른 사이킥 뱀파이어가 있다. 부루부루는 심하게 부들부들 떠는 남자 혹은 여자의 모습을 한 신이다. 일단 대상을 점찍으면 원래의 몸을 벗어던지고 희생자의 척추에 달라붙어, 거기서 끊임없는 공포를 불러일으키고 그 감정을 먹고 산다. 희생자는 결국 자살하거나 공포에 질려 죽게 되고, 그러면 부루부루는 다른 먹잇감을 물색한다. 일본 전설의 뱀파이어 중 정말로 피에 굶주린 존재는 가키^{Gaki}와 가샤도쿠로^{Gashadokuro} 둘뿐이다. 가키는 영원히 채워지지 않는 갈증에 시달리는 저주를 받은 죄인의 망령이다. 희생자의 피를 마시면 마실수록 갈증은 심해져만 간다. '굶주린 해골'이라는 뜻의 가샤도쿠로는 굶어 죽은 자가 되살아난 존재이며, 인간이었을 때보다 열다섯 배나 더 큰 거대한 해골의 모습이다. 흉폭한 포식자인 가샤도쿠로는 희생자를 땅에서 낚아채 머리를 뜯어내고 목에서 솟구치는 피를 음미한다.

아프리카 대륙의 수많은 부족들 사이에도 피와 관련된 온갖 종류의 신앙과 전설이 전해 내려온다. 베냉의 바카^{Baka}는 마법사나 살아생전 주변에 나쁜 짓을 했던 사람의 망령이다. 바카는 어떤 동물의 모습으로든 나타날 수 있으며 사람을 습격해 피를 빤다. 기니에서는 오웬가^{Owenga}라는 존재가 특히 두려움의 대상이다. 이는 죽은 마법사, 혹은 복수의 일념을 품고 소생한 조상의 혼령으로, 실제 신체를 지닌 모습을 취하고 나타나며 피를 먹이로 삼는다. 오웬가를 달래기 위해 마을 주민들은 나무 주발에 동물의 피를 모아 문 앞마다 내놓는다. 가나의 아샨티족은 아사사본삼^{Asasabonsam} 혹은 아산보삼^{Asanbosam}이라는 존재를 믿는다. 이는 갈고리 모양의 발을 한 포식자로, 덤불에 숨어 있다가 근처를 지나가는 사람을 붙잡는다. 그리고 철로 된 이빨로 희생자의 목을 베고 가슴을 열어젖혀 상처에서 흘러나오는 피를 마신다. 아사사본삼은 아이나 어른의 목소리를 흉내 내어 애처로운 비명을 질러서 희생자를 꼬인다. 이것에게 물린 상처는 치명적이다. 아프리카의 뱀파이어를 닮은 존재들 중 가장 기묘한 것은 케냐의 일리무^{Ilimu}이다. 이 사악한 악령은 우선 동물 속에 들어간 뒤에 사람으로 변신한다. 적당한 사람을 고르면 일리무

　　　　　　　　　　뱀파이어의 매혹

는 우선 그의 머리카락, 손톱 부스러기, 혹은 피를 손에 넣는데, 그 것을 이용해 희생자의 완벽한 분신으로 변할 수 있다. 변신한 일리무는 희생자를 죽이고 대신 행세한다. 그렇게 인간의 모습을 하고는 마을 주민들 속에 섞여 들어가 포악한 본성을 드러내 무제한적인 살인을 저지르는 것이다. 모로코와 탄자니아, 에티오피아의 뱀파이어 부다Bouda는 살아 있는 시체가 아니라 마법사이며, 하이에나의 모습을 하고 인간을 공격해 그 피를 빤다.

아메리카 역시 뱀파이어의 땅이다. 남아메리카와 북아메리카의 인디언은 물론 이누이트에게도 피를 빨거나 생명력을 빼앗아 가는 초자연적 존재에 관한 고유한 믿음이 있다. 브라질에는 두 종류의 뱀파이어가 있다. 자라카카Jaracaca와 로비스오멘Lobishomen이다. 자라카카는 뱀처럼 생긴 괴물로 젖과 피를 모두 먹는다. 따라서 아이에게 젖을 먹이는 어머니를 공격하여 가슴을 물고 우선 젖을, 다음에는 피를 빨아먹는다. 로비스오멘은 울퉁불퉁하고 끔찍한 생김새에 이는 시커멓고 온몸이 털투성이며, 여자의 피를 빤다. 로비스오멘에게 물린 여자는, 죽지는 않지만 저주를 받아 처음에는 색정광이 되고 끝내는 아이들을 덮쳐 피를 빠는 존재가 된다. 이들을 쫓을 수 있는 유일한 수단은 투구꽃이다. 아르헨티나의 뱀파이어 로비손Lobizon 혹은 Lobison은 로비스오멘과 유사한 행동을 하지만 여우의 모습으로 나타난다. 멕시코와 푸에르토리코에는 '염소의 피를 빠는 자'라는 뜻의 추파카브라스Chupacabras라는 괴물이 있다. 이는 붉은 눈에 박쥐 날개가 달린 털투성이 괴물로, 주로 가축을 공격해 피를 빨고 사람을 습격하는 일은 드물다. 유럽의 뱀파이어처럼 추파카브라스도 십자가를 보면 달아난다.

북아메리카의 촉토 인디언은 샴페Shampe라는 괴물을 두려워한다. 샴페는 죽일 수 없는 흡혈귀로, 유럽의 뱀파이어처럼 햇빛을 두려 워하지만 거의 완벽한 무적의 존재다. 호피족 전설에 나오는 시타Shita는 아이들을 주로 공격하며, 말뚝으로 심장을 꿰뚫어야만 무찌 를 수 있다. 미국 북서부의 앨시족 인디언에게는 털로 뒤덮인 몸에 뾰족한 이빨을 지닌 여자 괴물 알신Alsin이 두려움의 대상이다. 루이 지애나의 케이준 사람들에게는 '푀 폴레Feu Follet(도깨비불)'라는 존 재가 있다. 이것은 생전에 저지른 죄를 속죄할 때까지 지상에 머무 르는 벌에 처한 죄인의 유령으로, 이승에서의 모습을 그대로 지니 고 있으며 아이들의 생명력과 어른들의 성적 에너지를 먹고 산다. 아이티의 뱀파이어 루가루Loogaroo는 프랑스어로 늑대인간을 뜻하는 루가루loup-garou에서 유래한 이름임이 분명한데, 그 정체는 전혀 다 르다. 아이티의 루가루는 악마와 계약을 맺은 마녀이며 불덩이 모 양으로 탈바꿈할 수 있다. 루가루는 희생자의 피를 빨아들이고 그 살은 악마에게 바친다. 중부 유럽의 일부 지역에서 그러하듯, 집 앞 에 씨앗을 뿌려 놓으면 루가루를 막을 수 있다. 해가 뜨기 전까지 그 씨앗을 하나하나 세도록 말이다. 캐나다와 알래스카에 사는 이누 이트족에게도 뱀파이어가 있다. 알라스카의 안기아크Angiak는 부모 에게 버림받아 죽은 아이의 혼령으로, 제 어머니가 잠든 사이에 젖 과 피를 빨아먹는다. 충분한 힘을 기르면 안기아크는 여러 가지 동 물의 형태로 변해 자기 부족의 맏이들을 습격한다. 키가틸리크Kigatilik라는 뱀파이어는 사제와 주술사를 주로 공격한다.

오스트레일리아 대륙도 예외는 아니다. 이 대륙의 원주민들인 애 버리진 사람들은 야라마야후Yara-Ma-Yha-Who라는 흡혈귀를 특히 두려

위한다. 피부는 붉고 키는 땅딸막하고 머리통이 거대한 이 괴물은 나뭇가지에 매달려 있다가 지나가는 사람 위로 뛰어내려 손가락과 발가락 끝에 달린 일종의 빨판으로 피를 빨아들인다. 오스트레일리아 북부의 가르카인Garkain은 인간의 몸에 박쥐의 머리, 박쥐 날개를 달고 있으며 지독한 악취를 풍겨 희생자들을 꼼짝 못하게 만든다. 이들은 인간을 습격해 피를 마신 뒤 잡아먹는다.

지금까지 살펴보았듯, 뱀파이어는 신, 악령, 영벌에 처한 영혼, 사악한 마법사 등 다양한 정체를 지닌 채 전 인류의 공동체적 상상력 안에 존재하고 있다. 우리와는 아주 다른 문화권에서 찾아본, 피나 생명력을 양분으로 삼는 이런 존재들은 그 유래가 어떤 나라가 되었든 이상하리만치 서로 닮은 점을 내보인다.

13 오늘날에도 뱀파이어를 믿는가?

합리주의와 물질주의의 사회를 살아가는 우리로서는 시대에 뒤떨어진 믿음에 불과한 뱀파이어가 발붙일 장소는 우리 시대에 없다고 생각해 버리기 쉽다. 계몽주의 시대는 전능한 이성의 이름으로 뱀파이어에 대한 믿음을 비난하기 위해 근대 세계에 이 존재를 드러냈고, 우리 시대 대부분의 사회에서 뱀파이어에 대한 전설은 공포보다 오히려 웃음을 자아낸다. 그러나 아무리 터무니없고 시대착오적으로 보일지라도 이러한 믿음은 지속되어 왔으며, 21세기에 접어든 오늘날에도 완전히 사라지지 않고 남아 있다. 어떻게 보면 상상문학과 영화가 이런 믿음에 새로운 힘을 실어 준 것처럼 보일 정도다.

18세기에 백과전서파와 교회가 진보의 이름으로 뱀파이어의 존재를 반박한 뒤에도, 사람들은 뱀파이어가 나타났다는 일화를 계속 입에 올렸다. 동유럽에서는 과거의 믿음이 지속되는 것이었고, 서유럽에서는 상상문학과 영화의 영향을 받아서였다. 발칸반도와 루마니아, 동유럽의 다른 나라에서는 산발적인 방식이긴 했지만 18세기 훨씬 이후까지도 뱀파이어의 출현 사례가 신문이나 여행기에 실려 널리 보도되었다. 작가 메리메도 『라 구즐라La Guzla』(1827)에서 자신이 뱀파이어 사건을 목격했다고 쓰고 있다. 1816년 브르고라츠〔오늘날의 크로아티아에 있는 도시-옮긴이〕를 여행하던 메리메는 브르보스카라는 마을에서 부크 플로고노비츠라는 부유한 모를라크 사람 집에 며칠을 묵었다. 어느 날 밤, 주인집 딸 카바가 자기 방에서 웬 남자에게 공격당하는데, 그는 보름 전에 죽어서 매장된 동네 주민이었다. 카바의 목에 난 작고 붉은 상처를 보고 플로고노비츠 가족은 소녀를 덮친 남자가 뱀파이어였음을 알게 된다. 다음 날, 사람들은 문제의 시체를 발굴해냈고, 시체는 상하지 않은 온전한 상태였다. 마을 사람들은 시체를 소총으로 쏘고 조각내어 마을 근처의 과수원에서 불태운다. 열하루 뒤 카바도 죽는다. 메리메가 전하는 말에 따르면, 숨을 거두기 전 카바는 아버지에게 자신도 뱀파이어가 되는 일이 없도록 목과 무릎 아래를 잘라 달라고 부탁했다고 한다. 이는 사실이라고 믿기에는 너무나 아름다운 이야기인데다, 이 작품과 함께 수록된 일리리아Illyria 지방의 민요시들이 실제가 아닌 문학적 속임수였다는 점이 밝혀졌기 때문에, 메리메의 증언이 사실인지는 의심의 여지가 있다. 그러나 이런 종류의 일화 수

   뱀파이어의 매혹

십 가지가 19세기 내내, 심지어 20세기까지 나돌았다는 점은 사실이다. 그중 가장 이상야릇한 사건은 1973년 1월 10일 『더 타임스』에 아주 진지한 어조로 보도된 것이다. 스톡온트렌트라는 영국의 공업도시에서, 데미트리우스 미치우라라는 68세의 폴란드 이민자가 며칠 동안 집 밖으로 모습을 드러내지 않았고, 끝내 경찰이 그의 집에 무력으로 진입했다. 그는 시체로 발견되었고 부검 결과 자기 전에 입안에 넣었던 마늘 조각 때문에 질식사한 것으로 밝혀졌다. 그의 침대보에는 소금이 뿌려져 있었고 창문 앞에는 마늘이 가득 담긴 대야가 놓여 있었다. 이 기사를 비롯해 이와 유사한 다른 사례들을 보면, 중부 유럽에 거주하거나 거주한 적이 있는 나이 든 사람들은 뱀파이어에 대한 믿음을 완전히 잃지 않았음을 알 수 있다. 그러나 이들 지방에서는 제2차 세계대전 이후 들어선 공산주의 독재 정권이 어떤 종류의 미신도 허용치 않는 무자비한 탄압을 가했다. 『루마니아의 뱀파이어 신화^{Mythologie du vampire en Roumanie}』에서 아드리앵 크레멘은 차우셰스쿠 정권 때 루마니아에서는 마법을 행하거나 "인민에게 미신을 선동"하는 것이 감옥에 갇힐 수도 있는 명백한 금지 행위였다고 전한다. 공공 도서관에서 뱀파이어에 관한 문헌들은 정식 허가를 받은 연구자들만이 손댈 수 있었다. 루마니아 출신의 인류학자 요안나 안드레스코의 열정 가득한 저서 『뱀파이어들은 어디로 갔는가^{Où sont passés les vampires}』(1997)는 루마니아의 시골에 잔존해 있는 모로이^{Moroï}에 대한 믿음과 관련 풍습을 증언하는 중요한 기록이다. 안드레스코는 비자를 얻어 루마니아를 방문해 올테니아 지방의 마을 주민들을 대상으로 탐문 조사를 했으며, 루마니아 비밀경찰에게 체포당할 위험을 무릅쓰고 대화 내용을 휴대용 녹

음기에 담았다. 수집의 목적은 뱀파이어의 존재를 믿으며 예방 조치로 장례식에서 특별한 의식을 거행하는 사람들이 그 가난하고 고립된 지방에 여전히 남아 있다는 사실을 밝히려는 데 있었다. 그러니까 체제가 내린 금지령도 이런 믿음을 완전히 뿌리 뽑기에는 역부족이었던 것이다. 한편 또 하나 놀라운 사실이 있다. 부쿠레슈티의 묘지에 독재자 차우세스쿠를 매장할 때 그 자리에 있던 한 군인이 "그래도 그는 되살아날 거요. 양막 조각을 쓰고 태어났으니까"라고 외쳤다는 것이다. 이는 뱀파이어에 대한 믿음이 민중 문화의 일부로 완전히 자리 잡혀 있다는 증거다.

중부와 동부 유럽에서만 오늘날까지 뱀파이어를 믿는 것은 아니다. 뱀파이어의 소행이라고 하는 사건에 대한 다양한 단신 기사가 선정적인 신문을 장식하곤 한다. 뱀파이어에 대한 전통이랄 게 없는 프랑스에서는 이런 현상이 상당히 드물고, 그런 기사에 돌아오는 반응은 싸늘한 회의가 고작이다. 그러나 영국의 경우는 전혀 다르다. 유령이라는 존재가 국가적인 전통이고 영국오컬트협회처럼 심령 현상을 진지하게 조사하는 단체들이 있어, 대중들도 이런 유의 기사에 보다 더 관심을 보이며 대중 언론은 '진짜 뱀파이어'에 대한 이야기를 자주 보도한다. '크로글린 그레인지의 뱀파이어'라 불리는 사건은 그중 가장 기묘한 사례에 속한다. 이 사건은 어거스터스 헤어라는 이가 『스토리 오브 마이 라이프』(1896~1901)지에 기고한 것인데, 전모는 다음과 같다. 크로글린 그레인지라는 이름의 저택을 소유한 피셔 가족이 이를 세 남매에게 빌려 주었다. 그런데 세 남매 중 누이동생이 자기 방에 있다가 흉측스럽고 불그레한 얼굴의 낯선 이에게 습격당해 목을 심하게 물렸다. 이 괴한이 두번째로 찾아오자 두 오빠는 그를 쫓아갔고, 결국 묘지까지 이르게 되었다. 온전한 관은 단 한 개밖에 없었고, 그 관을 열자 미라가 된 시체가 나왔는데, 누이동생은 자신을 덮친 것이 바로 그 시체라고 확신했다. 뱀파이어는 종종 유령이 나오는 저택에 출몰하는데, 영국인들이 보기에는 이 점이 명백한 진정성의 분위기를 풍긴다. 1974년, 『디스 에식스』라는 지방지에는 크리스티나 포일이라는 젊은 여성에 대한 기사가 실렸다. 그녀는 12세기에 지어진 한 수도원에서 하루를 묵었는데, 뒤숭숭하기 짝이 없는 밤을 지내고 보니 손가락과 어깨에 물린 자국이 나 있었다는 것이다. 그런데 그녀가 있던 방은 런던탑에서 참수당한 여왕 레이디 제인 그레이의 연인 존 게이트 경의 유령이 나온다는 곳이었다.

그러나 20세기 영국에서 일어난 뱀파이어 사건 중 가장 떠들썩했던 것은 단연 ‘하이게이트의 뱀파이어’(1970~1974) 사건이다. 이 소동은 현대의 런던내기들도 18세기의 몰도바 농민들만큼이나 덮어놓고 소문을 믿는다는 사실을 드러냈다. 1970년, 데이비드 패런트라는 사람이 TV에서 자신이 하이게이트 묘지에서 뱀파이어를 발견해 뒤쫓았다고 발표했다. 6개월 후 그는 뾰족한 말뚝을 가지고 묘지의 담을 넘어 불법 침입한 죄로 경찰에 체포되었다가 풀려났다. 1974년, 그는 다시 한번 체포되었는데, 이번에는 무덤을 파헤쳐 그 안에 있던 시체를 가져갔기 때문이다. 이 일로 그는 4년 8개월의 금고형에 처해졌다. 한편 또다른 뱀파이어 사냥꾼, 세인트 그라알 교회의 창립자이자 주교인 션 맨체스터 목사도 하이게이트의 뱀파이어를 찾겠다고 나섰다. 『하이게이트의 뱀파이어』(1991)에서 맨체스터는 두 ‘희생자’, 엘리자베스 워딜라와 루이자라는 여자의 증언을 내세운다. 이들은 묘지 북쪽 출입구 근처에서 죽은 자들이 무덤에서 나오는 장면을 목격했다고 주장했다. 두 여자는 심한 빈혈 상태였으며, 둘 다 악몽을 꾸었고, 몸 곳곳에 물린 상처가 났다고 호소했다. 맨체스터 목사는 TV와 신문을 통해 자신이 뱀파이어가 있는 묘소가 어디인지 알아냈으며 이제는 괴물 추격에 나서겠다고 장담했다. 약속한 날인 1970년 3월 13일에서 14일로 넘어가는 밤 동안 수많은 군중이 모이고, 경찰과 TV 카메라맨들이 입회한 가운데 맨체스터가 이끄는 백여 명의 사람들은 묘지 내부로 들어가도 좋다는 허가를 받았다. 지하 묘소의 관들은 비어 있었고 뱀파이어는 유감스럽게도 나타나지 않았다. 맨체스터는 낮에 친구 몇 명과 함께 그곳에 다시 한번 찾아갔고, 온전한 시체 한 구를 발견했다. 그는 묘소에 십자가를 놓고 소금과 마늘을 뿌려놓는 것으로 그쳤다. 나중에 그는 다시 그 장소를 맴돌면서 '뱀파이어'가 사라졌다고 단언했다. 결국 어느 빈집에서 그 살아 있는 시체를 발견했고, 이번에는 망설임 없이 퇴치해 버렸다. 맨체스터는 자신이 시체의 사진을 찍었지만 시체는 분해되었다고 주장했다. 아마도 대규모 집단적 속임수에 지나지 않을 이 소동은 동 칼메의 시대에 카르파디아 지방의 외딴 마을에서 일어난 게 아니라, 20세기에 공권력의 허가와 최신 통신수단의 지원을 받는 산업화된 강대국의 수도 한복판에서 벌어진 일이다. 그것도 미국에서는 19세기부터 이런 사건이 종종 일어났다. 뱀파이어가 되었다는 의심을 산 시체 여러 구를 파내어 불태우는 일이 1865년 노위치 근처의 그리스월드, 1874년 로드아일랜드의 플레이스데일, 1876년 시카고에서 있었다. 오늘날까지도 세계 곳곳에서 뱀파이어에게 당했다거나 자기 자신이 뱀파이어라

  뱀파이어의 매혹

는 주장을 하는 이들이 끊이지 않는다. 이런 현상은 과거의 전설이 아니라 소설, 영화, 텔레비전의 영향으로 보아야 한다. 앙투안 페브르의 『뱀파이어들』에는 긴 검은 망토를 걸치고 여러 건의 살인을 저질렀다가 1959년 뉴욕에서 체포된 어느 푸에르토리코 출신 젊은 이의 사례가 나온다. 경찰들 앞에서 그는 태연히 자신이 드라큘라 백작이라고 선언했고, 자신은 불멸의 존재이기 때문에 전기의자 따위는 겁나지 않는다고 말했다.

14 이성적인 세상에서 왜 뱀파이어는 여전히 매혹적인가?

앞서 인용한 사례들처럼 뱀파이어의 출현을 둘러싸고 시끌벅적한 소동이 벌어졌던 것을 보면, 이 시대의 사람들 역시 비록 진정으로 믿지는 않는다 해도 공동체적 상상계 안에 자리 잡고 있는 이 전설적인 존재들에 대해 여전히 매혹을 느낀다는 사실을 알 수 있다. 뼛속 깊이 물질주의적이고 합리주의를 자처하는 지금 세상에서 이런 현상은 놀라운 일일지도 모른다. 계몽주의 시대는 미신을 규탄하고 교회가 수립한 근본적 교리에까지 비판을 가하여 과거의 믿음을 백지화시켰다는 점에서 인류 역사의 한 전환점이라 할 수 있다. 가톨릭은 창조설을 부인하는 다윈의 진화론 사상을 비난했지만, 이후에는 교회 스스로도 그 정당성을 인정하지 않을 수 없었다. 오늘날 교회는 루르드〔프랑스 남서부의 소도시로, 성모 마리아의 환상이 자주 목격되고 그 지역의 샘물이 불치병 치료에 효험이 있다 하여 유명해진 순례지—옮긴이〕에서 보고되는 기적들에 대해 회의적인 태도로 응수하며, 아주 면밀한 조사를 거친 뒤 극소수가 인정받을 뿐이다. 요한 바오로 2세가 악마의 존재를 긍정했음에도 불구하고, 오늘날 우리에게 악마는 실재하는 사악한 존재라기보다 상징적인 의미에 가깝다. 게다가 21세기인 지금 선진국의 경우는 국민 대부분이 종교를 지니고 있다고 해도 실제로 신앙을 실천하는 비율은 줄어들었고, 성직자들 사이에서는 종교적 소명의 위기가 점점 부각되고 있으며 세례, 영성체, 혼인 같은 성사는 종교의 이름을 빌어 거행될 뿐 그저 사회적인 의례가 되었다. 국민 전부가 의무교육을 받게 되면서 문맹률은 아주 사라지지는 않았다 해도 확실히 줄어들었고, 정보를 얻는 수단도 점점 더 발전하여 복잡하고 다양해져 세계 각지에서 일어나는 일을 누구나 즉각 알 수 있게 되었다. 이렇게 보면 과거의 믿음이 들어설 자리는 이제 없는 것이다.

그러나 좀더 자세히 들여다보면 우리가 살고 있는 세상이 우리가 장담하는 만큼 합리적인 곳은 아니다. 이 시대에도 우리는 미래를 알아보기 위해, 의사가 고칠 수 없는 병을 고치기 위해, 잃어버린 사랑을 되찾기 위해, 심지어는 마법을 풀기 위해 자발적으로 점쟁이나 도사들을 찾아가지 않는가. 도저히 설명할 수 없는 현상을 목격했다는 사람들의 증언도 부지기수다. 이처럼 비합리적인 것, 마술과 신비주의가 귀환하는 현상은 어쩌면 현대 생활의 일상적인 폭력과 날마다 마주치는 이 사회에서 개인에게 일종의 배출구가 되는지도 모른다.

이런 상황에서 뱀파이어가 특별한 지위를 누리고 있는 것은 놀라운 일이 아니다. 이제 더이상 믿지는 않는다 해도 우리는 계속해서 매혹을 느끼는데, 그 이유는 뱀파이어가 우리 내면의 가장 깊숙한 곳을 건드리는 것들을 상징적으로 말해 주기 때문이다. 피와 생명, 그리고 죽음은 사실 인간 관심사의 핵심을 차지하는 주제이자 우리 존재에 대해 근본적인 질문을 제기하는 주제들이다. 이에 더해 상상문학과 영화는 뱀파이어에게 새로운 정당성과 의미를 부여했다.

오늘날에도 뱀파이어와 관련된 비교秘敎가 존재하는가?

1978년, 귀신학과 오컬트의 전문가인 장폴 부르는 『오늘날의 뱀파이어 숭배Le Culte du vampire aujourd'hui』라는 제목의 저서를 출간했는데, 여기에서 그는 역사 속의 드라큘라인 블라드 체페슈를 받드는 종교집단의 여러 분파를 대상으로 한 조사를 통해 그 결과를 정리했다. 그에 따르면, 블라드 체페슈의 부친 블라드 드라큘이 속해 있던 '거꾸로 된 붉은 용 기사단'에는 마법사 아브라멜린이라는 자가 있었는데, 이 마법사는 블라드 드라큘에게 고대 이집트 시대부터 전해 내려오는 부활과 불사의 비밀을 알려 주었다고 한다. 드라큘의 아들 블라드 드라큘라 역시 이 비밀을 전수받아 피를 숭배하는 종교의 창설자이자 대사제가 되어 불멸의 존재가 되었고, 브램 스토커가 소설에서 그를 뱀파이어로 그려낸 것은 이 교리를 전수받은 이들을 위한 일종의 메시지라는 것이다. 부르의 저서에 따르면, 블라드 드라큘라가 세운 종교집단은 오늘날까지도 그 맥이 이어지고 있으며 이 종교를 믿는 자들은 드라큘라가 반反그리스도로서 재림하기를 기다리고 있다고 한다. 이 이야기에 대해 어떻게 생각하건 간에, 이런 믿음을 지니고 있으며 입문 의식에서는 그 맴버들이 동물의 피를 마시는, 매우 폐쇄적인 성격의 종교단체들이 지금 이 시대에도 여전히 존재한다는 것은 사실이다. 어쨌거나 이러한 집단에 관련된 이들은 극소수에 불과하며 그 실체 역시 미스터리에 싸여 있다.

그런데 최근 미국을 중심으로 뱀파이어적인 행위를 실행하는 비밀 단체들이 속속 생기고 있다. 이들 단체는 미국에 상당수 존재하는 사탄 숭배 교파와는 뚜렷한 차이를 보인다. 이 새로운 장르의 비교秘敎는 문학과 영화, 텔레비전, 롤플레잉 게임, 테크노 음악의 영향을 받은 것이 분명하며, 더이상 소수의 신도들만이 가담하는 모임이 아니라 수백 명이 속하는 단체가 되었다. 최근 출간된『뱀파이어: 현실이 허구를 능가할 때Vampyres : Quand la réalité dépasse la fiction』(2006)는 저자 로랑 쿠로가 미국, 프랑스, 일본에서 벌인 현장 조사를 바탕으로 이런 단체들의 활동을 분석한 연구서다. 도입부에서 저자는 뱀파이어 추종자들은 보통 소설이나 영화 속 뱀파이어와의 구분을 위해 제목에 쓰였듯 'vampyre'라는 철자를 사용한다는 점을 밝힌다. 뱀파이어와 관련된 단체들이 미국에 최초로 등장한 것은 1980년대 말이었다. 그 신봉자들은 대부분 앤턴 라베이의 사탄교회의 옛 신도들이었다. 사탄교는 1960년대에 크게 부흥했지만, 1968년 8월 찰스 맨슨과 그 패거리가 폴란스키의 아내 샤론 테이트와 그 손님들을 살해한 사건을 기점으로 침체기를 맞았다. 한편 정통주의자들은 사탄교회가 상업적인 성격을 띤다고 비판했다. 이리하여 몇몇 고위 성직자들은 사탄교회를 떠나 1975년 세트 신전Temple of Set을 설립하는데, 이 역시 여러 내부 종파로 나뉘었다. 그중 하나가 '뱀파이어 단Order of the Vampyre'이다. 그러나 전적으로 뱀파이어와만 관련된 최초의 비교 단체가 설립된 것은 1989년의 일이다. 뱀파이어 신전^{Temple of the Vampire}이라는 이름의 이 단체는 워싱턴 주에 있고, 캐나다와 유럽에 지부를 두고 있다. 토대가 되는 경전은 『뱀파이어 성경 The Vampire Bible』인데, 미국에서는 물론 유럽에서도 쉽게 구할 수 있는 책이다. 교단의 고위 성직자 미셸 벨랑제가 집필한 저서 『사이킥 뱀파이어 코덱스^{Psychic Vampire Codex}』는 미국에서 금세 베스트셀러 반열에 올랐다. 신도들이 반드시 피를 마시는 것은 아니다. 이들은 인류의 정신적 에너지를 영양분으로 삼는다고 하는데, 이들에게 있어 인간은 보잘것없는 가축에 불과하다. 법적인 문제를 피하기 위해 뱀파이어 신전은 성인만을 허용하며, 피와 관련된 범죄는 제명 처분으로 엄하게 금지하고 있다.

뉴욕에는 뱀파이어를 추종하는 단체가 무수히 많다. 이들 단체는 매우 폐쇄적이고 위계질서가 강해 오랜 입문 단계를 거쳐야만 정식 멤버가 될 수 있다. 신도들은 반드시 합의를 거친 성인이어야 하며 서로 피의 교환 의식을 거쳐야 하는데, 그들의 말을 빌면 이 의식을 거쳐야 멤버들 간의 완벽한 영적 교류가 가능하다고 한다. 모임의 고위 지도자들은 '로드'와 '레이디'라는 경칭을 좋아하며 원로들은 '파더' 혹은 '마더'라 불린다. 로랑 쿠로가 만난 이들 중에는 로드 질라, 로드 타나토스, 레이디 테니샤 등이 있었다. 신도들은 보통 검은 옷을 입으며, 피어싱이나 문신 등을 즐기는데 이를 줄로 뾰족하게 갈거나 의치를 끼우는 이들도 있다. 그러나 로랑 쿠로의 설명에 따르면 이런 상징물은 그저 '미학적인' 목적에 지나지 않는다고 한다(2006년, 69쪽). 실제로 피를 채취할 때에는 피하 주사기를 사용하기 때문이다. 로랑 쿠로는 이런 '뱀파이어^{vampyre}' 모임 중 원조에 속하는 '오르도 스트리고이 비^{Ordo Strigoi Vii}'의 창시자 '파더 세바스티안'을 그가 현재 거주 중인 암스테르담에서 인터뷰했는데, 그는 1992년 롤플레잉 게임 〈뱀파이어: 마스카라드〉(질문 49 참조)에 참여함으로써 소명을 발휘했다. 신도들이 서로를 알아보는 특별한 표지는 영화 〈굶주림The Hunger〉〔국내 개봉 제목은 〈악마의 키스〉-옮긴이〕에서 카트린 드뇌브의 목에 있던 것과 같은 앙크ankh 마크이다. 로랑 쿠로가 뉴욕에서 만난 몇몇 신도들은 알리스터 크롤리를 비롯한 사탄교의 유명 인사들을 알고 있었으나, 그보다는 뱀파이어를 다룬 문학작품과 앤 라이스의 소설에 이끌린 듯했다. 그러므로 장폴 부르가 『오늘날의 뱀파이어 숭배』에서 다룬 단체들과는 성격이 확연히 다르다고 할 수 있다. 로랑 쿠로가 설명하는 비교 단체들은 주로 미국과 캐나다에 있으며, 드물긴 하지만 일본에도 존재한다. 물론 유럽의 대도시에도 이런 종류의 모임이 존재하지만 추종자는 소수에 불과하다. 네덜란드와 영국을 제외하면, 뱀파이어를 받드는 종교는 유럽에서 그리 큰 세력을 누리지 못하며, 특히 프랑스의 경우는 더욱 그렇다.

2부 | 문학 속의 뱀파이어

16 뱀파이어가 서사문학에 등장한 것은 언제인가?

뱀파이어라는 테마가 최초로 상상문학에 등장한 것은 1748년 독일의 시인 하인리히 아우구스트 오센펠더의 「뱀파이어^{Der Vampir}」에서였지만, 뱀파이어가 산문문학에 등장한 것은 그보다 한참 뒤의 일이었다. 뱀파이어라는 인물이 등장하는 최초의 서사문학은 영국의 단편소설 「뱀파이어^{The Vampyre}」(1819)이다. 그리 유명하지 않던 저자 존 윌리엄 폴리도리(1795~1821)는 바이런의 비서이자 전속 의사, 여행길의 동반자였다.

1816년 초, 바이런은 몸을 사려야 할 처지에 놓였다. 사생활과 관련된 스캔들과 아내와의 별거로 인해 몇 달 동안 영국을 떠나 있어야 했던 것이다. 그래서 바이런은 유럽 일주 여행을 하기로 결심하

고 현대의 캠핑카와 비슷하게 갖가지 설비를 갖춘 마차를 제작하게
했다. 길벗이 필요하다는 생각에 그는 젊은 의사 폴리도리를 비서
로 고용했다. 폴리도리는 런던에 거주하는 이탈리아 이민자 가문
출신이었다. 그의 아버지 가에타노 폴리도리는 시인 단테 가브리
엘 로세티의 삼촌이었고, 그 자신도 시인이었으며 밀턴 전집과 월
폴의 『오트란토 성』을 이탈리아로 번역할 만큼 박식한 인물이었다.
아들 존 윌리엄 폴리도리는 에든버러 대학에서 의학을 전공했고 열
아홉 살에 박사학위를 얻었다. 바이런과 동행하여 여행을 떠나기
전, 그는 바이런의 출판업자 존 머리로부터 상세한 여행기를 적어
오면 대가로 500파운드를 주겠다는 약속을 받아냈다.

바이런과 폴리도리는 레만 호 근처의 디오다티 저택을 빌려 제네
바에 머물렀다. 그곳에서 그들은 셸리와 그 아내 메리, 메리의 의붓
여동생 클레어 클레어먼트를 만난다. 1816년 7월의 어느 비 오는
오후, 바이런은 친구들에게 각자 단시간 내에 무서운 이야기를 써
보자는 제안을 한다. 메리만이 쓰던 이야기를 완성했는데, 이 소설
이 바로 훗날 환상문학의 고전이 되는 『프랑켄슈타인 혹은 현대의
프로메테우스Frankenstein : or, The Modern Prometheus』이며, 2년 뒤 런던에서 발
표된다. 셸리는 고딕소설을 쓴 경험이 있었는데도 한 줄도 짜내지
못했고, 폴리도리는 쓰려던 소설을 완성하지 못했다. 그는 영국으
로 돌아온 다음에야 소설을 완성해 『에르네스투스 베르흐톨트
Ernestus Berchtold』라는 제목으로 출간한다. 바이런은 뱀파이어 이야기
를 쓸 계획이었다. 그는 뱀파이어라는 주제에 깊은 흥미를 느꼈고
시 「이교도The Giaour」에도 그런 흔적을 몇 군데 내비춘다. 그리스를
여행하면서 바이런은 뱀파이어에 대한 믿음과 전설을 수집할 수 있

          뱀파이어의 매혹

었다. 친구들처럼 바이런도 소설을 마무리하지 못했고, 그것을 몇 페이지로 요약해 3년 뒤 시 「마제파Mazeppa」와 함께 발표한다.

바이런의 글에서, 화자는 자신이 불치병을 앓는 친구 어거스터스 다벨과 함께 동방을 여행중이라고 밝힌다. 이즈미르에 도착한 두 사람은 여행을 잠시 쉬어야 할 처지에 놓이는데, 다벨의 건강이 갑작스레 악화되었기 때문이다. 다벨은 화자에게 자신이 곧 죽을 것이라 말하고, 자신의 죽음을 누구에게도 알리지 말아달라고 맹세하게 한다. 원고는 여기서 끝나지만, 바이런이 폴리도리에게 소설의 줄거리를 맡긴 덕에 우리는 그 뒷이야기를 알 수 있다. 다벨이 죽은 뒤 화자는 미국에서 뱀파이어가 된 다벨과 재회하며, 맹세 때문에 어쩔 수 없이 다벨이 저지르는 범죄의 공범이 된다는 내용이다.

폴리도리는 1817년 봄 영국으로 돌아와 노위치에 정착했고, 바이런의 미완성 소설을 자기 방식대로 마무리해 『뉴 먼슬리 매거진』의 1819년 4월호에 낸다. 폴리도리의 「뱀파이어」는 등장인물의 이름을 바꾸었을 뿐 바이런 글의 줄거리를 그대로 따르고 있다. 이 이야기에서는 오브리라는 이름의 영국 청년이 런던 사교계에서 루스벤 경이라는 인물과 알게 된다. 루스벤 경은 그에게 그리스 여행을 함께 가자는 제안을 한다. 머지않아 오브리는 이 미스터리한 벗이 순진한 처녀들을 유혹했다가 저버리고 수상쩍은 이들과 교제하는 난봉꾼이라는 사실을 알게 된다. 아테네에서 오브리는 이안테라는 젊은 그리스 여인과 사랑에 빠지는데, 그녀는 며칠 뒤 뱀파이어의 소행임이 분명한 죽음을 맞는다. 그리스의 산악지대를 여행하던 중 일행은 산적의 공격을 받고, 부상당한 루스벤 경은 오브리에게 자신의 죽음을 아무에게도 말하지 말 것을 맹세시킨 뒤 자신의 시체가 산꼭대기에서 달빛을 받게 해달라고 청한다. 오브리는 유언대로 행하는데, 다음날 루스벤의 시체가 사라졌음을 알게 된다. 런던으로 돌아온 오브리는 팔팔하게 살아 있는 루스벤 경과 마주친다. 그는 루스벤 경이 뱀파이어이며 이안테를 죽인 것도 그라는 사실을 알게 되지만, 이미 맹세했기 때문에 루스벤 경이 자기 누이와 결혼하는데도 말리지 못한다. 이야기의 끝에서 오브리의 누이는 죽고 뱀파이어는 사라진다. 다소 멜로드라마적인 면이 있는 이 이야기는 매우 진부하게 여겨진다. 오늘날 폴리도리의「뱀파이어」를 읽는 것은 문학적으로 뛰어나서라기보다 작품이 역사적으로 표상하는 바가 크기 때문이다.

최초로 출간되었을 때 폴리도리의「뱀파이어」는 즉각 커다란 성공을 거두었는데, 부분적으로 이는『뉴 먼슬리 매거진』의 소유주 콜번이 소설을 바이런의 이름으로 냈기 때문이었다. 이 일에 크게 불만을 품은 폴리도리는 잡지의 다음 호에 정정 보도를 내달라고 했지만 헛수고였다. 여러 해 동안 사람들은 이 글의 저자가 바이런이라고 생각했기 때문이었다. 공정하게 본다면 아주 틀린 것도 아니지만 말이다. 어쨌거나 바이런은 이것이 자기 이름을 남용한 사건이라 여겨 매우 노여워했고, 파리에서 발간되던 영어 잡지『갈리나니스 메신저』의 편집장 앞으로 직접 반박 서한을 썼다. 그런 일이 있었는데도 1819년 앙리 파베르에 의해 프랑스어로 번역되어 파리에서 출판된「뱀파이어」는 여전히 바이런의 이름을 달고 있었다.

폴리도리의 짧은 소설은 프랑스에서도 영국에서만큼이나 큰 성공을 거두었다. 그러나 불공평하게도 폴리도리는 저작권 수입이라곤 단 한 푼도 손대지 못했고, 1821년 스물다섯의 젊은 나이에

 　　　　　　　　　　　　　　　　　뱀파이어의 매혹

빛에 쪼들리고 두개골 상해의 후유증인 우울증에 시달리다 아무도 알아주지 않는 가운데 자살하고 말았다. 루스벤 경 이야기에 단번에 매혹된 프랑스 작가 샤를 노디에는 즉각 속편인『루스벤 경과 뱀파이어들Lord Ruthwen et les vampires』을 써서 1830년대에 발표했다. 노디에는 또한 폴리도리의 소설을 각색해 희곡을 썼고, 이 작품은 포르트 생마르탱 극장에서 상연되었다. 오늘날에는 잊혔지만, 당시에는 전 유럽에서 이를 모방한 연극이 속속 무대에 올려졌고, 이 작품의 영향을 받은 보드빌과 멜로드라마는 물론 오페라까지 나왔다(질문 19 참조).

폴리도리의「뱀파이어」는 걸작이라 할 수는 없지만 오늘날까지 지속되는 문학적 관례를 남긴 작품이다. 루스벤 경은 문학사에 등장한 최초의 귀족 뱀파이어였으며 이후로 무수한 아류를 낳는다.

뱀파이어는 문학에서 어떻게 그려지는가?

폴리도리가 창조한 루스벤 경이라는 인물은 이후에 나타나는 모든 뱀파이어에 있어 원형까지는 아니더라도 하나의 모델이 되었다. 그가 창조한 뱀파이어는 확실히 전설 속의 뱀파이어와는 몇 군데 다른 점이 있다. 햇빛을 두려워하지 않으며, 불멸의 존재가 아니라 죽기는 하지만 달빛을 받아 부활할 수 있는 것이다. 1847년 익명으로 출간되었으며 토머스 프리스컷 프레스트 혹은 제임스 맬컴 라이머의 작품으로 추정되는 대하소설『뱀파이어 바니 혹은 피의 향연 Varney the Vampyre, or the Feast of Blood』에서 주인공 바니는 여러 차례 죽었다가 부활하는데, 그러다가 너무도 오래 지속되는 삶에 질려 베수비오 산의 분화구에 몸을 던져 자살하고 만다. 아일랜드 작가 조지프 셰리던 르 파누의 소설 「카르밀라」(1872)에서 뱀파이어 여주인공은 찬송가 소리를 견뎌내지 못하며, 결국 전통적인 의식(말뚝으로 찌르고 목을 벤 뒤 시체를 불사르는 절차)에 따라 처형된다. 반면 그녀는 햇빛을 두려워하지 않고 보통 인간처럼 평범한 음식을 먹기도 한다. 『드라큘라』 이전의 19세기 소설에서는 전설의 정통성을 충실히 따르는 것이 작가들의 주된 관심사는 아니었다.

전설에 완벽하게 부합하는 뱀파이어를 만나려면 『드라큘라』가 출판된 1897년까지 기다려야 한다. 브램 스토커는 인물의 진정성에 지대한 공을 들였다. 대영 도서관을 찾아가 몇 시간씩이나 중부 유럽의 뱀파이어 관련 신앙과 전설에 대한 자료를 수집했고, 특히 에밀리 제러드가 트란실바니아에 대해 쓴 『숲 저편의 땅The Land Beyond the Forest』을 열심히 읽었다. 그 성과는 소설에 여실히 드러난다. 작품 속의 뱀파이어(드라큘라와 루시 웨스텐라)는 마늘, 성수, 십자가, 축성받은 빵을 두려워한다. 이는 오늘날 나오는 소설 대부분에서도 여전히 찾아볼 수 있는 특징들이다. 반면 몇 십 년 전부터 두드러지는 경향 하나는, 저자들이 뱀파이어를 인간적인 모습으로 그려내고 뱀파이어만의 기이한 특성은 최소화하고 있다는 점이다. 앤 라이스의 『뱀파이어와의 인터뷰』(1976)에서, 소설의 주인공인 뱀파이어 루이는 질문을 던지는 기자에게 자신은 마늘도 기독교의 상징도 두려워하지 않으며, 거울에도 남들과 똑같이 제대로 비치고 박쥐로든 다른 동물으로든 변신할 수 있는 능력은 없다고 설명한다. 물론 루이는 살아가기 위해 피를 마셔야 하는 운명이지만 반드

　　　　　　　　　　　　　　　　　　뱀파이어의 매혹

시 인간의 피를 마셔야 하는 것은 아니다. 스테프니 메이어는 이런 설정을 가져왔고, 그녀의 소설에 나오는 뱀파이어 젊은이들은 결코 인간의 피를 마시지 않는다. 현대의 작가들은 뱀파이어를 더이상 가증스런 범죄자로 그려내지 않는다는 점에서 일종의 명예 회복을 해준 셈이다. 물론 여전히 피를 마셔야 하지만, 살인을 저지를 필요는 없어졌다. 어떤 뱀파이어들은 그저 소량의 피를 '복용'하는 것으로 그치며 이 행위는 '헌혈자'의 생명에 위험을 끼치지 않는다. 그리고 피를 빼내기 전 미리 최면 상태에 빠지게 하기 때문에 피를 뽑히는 이는 그 사실을 눈치채지조차 못한다. 희생자는 깨고 나면 아무것도 기억하지 못하고, 상처는 즉시 아물기 때문에 물린 흉터조차 남지 않는다. 이처럼 착하게 그려진 덕분에 뱀파이어는 선망과 찬양의 대상이기까지 한 완전한 주인공으로 발돋움할 수 있었다. 더이상 해로운 존재도 아니고, 거의 무적인 데다가 노화나 병에 시달리는 일도 결코 없으니 말이다. 『뱀파이어와의 인터뷰』의 속편 『뱀파이어 레스타^{The Vampire Lestat}』(1985)에서, 주인공은 불치병으로 죽어가는 자기 어머니 가브리엘을 뱀파이어로 '변화'시키겠다고 결심한다. 어머니를 살릴 수 있는 방법이라곤 그것뿐이기 때문이다. 초췌하게 시들던 가련한 여인은 뱀파이어로 변한 뒤 지난날의 젊음과 아름다움을 되찾고, 아들과 사랑에 빠진다. 미국 작가 첼시 퀸 야브로의 소설 시리즈에는 불사자不死者라 전해지는 유명한 생제르맹 백작이 뱀파이어로 나오는데, 몇 백 년을 살면서도 주름 하나 늘지 않고 만나는 여자마다 유혹할 수 있는 매력적인 남성으로 그려진다. 그는 언제나 과부나 고아들을 지켜 주며, 순수한 마음을 지닌 영웅이기에 사람들은 결국 그가 '살아 있는 시체'라는 사실을 잊게 된다. 루스벤 경과는 정반대의 인물이라 할 수 있다.

　귀족 뱀파이어라는 인물을 상상해냄으로써, 폴리도리는 그 자신도 몰랐겠지만 오늘날까지도 지속되는 문학적 관례를 창조해냈다. 루스벤 경과 바이런 경의 뚜렷한 유사성, 둘 다 영국을 떠나야만 할 처지였다는 점은 폴리도리가 이런 식으로 자신을 못살게 굴었던 폭군 같은 고용주에게 복수하고 있음을 보여 준다. 그런데 폴리도리의 뒤를 이은 작가들은 고귀한 혈통의 뱀파이어라는 부분에 초점을 맞추었다. 사회적 지위를 높게 설정하면 인물을 특별한 존재로 부각시킬 수 있다는 이점이 있다. 루스벤 경을 만났을 때, 오브리는 루스벤 경의 우아함과 자연스레 풍겨나오는 기품에 즉각 매료된다. 마찬가지로 『드라큘라』의 조너선 하커도 오만하고 강압적이지만 세련된 예의와 대단히 폭넓은 교양을 갖춘 드라큘라 백작에게서 일종의 감탄이 섞인 경외감을 느낀다. 19세기의 작가들은 한편, 영국 고딕소설이라는 위대한 전통을 부활시킨 셈이기도 하다. 고딕소설에서 악당은 언제나 세상과 동떨어져 고독하게 사는 성주나 백작, 남작이었던 것이다.

　귀족 뱀파이어라는 전통이 여전히 살아 있는 것과 더불어, 20세기 초부터는 뱀파이어의 진정한 민주화라 할 만한 현상이 목격되는데, 이는 특히 양차 대전 사이의 미국 잡지의 영향을 받아서이다. 예를 들어 어거스터 덜레스의 「넬리 포스터^{Nellie Foster}」(1933)와 「눈보라^{The Drifting Snow}」(1939)의 주인공은 소박한 농장 일꾼이며, P. 슈일러 밀러의 「강 너머^{Over the River}」(1941)에 나오는 뱀파이어 조 라바시는 나무꾼이다. 부유하고 한가로우며 외딴 성에 살고, 많은 경우 슬라브계 성을 지닌 귀족 뱀파이어의 뒤를 이어, 보잘것없는 가문

　　　　　　　　　　　　　　　　　　　　뱀파이어의 매혹

출신에 다분히 미국적인 이름을 지닌, 동향인들과 다른 점이라곤 전혀 없는 평민 뱀파이어가 등장한 것이다. 이처럼 뱀파이어는 우리 가운데에 있으며 전혀 그들의 존재를 간파해낼 도리가 없다는 사고방식이 커져 갔다. 오늘날의 문학작품에서 뱀파이어는 현대적인 대도시 한복판에 산다. 소일거리를 하고 사람들 틈에 잘 섞이기 위해 직업을 갖는 뱀파이어까지 나타났다. 어떤 직업이든 가능하다. 영화배우, 재즈나 록 음악가, 유리 세공인인 뱀파이어가 있는가 하면, 대학교수, 의사, 사업가도 있다. 이처럼 다양한 군상의 뱀파이어 중 두 극단적인 경우를 보자면, 우선 클로드 세뇰의 「가련한 소녀Pauvre Sonia」(1965)에 나오는 매춘부나 레이 가턴의 『라이브 걸스Live Girls』(1987)의 스트리퍼가 있고, 다른 한편으로는 F. 폴 윌슨의 『자정미사Midnight Mass』(2004)의 팔메리 신부 같은 성직자를 들 수 있다. 이런 새로운 개념의 작품들에서 뱀파이어는 더이상 특별한 사람이 아니다. 반대로 그들은 인간 사회의 일부로 통합되어 있으며, 바로 그런 이유에서 우리와 더욱 가깝고 더욱 두려운 존재이다.

뱀파이어에게 나이란 의미가 없는 개념이다. 사실상 불멸의 존재여서 젊은 외양을 간직한 채 몇 백 년을 살 수 있으니 말이다. 19세기 소설 속의 뱀파이어는 일반적으로 젊거나 한창때의 나이로 그려졌다. 드라큘라는 예외적인 인물인데, 조너선 하커와 처음 만났을 때 그가 백발의 노인으로 비쳤기 때문이다. 그러나 이야기가 전개되면서 드라큘라 백작은 루시의 피에서 힘을 얻어 계속해서 젊어진다. 스토커의 후계자들은 작품에 주저 없이 온갖 나이대의 뱀파이어를 등장시켰다. 따라서 20세기와 21세기 문학작품에서는 매우 나이가 많거나 반대로 아주 어린아이인 뱀파이어도 찾아볼 수 있다. 『드라큘라』가 발표되기 일 년 전인 1896년에 이미, 메리 E. 브래든의 「선량한 레이디 두케인Good Lady Ducayne」은 거의 100세에 가까운 여주인공이 젊은 하녀들의 피를 수혈받아 생명을 연장한다는 이야기를 담고 있었다. 20세기에 이르러서는 나이 든 인물을, 다윗 왕이 그랬듯 한창 때 젊은이들의 기를 빨아들여 기력을 소생하는 능력을 지닌 사이킥 뱀파이어로 그려내는 일이 흔하다. 클로드 파레르의 『산 자들의 집La Maison des hommes vivants』(1911)이 그 예로, 이 소설에서는 사악한 노인들이 젊은이들을 가둬 두고 제물로 바쳐서 생명을 무한히 연장시킨다. 사이킥 뱀파이어는 종종, 어떤 대가를 치러서라도 젊음과 아름다움을 유지하거나 되찾고자 혈안이 된 늙은 여자들이기도 하다. 메리 윌킨스프리맨의 「루엘라 밀러Luella Miller」(1902)의 여주인공은 겉으로는 젊어 보이지만 사실 엄청나게 나이가 많은데, 주변 사람들의 생명력을 흡수하는 능력이 있기 때문이다. 그러던 어느 날 여주인공 자신도 병에 걸리며, 그리하여 제 본모습인 쭈글쭈글한 노파로 돌아가고 만다. W.F. 하비의 「미스 애브널Miss Avenal」(1928)에서는 늙고 병든 여인이 자신을 치료하는 간호사의 생명력을 빨아들여 생기와 건강을 되찾는다. 가장 극적인 사례는 필립 K. 딕의 「쿠키 레이디The Cookie Lady」(1953)이다. 늙고 심술궂은 여인이 쿠키로 소년을 꾀어 생기를 빼앗아간다는 이야기이다. 이야기의 결말에서 노파는 아름다운 소녀로 되돌아가고 소년은 텅 빈 껍질만 남아 바람에 날아간다.

이와는 정반대로, 환상문학에는 연민을 자아내지만 실상은 무시무시한 다양한 아기 뱀파이어도 등장한다. 최초의 어린아이 뱀파이어는 J. H. 로니〔'로니 형제'라는 필명을 쓴 프랑스 형제 소설가 중 형 조

　　　　　　　　　　　　　　　　뱀파이어의 매혹

지프 앙리 오노레 보엑스-옮긴이]의 「어린 뱀파이어La Jeune Vampire」(1920)
에 등장한다. 이 아이는 여주인공 에블린의 자식인데, "상대에게
아무 해도 끼치지 않고 피부의 모공을 통해 피를 빨기"(로니, 1935,
75쪽) 때문에 "위험하지 않은" 존재라고 한다. 그러나 보통의 아기
뱀파이어는 결코 안심할 수 없는 존재다. 특히 어머니 뱃속에 있을
때부터 그 사악한 행동을 시작한다면 더욱 그렇다. 레이먼드 밴 오
버의 「열두 번째 아이Twelfth Child」(1990)에 나오는 아기는 임신 중일
때부터 어머니의 피를 빼앗는다. 태어나면서 이 아이는 피를 완전
히 고갈시켜 어머니를 죽게 한다. 다니엘 브레크의 「뚱뚱한 부인La
Grosse Dame」(1992)의 여주인공은 스스로 제왕절개술을 시행해 아이
를 낳는데, 아이는 뾰족한 이가 난 흉측한 몰골이다. 이런 극단적인
경우를 제외하면 문학작품에는 각양각색의 어린 뱀파이어가 등장
하며, 나이는 보통 4세에서 12세 사이이다. 마이클 토머스 포드는
「엔젤 베이비Angel Baby」(1997)에서 사랑스러운 네 살배기 아이가 밤
이면 방을 나와 끔찍한 살육을 저지르는 장면을 묘사해 보인다. 이
런 유의 작품에서 가장 매력적인 인물 중 하나가 『뱀파이어와의 인
터뷰』의 여주인공인 꼬마 클로디어다. 다섯 살 반에 뱀파이어가 된
클로디어는 얌전히 인형놀이를 하는 어여쁜 소녀인 동시에 어두운
골목에서 행인을 꾀어 무자비하게 목을 자르는 무서운 포식자이기
도 하다. 아네트 커티스 클라우스의 『실버 키스The Silver Kiss』(1990)에
나오는 여섯 살의 크리스토퍼도 이런 부류의 뱀파이어다. 어린 뱀
파이어들은 겉보기로는 언제까지나 나이 들지 않지만, 사실은 매
우 늙었고 정신적으로 어른인 존재일 수 있다. S. P. 섬토의 『뱀파이
어 정션Vampire Junction』(1984)의 주인공 티미 밸런타인이 바로 그런 경

우다. 티미는 열한 살 소년의 모습을 하고 있지만 사실은 천 년이 넘는 세월을 살았다. 마지막으로 언급할 두 어린이 뱀파이어는 상당히 이례적인 사례다. 바로 트루먼 커포티의 동명 소설(1945)에 등장하는 미리엄, 그리고 스웨덴 작가 욘 아이비데 린드크비스트의 『렛 미 인Let the Right One In』(2007)의 소녀 뱀파이어 엘리다. 미리엄은 새하얀 머리칼의 열 살 남짓한 기묘한 소녀로, 노인들의 집에 기식하면서 그들을 결국 죽음에 이르게 한다. 『렛 미 인』의 엘리는 정말로 희생자의 피를 빤다는 점에서 보다 전통적인 뱀파이어에 가깝지만, 수수께끼에 싸여 있다. 그녀가 어디에서 왔는지, 실제로는 누구인지 우리는 알 수 없는 것이다. 엘리는 열두 살 소녀의 모습인데, 몇백 년 동안 살아온 듯한 인상을 풍긴다. 그녀는 남자아이의 이름을 쓰며, 같은 층에 사는 소년 오스카르가 처음으로 벗은 몸을 보았을 때 그녀에게는 성기가 없었다. 클로디어처럼 엘리도 순진하면서 교활하고, 다정하면서 잔혹하며, 매력적이고도 위험하다.

「뱀파이어」를 통해, 한편 폴리도리는 뱀파이어가 이성의 희생자를 선호한다는 문학적 관례를 수립했다. 루스벤 경과 드라큘라는 특히 여성을 희생자로 삼고, 클라리몽드는 젊은 사제 로뮈알에게 집착을 보이며 드라큘라 성의 세 여자 뱀파이어는 조너선 하커를 욕정 어린 눈으로 바라본다. 19세기 문학의 두 가지 유명한 예외는 카르밀라와 바르달레크 백작이다. 이들은 동성을 희생자로 삼으며 희생자와 연인 관계를 맺는다. 두 성인이 합의하에 만나는 것이라 해도 법적인 처벌을 받을 만큼 동성애가 금기시되던 빅토리아 시대에, 이런 작품들은 얼마나 대담한 것이었는지 가늠할 수 있다. 19세기 문학은 뱀파이어에 에로틱한 차원을 부여했는데, 이는 중부 유럽의 전승 속에는 전혀 존재하지 않던 성격이다. 전설 속의 뱀파이어는 성별이나 나이를 가리지 않고 아무나 공격했던 것이다. 이런 에로틱한 성격은 20세기에 들어 한층 강화되었다. 문학에서 검열이 사라진 덕이다. 오늘날의 소설과 영화는 종종 상당히 수위가 높은 관능적인 장면을 담고 있다.

소수의 20세기 작품은 중부 유럽의 전승이 아닌 다른 신화들을 소재로 삼고 있다. 몇몇 소설에서는 고대 그리스로마 신화의 라미아가 뱀파이어로 등장한다. 처음으로 이런 테마를 사용한 작가 중 하나는 러브크래프트의 제자이자 친구인 미국 작가 클라크 애슈턴 스미스이며, 특히 「이야기의 끝The End of the Story」(1930)이 그런 작품에 속한다. 라미아가 나오는 소설로는 토머스 몬텔레온의 『리리카Lyrica』(1987), 팀 파워스의 『라미아가 보고 있다The Stress of Her Regard』(1989)를 들 수 있다. 휘틀리 스트리버의 『굶주림The Hunger』(1981)에서는 뱀파이어인 여주인공 미리엄이 라미아의 딸로 등장한다. 이들 라미아는 모두 희생자를 유혹해 피를 빨거나 생명력을 흡수한다. 1933년 C. L. 무어가 고대 신화의 고르곤에게 영감을 얻어 상상해낸 외계 뱀파이어 샴블로 역시 대단한 유혹자이다. 앤드루 니더먼의 『사생아Love Child』(1986)의 여주인공은 성관계를 나눈 상대를 죽게 할 수 있는 무시무시한 능력이 있는데, 고대 아마조네스족의 후손이다. 아시아 신화에서 영감을 얻는 작가들도 있다. 시버리 퀸은 「영원한 소유Mortmain」(1940)에서 중국의 흡혈귀 강시(질문 7 참조)를 소재로 삼았다. 벤틀리 리틀의 『소환The Summoning』에 등장하는 '컵후경시' 역시 중국 흡혈귀이다. 로버트 블로흐의 「식초의 향The Scent of Vinegar」(1994)과 스티븐 데드맨의 『섀도우 바이트Shadows Bite』

(2001)에서는 말레이시아의 무시무시한 뱀파이어 페낭갈란(질문 12 참조)이 나온다.

사이킥 뱀파이어 중에는 신체적으로는 젊고 원기왕성하며 남들의 창조적인 아이디어를 빼앗아 제 것으로 삼을 수 있는 이들도 있다. 이런 부류에 속하는 최초의 예 중 하나는 G. S. 비렉의 『뱀파이어의 집The House of the Vampire』(1907)의 주인공 레지널드 클라크이다. 클라크는 뉴욕 지식인들에게 크게 호평을 받는 성공한 작가이지만, 그가 성공을 거둔 것은 자신이 만나는 재능 있는 화가, 조각가, 음악가, 시인 들에게서 재능을 빼앗아 오는 능력 덕분이다. 그가 추악한 기생충처럼 남들의 작품을 제 것으로 삼아 승승장구하는 동안, 영감을 약탈당한 희생자들은 정신착란에 빠져든다. 쳇 윌리엄슨은 「타인의 불행을 느낀다는 것To Feel Another's Woe」(1989)에서, 변변치 않은 여배우가 상대역 배우들의 재능을 가로채 무대에서 빛을 발하는 명배우가 되고 상대 배우들은 점점 연기가 엉망이 되어간다는 이야기를 선보인다. 어떤 작가들은 남들을 돕고자 하는 선의에서 글자 그대로 희생자를 자처하는, 일종의 '수동적 뱀파이어 행위'를 창안해냈다. 할란 엘리슨의 「무딘 칼을 써봐Try a Dull Knife」(1968)에 나오는 메시아 같은 인물 에디 버마가 그 예다. 이야기는 결국 그가 제자와 팬들의 희생자가 되는 것으로 끝난다.

초자연적인 사이킥 뱀파이어와, 보통 인간이지만 타인에게 결정적인 영향력을 행사할 수 있는 은유적인 의미의 뱀파이어는 결국 정도의 차이만 있을 뿐이다. 헨리 제임스의 작품에서는, 타인과 관계를 맺는 방식이 뱀파이어와 그 희생자의 관계처럼 부각된다. 그의 작품에는 타인에게 강력한 영향력을 행사하는 인물이 자주 등장한

    뱀파이어의 매혹

다. 한 최면술사가 자신이 사랑하는 소녀에게 위험할 정도의 영향력을 행사하는 「파고 교수Professor Fargo」(1874)가 특히 그러한 작품이며, 「드 그레이De Grey」(1868)에서 드 그레이 가문의 남자들은 약혼자를 죽게 하는 불행한 저주의 희생양이고, 『성스러운 샘The Sacred Fount』(1901)에서는 두 부부가 서로의 생명력을 빨아먹는다. 처음에는 브리센든 부인이 불가사의하게 젊음을 되찾아 가고 남편은 늙어 가다가, 어느 순간부터 상황이 그 정반대가 되는 것이다. D. H. 로렌스의 「사랑스런 여인The Lovely Lady」(1927)에 나오는 폴린 애튼버러 역시 비유적인 의미에서 뱀파이어 같은 인물이다. 초자연적인 힘을 사용하지는 않지만, 많은 과잉보호 어머니들이 그렇듯 성인이 된 아들들을 마음대로 좌지우지하며, 그럼으로써 젊고 건강한 모습을 간직한다. 막내아들이 결국 어머니의 뜻에 반항하며 진정한 어른이 되기로 결심하는 순간, 그녀의 매력은 사라지고 '사랑스런 여인'은 늙은 여인으로 되돌아온다. 아이리스 머독은 『우연의 사나이An Accidental Man』(1973)에서 본인의 의지와는 관계없이 뱀파이어가 되는 독특한 인물을 창조해냈다. 주인공 오스틴 깁슨 그레이는 가는 곳마다 온갖 재난을 불러오는 사나이이며, 그의 실수로 희생자가 된 사람들이 불행한 운명을 맞는 반면 본인은 계속해서 젊어진다.

인간이 아니라 동물, 식물, 심지어 무생물인 뱀파이어도 있다. 뱀파이어에 으레 분신처럼 따라붙는 박쥐나 늑대는 물론이고, 전혀 뜻밖의 동물에 이르기까지 그 종류는 몹시 다양하다. M. A. 레장의 『무無의 짐승Bête du néant』(1970)에 나오는 문어나 E. F. 벤슨의 「배회하는 일거리Negotium Perambulans」(1924)의 거대한 거머리 같은 뱀파이어는 그럴 만도 하지만, 카를 맨하임의 『금성의 뱀파이어Vampires of Venus』

의 새鳥 뱀파이어나 피터 색슨의 『피니스테르의 뱀파이어The Vampires of Finistère』(1972)의 물고기 뱀파이어는 사뭇 기묘하게 여겨진다. 식물계 역시 피를 빠는 꽃, 관목, 나무 등을 다양하게 배출했다. 흡혈 난초라는 설정은 꽤 흔한데, H. G. 웰스의 「이상한 난초The Strange Orchid」(1894)가 대표적인 예이다. 제럴드 페이지의 「나무The Tree」(1987)처럼 나무가 피를 양분으로 삼는 경우도 있다. 광물도 빼놓을 수 없다. 로저 젤라즈니의 『그림자 잭Jack of Shadows』(1971)은 바위가 삼투작용을 통해 생물의 피를 빨아들인다는 내용이고 태니스 리의 『폴크하바르Volkhavaar』(1977)에 나오는 성스러운 돌 형상의 신 타케르나는 피를 바치면 특정 소원을 들어준다. 자연 공간이 그 근처를 지나가는 사람의 생명력을 빨아들이기도 한다. 앨저넌 블랙우드의 「더 트랜스퍼The Transfer」에 나오는, 정원 한가운데의 메마른 땅한 뙈기가 그렇듯 말이다. 그런가 하면 집이 뱀파이어인 경우도 있다. 로버트 마라스코의 『번제Burnt Offerings』(1973)는 다 쓰러져 가는 기묘한 저택이 거기에 사는 사람들을 파멸로 몰고 가며 과거의 호화로움을 되찾는다는 줄거리다. 인간이 손으로 만들어낸 물건이 다른 사람을 해치는 뱀파이어가 되기도 한다. 우선 버나드 케이프스의 「가면The Mask」(1915)의 그림이나 시버리 퀸의 「은빛 백작부인The Silver Countess」(1920)의 조각처럼 예술작품인 예를 들 수 있다. 평범한 옷이 그것을 입는 이를 뱀파이어로 돌변하게 하기도 한다. 로버트 블로흐의 「외투The Cloak」(1939)나 리처드 매드슨의 「하얀 비단 드레스Dress of White Silk」(1951)가 그렇다. 「새틴 가면The Satin Mask」(1936)에서 어거스트 덜레스는 쓰는 사람을 무기력증으로 죽게 하는 가면을 상상해냈다. 사악한 기운이 깃든 장난감이 제 어린 주인에게 해코

 뱀파이어의 매혹

지한다는 이야기도 있다. 빅터 루소의「저 너머의 외침A Cry from Beyond」
(1931)에 나오는 인형이나 시어도어 스터전의「교수의 곰 인형The
Professor's Teddy Bear」(1948)의 봉제 인형처럼 말이다. 체코 작가 요제프
네스바브다의「뱀파이어 주식회사Vampires Ltd」(1964)의 뱀파이어 자
동차나, 그레이엄 매스터턴의「신혼 스위트룸Bridal Suite」(1980)에 나
오는 신혼부부의 피를 빨아먹는 침대처럼, 기발한 물건이 뱀파이
어가 되기도 한다.

뱀파이어가 시인에게도 영감을 주었는가?

뱀파이어를 묘사한 작품은 대다수가 장·단편 소설이다. 그러나 과
거 18세기 말과 19세기 초에 뱀파이어라는 존재가 유명해진 것은
시 분야에서였다는 점을 잊어서는 안 된다. 뱀파이어가 등장한 최
초의 작품은 독일의 시인 하인리히 아우구스트 오센펠더의「뱀파
이어Der Vampir」(1748)이다. 시인은 뱀파이어에 자신을 이입하여, 밤
마다 찾아가는 여인에게 자신이 그녀의 피를 마실 것이며 죽음으로
데려가겠다고 알린다. 이 짧은 시는 걸작은 아니었기에 오늘날에
는 잊히고 말았지만, 뱀파이어와 그 희생자의 관계를 쾌락과 죽음
을 동시에 가져오는 사랑의 관계로 그려내는 문학적 전통을 세웠다
는 점에서는 주목할 만하다. 오센펠더가 즉시 실제 문학적 유파를
수립한 것은 아니지만, 훗날 독일 낭만주의 시는 슈투름 운트 드랑
Sturm und Drang 운동 내에서 이런 사상을 계승한다. 27년 뒤 고트프리트
아우구스트 뷔르거는 유명한 민요시「레노레Lenore」(1773)에서 전

장에서 목숨을 잃은 기사가 군마에 태워 그의 약혼자를 죽은 자들의 왕국으로 데려가려고 그녀를 찾으러 온다는 이야기를 상상해냈다. 뷔르거의 민요시는 월터 스콧에 의해 영어로 번역되어 영국 낭만주의, 특히 콜리지와 셸리에게 막대한 영향을 끼쳤다. 보다 뱀파이어에 가까운 인물로는 괴테의 「코린토스의 신부^{Die Braut von Korinth}」(1793)의 여주인공이 있다. 죽은 지 얼마 안 된 이 처녀는 밤에 그녀의 죽음을 모르는 젊은 연인 앞에 나타난다. 하룻밤 사랑을 나눈 뒤 여인은 연인에게 자신의 입맞춤이 치명적인 것이었으며 그도 곧 그녀와 함께하게 될 거라고 말한다. 영국 낭만주의 시는 뷔르거와 괴테의 영향을 크게 받으며, 치명적 매혹을 지닌 뱀파이어 여인이라는 테마는 매우 유명해진다. 로버트 사우디의 「탈라바^{Thalaba the Destroyer}」(1801)도 그런 예이다. 제8권에서 탈라바의 아내 오네이자는 뱀파이어가 되고, 결국 친아버지에 의해 창에 찔려 제거된다. 「탈라바」에는 「레노레」의 영향이 뚜렷하게 나타나며, 몇몇 행은 거의 글자 그대로 베껴 적은 것이나 다름없을 정도다. 한편 콜리지의 「크리스타벨^{Christabel}」에서는 괴테의 영향이 두드러진다. 난데없이 나타난 치명적 매력의 여인 제럴딘은 코린토스의 신부와 상당히 닮았다. 우선 희생자를 유혹한 다음 죽음으로 몰고 가는 것이다. 제럴딘과 순결한 크리스타벨의 모호한 관계는 르 파누 소설의 카르밀라와 로라를 떠올리게 한다. 키츠의 서사시 「라미아」(1820)는 괴테처럼 고대 그리스 신화로부터 소재를 가져온 작품이며, 팜 파탈인 여자 뱀파이어를 매우 아름답게 그려내고 있다. 키츠는 필로스트라토스의 『아폴로니오스의 일생^{De vita Apollonii}』의 한 이야기에서 영감을 얻었다. 25세의 젊은이 메니푸스 리시우스는 코린토스로 가는

　　　　　　　　　　　　　　　　　　뱀파이어의 매혹

길에서 너무도 아름다운 여인을 만나 사랑에 빠진다. 그는 몰랐지만 여인은 사실 라미아였고, 그가 여인과 결혼하려던 차에 스승 아폴로니오스가 진실을 알려준다. 그러자 라미아는 뱀으로 변했다 사라지며 청년은 절망에 빠져 죽는다. 키츠의 「무자비한 미녀^{La Belle Dame sans Merci}」(1820) 역시 뱀파이어를 연상시킨다. 여주인공은 서큐버스 같은 존재로, 자기 곁을 지나가는 남자들을 유혹해 절망과 죽음에 이르게 한다. 바이런도 뱀파이어에 관심이 있었다. 바이런은 그리스와 동방 여행을 통해 지방의 뱀파이어 전설들을 알게 되었고, 그의 시 「이교도^{The Giaour}」(1813)에는 뱀파이어를 뚜렷하게 암시하는 부분이 있다. 프랑스의 경우를 보면, 테오필 고티에의 「노란 얼룩^{Les Taches jaunes}」(1844)에 뱀파이어 여인이라는 테마가 아주 명확하게 드러난다. 시인은 죽은 연인에 대한 사랑을 노래한다. 그는 연인이 관에서 나와 자신에게 죽음의 입맞춤을 선사해 주기를 꿈꾼다. 제럴딘, 라미아, '무자비한 미녀'의 소행에 뱀파이어를 연상시키는 데가 있는 것은 사실이지만, 결코 희생자의 피를 빨지는 않는다. 본질적으로 이들은 은유적인 뱀파이어인 것이다.

그러나 같은 시대 영국 작가들이 쓴 그리 알려지지 않은 몇몇 시를 보면 뱀파이어라는 테마가 훨씬 더 분명히 묘사된다. 존 스태그의 민요시 「뱀파이어^{The Vampyre}」(1810)에서는 주인공인 헤르만이 뱀파이어가 된 옛 친구 지기스문드의 불행한 희생양이 된다. 이 이야기에서 헤르만은 공격자가 벌이는 소름 끼치는 피의 향연을 묘사한다. 지기스문드는 말뚝으로 처형되고, 역시 뱀파이어가 된 헤르만도 같은 운명을 맞는다. 1833년 발표된 헨리 리델의 서사시 「뱀파이어 신부^{The Vampire Bride}」는 메리메의 「일의 비너스^{La Vénus d'Ille}」와 놀라우리 만치 유사하다. 앨버트 백작이라는 젊은이가 결혼식 날 아름다운 여인의 조각상 손가락에 반지를 잠시 끼워 두는데, 나중에 찾으려 하니 반지가 빠지지 않는다. 그날 밤, 유령 같은 형상이 나타나 젊은이에게 일단 반지를 주었으니 그는 자신의 것이라고 말하며 그의 피를 빤다. 앨버트는 위독한 상태에 빠지고, 그를 구할 수 있는 것은 아내의 기도뿐이었고, 그 기도에 성모 마리아가 화답해 뱀파이어가 묻힌 장소를 알려준다. 괴물을 무찌르고 반지를 되찾자 앨버트도 생명을 건진다. 뱀파이어는 치명적인 사랑을 연상시킬 뿐 아니라 발칸반도, 그리스, 터키 같은 동방의 매력을 일깨우며 이국적인 향기를 불러일으키므로 아주 낭만적인 모티프다. 바이런은 「이교도」에 이런 이국정서를 담았고, 메리메가 『라 구즐라』라는 제목으로 묶어낸 일리리아 민요를 흉내 낸 시 모음집 역시 마찬가지다.

19세기 후반의 시에서 뱀파이어는 죽은 자의 사랑이 지닌 미묘한 매력보다는 죽음과 쇠퇴의 공포를 표상하는 경향을 띤다. 괴테, 키츠, 고티에의 시에서 사람들을 유혹하는 여인들이 홀릴 듯한 미모를 지닌 것에 반해, 『악의 꽃Fleurs du Mal』(1868)에 수록돼 혹평을 받는 작품 「뱀파이어Le Vampire」와 「뱀파이어의 변신Les Métamorphoses du Vampire」에서 보들레르가 묘사하는 여자 뱀파이어는 혐오감을 일으킬 뿐이다. 특히 「뱀파이어의 변신」에서 여인은 부패가 진행되면서 "고름이 가득 찬 끈적끈적한 가죽 부대"로 변한다. 여기에서는 독자에게 충격을 주고자 하는 의도가 다분히 엿보이며, 이는 이듬해에 발표된 로트레아몽의 산문시 「말도로르의 노래Les Chants de Maldoror」(1869)에서도 마찬가지다. 시인은 한 소년에게 갖은 고문을 겪게 하며, 독자로 하여금 그의 피를 빨도록 권유한다. 「말도로르의 노래」에서는

　뱀파이어의 매혹

생리적 혐오감보다 사디즘의 끔찍함이 두드러진다.

20세기 초의 몇몇 시인은 뱀파이어라는 테마를 반어법에 사용했다. 1916년에 발표된 두 편의 시에서는 여자 뱀파이어가 조롱의 대상이 된다. 러디어드 키플링은 시 「뱀파이어^{The Vampire}」에서 이 죽음의 유혹자에게 홀리는 순진하고 가련한 이를 비웃었고, 스콧 피츠제럴드는 「뱀파이어는 내 피를 빨지 않을 것이다^{Vampires Won't Vampire Me}」를 통해 자신이 영화에 나오는 '뱀프'들의 매력에 전혀 관심이 없다는 점을 알린다. 19세기 초에는 뱀파이어가 낭만주의 시인들 덕분에 시 분야에서 상당한 명성을 누렸지만, 20세기에는 이를 모티프로 한 진정한 걸작은 나오지 않았다. 물론 T. S. 엘리엇의 「황무지^{The Waste Land}」(1926), 윌리엄 버틀러 예이츠의 「기름과 피^{Oil and Blood}」, 테드 휴즈의 「뱀파이어^{Vampire}」(1957)처럼 매우 유명한 작가들의 작품에 뱀파이어의 암시가 드러나는 것은 사실이다. 제임스 조이스도 『율리시스^{Ulysses}』(1922)에 "창백한 뱀파이어"라는 표현이 있는 네 줄의 짧은 시행을 넣었다. 그러나 이런 예는 부차적인 것에 불과하며 뱀파이어라는 테마 역시 대개 은유적인 방식으로 전개될 뿐이다.

반면 공포문학에서 직접적인 영향을 받은 대중적인 시가 발전하게 되었는데, 특히 미국에서 그랬다. 양차 대전 사이의 시기에 『위어드 테일스^{Weird Tales}』 같은 싸구려 잡지에는 수준이 들쭉날쭉하지만 환상문학에 속하는 모티프를 다룬 시들이 정기적으로 실렸으며, 뱀파이어도 그 모티프 중 하나였다. 이따금 뛰어난 수준을 보인 러브크래프트와 클라크 애슈턴 스미스의 작품을 제외하면, 20세기의 시들은 전반적으로 상당히 빈약했다. 오늘날에도 여전히 전문 잡지에는 뱀파이어를 소재로 한 다양한 시가 실리지만, 몇몇 다행스런 예외를 빼고는 진부한 얘기를 되풀이하는 게 고작이며 운율에는 거의 신경조차 쓰지 않은 것들이다. 결국 20세기 시에서는 뱀파이어라는 소재가 기대했던 만큼 가능성을 충족시키지 못했다고 볼 수 있다.

19 뱀파이어에 대한 연극이 있는가?

19세기 초에 뱀파이어가 대중에게 확실히 알려진 것은 연극 덕분이다. 시와 마찬가지로 연극도 서사문학보다 앞서서 등장했다. 이탈리아 작곡가 실베스트로 디 팔마의 오페라 〈뱀파이어^{I Vampiri}〉는 폴리도리의 「뱀파이어」보다 19년 앞선 1800년부터 공연되었다. 그러나 연극에서 진정으로 뱀파이어라는 인물을 다룬 것은 폴리도리 소설의 프랑스어 번역본이 나온 이후부터였다. 폴리도리의 이야기가 성공을 거둔 큰 이유는, 그것이 바이런의 작품으로 여겨졌기 때문이다. 샤를 노디에가 소설을 바탕으로 쓴 희곡은 엄청난 인기를 누렸고, 프랑스와 다른 유럽 국가에서 유사한 작품들이 속출했다. 알렉상드르 뒤마는 1851년 오귀스트 마케와의 공동 집필로 〈뱀파이어^{Le Vampire}〉라는 제목의 멜로드라마를 썼는데, 노디에의 작품을 상당히 자유롭게 개작한 것이었다. 영국에서는 제임스 로빈슨 플랑셰가 1820년 노디에의 작품을 영어로 개작한 〈뱀파이어, 혹은 섬의 신부^{The Vampire, or the Bride of the Isles}〉를 썼고, 디옹 부시코는 뒤마의 작품에 영향을 받아 1851년 〈뱀파이어^{The Vampire}〉라는 멜로드라마를 썼다. 1838년 3월 27일 라이프치히에서 공연된 하인리히 마르슈너의 오페라 〈뱀파이어^{Der Vampir}〉의 대본 역시 노디에가 손댄 폴리도리 소설의 줄거리를 바탕으로 한 것이다. 폴리도리의 작품을 각색한 이런 여러 사례 외에도 뱀파이어는 여러 익살극의 소재가 되었다. '그로카유'라는 별명의 익명 작가가 노디에를 패러디해 쓴 〈카데 뷔퇴, 뱀파이어^{Cadet Buteux, vampire}〉(1820)와 브라지에, 가브리엘, 아르망의 떠들썩한 보드빌 단막극 〈세 뱀파이어 혹은 달빛^{Les Trois Vampires ou le Clair de lune}〉(1820) 등이 거기에 속한다. 앤 라이스는 아르망이라는 이름을 가져와 『뱀파이어와의 인터뷰』의 등장인물에게 붙인다. 부시코의 희곡은 다시 1872년 R. 리스라는 인물이 쓴 패러디 〈뱀파이어^{The Vampire}〉의 모델이 된다. 그러니까 19세기 유럽에서는 그 정도야 어쨌든 폴리도리의 영향을 받은 극작품들이 광적인 인기를 누렸던 셈이다. 반면 이 시대에는 진정으로 독창적인 시나리오를 갖춘 작품은 찾기 힘들다. 얼마 안 되는 예로 우선 세인트 존 도싯의 〈뱀파이어^{The Vampire}〉(1821)를 꼽을 수 있다. 운문으로 된 비극인 이 작품은 한 번도 무대에서 공연되지 않았는데, 주인공 압달라 왕자가 사실은 폭군이며 맥베스가 그랬듯 권력을 쥐기 위해 가증스런 범죄를 저지른다는 내용이다. 영국의 위대한 시인이자 극작가 앨저넌 찰스 스윈번은 메리 스튜어트에 대한 운문극 3부작 〈체이스틀러드^{Chastelard}〉(1865), 〈보스웰^{Bothwell}〉(1874), 〈메리 스튜어트^{Mary Stuart}〉(1881)에서 뱀파이어라는 테마를 다루는데, 역시 은유적인 차원에서다. 이 작품에서 스코틀랜드 여왕 메리 스튜어트는 강압적이고 잔혹한 여인으로 그려진다. 장 페랭이 「영국 낭만주의 시에 나타난 뱀파이어 여인^{La Femme vampire dans la poésie romantique anglaise}」에서 쓴 표현에 따르면, 그녀는 "낭만주의의 신화적인 인물, 팜 파탈의 절정"(페랭, 1993, 128쪽)이다. 스윈번은 여러 차례에 걸쳐 그녀를 남자들의 피에 굶주린 여자로 묘사한다.

20세기에는 뱀파이어의 영향을 받은 중요한 극작품은 나오지 않았다. 반면 스토커의 『드라큘라』를 각색한 연극, 뮤지컬, 발레 작품이 무수히 많다. 런던 라이시엄 극장의 지배인이던 스토커는 자신의 소설을 〈드라큘라, 혹은 죽지 않은 자Dracula, or the Undead〉라는 제목의 극작품으로 개작해 1897년 5월 18일 대본 낭독회를 열었다. 극장주인 헨리 어빙이 다음 시즌 공연 목록에 올려 주기를 바라는 마음에서였다. 그러나 어빙은 "끔찍하군"이라고 외치며 자리를 떴고, 그것으로 스토커의 작품도 끝장이었다. 스토커가 사망한 후 아내 플로렌스는 소설의 각색권을 라이시엄 극장의 옛 배우 해밀턴 딘에게 팔았다. 딘은 소설을 연극으로 각색했고, 작품은 1924년 더비에서 초연된 뒤 런던에서 어마어마한 성공을 거두었다. 미국 관객의 취향에 맞추기 위해 딘은 미국 극작가 존 밸더스턴과 공동으로 작품을 고쳐 썼고, 이 새로운 버전은 1927년 뉴욕에서 매진 사례를 이루었다. 여기서 드라큘라 백작 역을 맡았던 벨라 루고시는 1932년 영화에서도 같은 역을 맡게 된다. 시의 경우는 낭만주의라는 위대한 시대를, 그리고 연극의 경우 뱀파이어를 무대에 등장시킨 1820년대의 유행기를 제외하면, 이 두 분야에는 시간을 초월해 살아남은 진정으로 매혹적인 뱀파이어 작품은 없다고 말할 수 있다. 뱀파이어가 활약한 분야는 무엇보다도 산문적인 서사문학이라는 장르다.

 뱀파이어의 매혹

왜 『드라큘라』가 문학 속 뱀파이어의 역사에서 전환점인가?

브램 스토커의 『드라큘라』는 1897년, 폴리도리의 「뱀파이어」가 발표된 78년 후에 출간되었다. 그러니까 스토커가 뱀파이어 소설의 선구자라고는 할 수 없다. 그러나 우리가 오늘날 보는 것처럼 뱀파이어에 대한 문학적 신화를 이룩한 기원은 바로 스토커의 소설이며, 그 이유는 여러 가지이다. 에이브러햄(브램) 스토커가 세계문학에서 가장 널리 읽히는 소설 중 하나를 쓰게 되리라고는 아마 누구도 예상치 못했을 것이다. 스토커는 1847년 11월 8일 더블린 근처의 클론타프에서 태어났다. 그의 아버지는 관청 서기국에서 일하는 소박한 공무원이었으며, 아들이 자신과 같은 직업을 갖게 할 생각이었다. 그는 연극을 열정적으로 좋아했고, 더블린에서 배우 헨리 어빙의 눈에 띄어 1878년 런던으로 상경해 어빙이 소유한 라이시엄 극장의 지배인이 되었다. 런던으로 가기 전 그는 한때 오스카 와일드의 애인이었던 플로렌스 밸컴과 결혼했다. 스토커는 악착스럽게 일하며 극장 경영에 에너지를 쏟는 한편, 아마추어로 글쓰기를 계속했다. 1903년 라이시엄 극장이 도산하자 스토커는 재정적으로 큰 문제에 부딪쳤고, 돈을 벌기 위해 글을 써야만 했다. 1905년 어빙이 사망한 뒤 깊이 상심한 데다 과로와 병으로 쇠약해진 그는 1912년에 죽었다. 스토커가 쓴 뱀파이어에 대한 다른 두 편의 소설로 『수의를 입은 여인The Lady of the Shroud』(1909)과 단편 「드라큘라의 손님Dracula's Guest」이 있는데, 후자는 1914년 사후에 출간되었다.

스토커는 오랫동안 뱀파이어 이야기를 쓰고 싶어했다. 아주 어릴 때부터 그는 어머니가 들려주는 기묘하거나 오싹한 이야기를 몹시 좋아했고, 본래부터 환상문학에 대한 취향이 있었다. 스토커는 분명 폴리도리의 「뱀파이어」나 『뱀파이어 바니』, 「카르밀라」를 읽었겠지만, 선배 작가들과는 달리 이야기의 진실성에 몹시 신경을 썼다. 중부 유럽의 신앙과 전설을 자세히 알기 위해 대영 도서관에서 자료를 수집한 것도 그 때문이었다. 스토커는 당시 외교사절로 런던에 와 있던 부다페스트 대학의 동양어 교수 아르미니우스 밤베리를 만나 루마니아의 역사에 대해 배웠다. 등장인물의 이름을 두고 고민하던 중 그는 밤베리 교수에게서 블라드 드라큘라라는 이름을 들었고, 당장 그 이름을 채택했다.

스토커의 『드라큘라』에는 고딕소설 양식과 모더니즘이 기묘하게 뒤섞여 있다. 소설은 조너선 하커의 트란실바니아 여행 이야기로 시작한다. 이런 식의 프롤로그는 영국 고딕소설의 전통대로다. 바위투성이 산봉우리 꼭대기에 있는 낡은 성이라는 배경은 앤 래드클리프의 소설을 상기시킨다. 음침하고 미심쩍은 드라큘라 백작이라는 인물 역시 고딕소설에 등장하는 잔인한 성격의 성주를 연상시킨다. 조너선 하커의 일기가 갑작스레 끊긴 후 독자는 19세기 영국으로 이동하는데, 이곳은 비서들이 속기술로 기록을 하고 의사들은 딕터폰에 소견을 녹음하는 근대적인 공간이다. 유명한 것은 그 뒷이야기이다. 드라큘라는 휘트비에 상륙해 하커의 약혼녀 미나의 친구인 루시 웨스텐라의 피를 빨고, 런던 근교 카팩스 수도원에 거처를 정한다. 루시를 치료하기 위해 반 헬싱 박사가 불려오지만 루시는 낫지 않고, 그녀가 죽어 뱀파이어로 변하자 박사는 루시의 심장에 말뚝을 박도록 한다. 드라큘라가 미나를 먹잇감으로 삼자, 반 헬싱과 동료들은 그를 추격해 트란실바니아의 드라큘라 성까지 가

　　　　　　　　　　　　　　　뱀파이어의 매혹

며, 거기서 미국인 퀸시 모리스가 드라큘라를 해치운다.

　그때까지 문학에 등장했던 모든 뱀파이어와 확연히 다른 드라큘라만의 특성은 그 프로메테우스적인 차원이다. 드라큘라는 신과 인간 모두를 상대로 홀로 맞서는 것이다. 소설 속에서 그는 강력한 영향력으로 다른 인물을 모두 압도하며, 그가 제거된다는 것은 좀 부자연스럽게까지 여겨진다. 드라큘라는 이아고, 리처드 3세, 매튜 루이스 소설의 암브로시오 수도사처럼 문학 속 유명한 악당의 반열에 올라섰고, 20세기 모든 뱀파이어의 모델 역할을 했다. 『드라큘라』는 또한 문학 속 뱀파이어의 역사에 하나의 전환점을 기록했으며, 발표된 이후부터 오늘날까지 그 명성이 이어져 엄청난 유명세를 누리고 있다. 이 책은 각국 언어로 번역되고 재판을 거듭하며 전 세계로 퍼져나갔다. 오늘날 우리가 폴리도리의 「뱀파이어」, 「카르밀라」, 『뱀파이어 바니』의 존재를 아는 것은 상당 부분 『드라큘라』 덕택이다. 물론 이들 작품에 나름의 장점이 있기는 하지만, 스토커의 이 책 덕분에 뱀파이어의 문학적 신화가 이토록 큰 반향을 얻지 못했더라면 아마 전공자들만 관심을 갖는 작품이 되거나 아예 잊히고 말았을 것이다. 또한 『드라큘라』는 19세기 뱀파이어 소설 중 유일하게 영화 제작자들이 관심을 보인 작품이다. 그것도 제7예술로서 영화가 보급되기 시작한 초기에 말이다. 영화가 바통을 이어받지 않았다면 과연 이 작품이 오늘날과 같은 명성을 누릴 수 있었을지 의문이다. 1932년, 토드 브라우닝이 감독한 최초의 유성영화를 통해 선보인 드라큘라 백작은 일반 대중에게 깊은 인상을 남겼다. 그리하여 드라큘라는 셜록 홈스를 비롯한 대중문학의 신화적 인물들처럼 친숙한 존재가 되었다.

브램 스토커는 이 소설을 통해 오늘날까지도 영화와 문학 도처에서 만나볼 수 있는 등장인물을 탄생시켰다. 매년 드라큘라를 주인공으로 하는 소설들이 출판된다. 그러나 이렇게 되기 전, 20세기 초에는 소설은 계속해서 재판되어 나오나 인물의 인기는 시들하던 때가 있었다. 소설과 인물에 관한 저작권이 법적으로 스토커의 미망인 플로렌스의 소유였기 때문이다. 그녀가 1932년 영화 각색권을 유니버설 사에 양도한 것은 사실이지만, 드라큘라라는 인물과 이름 자체는 여전히 플로렌스의 소유였다. 플로렌스는 베를린의 영화사 프라나에서 〈노스페라투〉를 제작했다고 저작권 소송을 건 적이 있었고, 그래서 작가들은 드라큘라 백작이 등장하는 새로운 이야기를 쓰고 싶어도 그녀를 자극하게 될까 두려워 참을 수밖에 없었다. 터키에서 알리 리가 세이피라는 사람이 낸, 드라큘라 이야기의 배경을 이스탄불로 바꿔 놓은 『카시글리 보이보다^{Kasigli Voyvoda}』라는 소설 한 편을 제외하면, 드라큘라 백작을 재등장시킨 소설은 플로렌스 스토커의 사망 후 6년이 지난 1943년에야 나왔다. 맨리 웨이드 웰먼의 「악마는 조롱거리가 아니다^{The Devil Is Not Mocked}」라는 단편소설이다.

제2차 세계대전 이후에는 소설의 저작권이 소멸되었기 때문에 아무 문제없이 드라큘라라는 인물과 그 이름을 사용할 수 있었다. 그러나 드라큘라 백작이 다시금 스크린의 조명을 받게 된 것은 1958년, 영국 감독 테런스 피셔의 〈드라큘라의 공포^{Horror of Dracula}〉를 통해서였다. 드라큘라에 대한 영화를 '소설화'한 책들은 물론, 그를 재등장시킨 오리지널 소설들이 나왔는데, 영국 작가 레이먼드 루도프의 『드라큘라 아카이브^{The Dracula Archives}』(1971), 에두아르 몰리나로의 영화 〈드라큘라, 아버지와 아들Dracula, père et fils〉의 원작인 프랑스 작가 클로드 클로츠의 『파리 뱀파이어Paris Vampire』(1974), 아르망 파라시의 『드라큘라의 사랑Un amour de Dracula』(1987)을 예로 들 수 있다. 1970년대에는 로버트 로리, 프레드 세이버하겐, 피터 트레메인 등이 드라큘라를 주인공으로 하는 여러 편의 시리즈물을 집필했다. 같은 시대 독일에서는 드라큘라의 새로운 모험을 그린 싸구려 소책자 형태의 소설이 수십 부씩 나왔다. 1992년 개봉한 프랜시스 코폴라의 영화 〈드라큘라〉는 드라큘라 백작을 새로이 되살려냈다. 그 후로도 『드라큘라』의 영향을 받은 소설은 꾸준히 발표되었으며, 2009년 가을에는 브램 스토커의 조카의 손자 데이커 스토커가 새로운 드라큘라 시리즈 3부작의 첫 권을 발표했다. 드라큘라라는 인물의 생명력이 백 년 넘게 지속되는 놀라운 현상은, 그가 현대인의 상상계 속에 굳건히 자리 잡은 일부가 되었으며 한때의 유행이 아닌 완전한 고전이 되었다는 증거라 할 수 있다.

21 뱀파이어 문학과 역사 사이에는 어떤 관계가 있을까?

환상문학은 비현실적이고 초자연적인 것을 바탕으로 하며, 그렇기에 본질적으로 시간과 공간을 벗어난 곳에 위치할 수밖에 없다. 그럼에도 환상문학은 특정한 사회 역사적 틀 안에서 발전했으며, 다른 모든 문학이 그렇듯 그 영향을 받는다. 앞서 우리는 질 드 레, 블라드 체페슈, 바토리 백작부인 등의 역사 속 특정 인물이 문학 속에서 뱀파이어라는 인물을 형성하는 데에 상당히 기여했음을 보았다. 결국 뱀파이어가 등장하는 이야기가 모두 현대를 배경으로 하는 것은 아니며, 어떤 작가들은 소설의 배경으로 실제 역사 속의 다양한 시대를 선택했다.

19세기에는 뱀파이어 이야기에서 역사에 기울이는 관심이 상대적으로 적었지만, 20세기에는 매우 구체적인 역사적 시기를 배경으로 하며 심지어 그 세계관 안에 실제 존재했던 유명한 역사 인물을 등장시키기까지 하는 소설들이 나왔다. 첼시 퀸 야브로가 자신의 연작 소설에서 루이 15세와 친분이 있었으며 장수의 묘약 덕분에 몇백 년 동안이나 살아왔다고 주장하던 신화적 인물 생제르맹 백작을 뱀파이어로 등장시킨 것이 그 예이다. 시리즈의 첫 권인 『호텔 트란실바니아Hotel Transylvania』(1978)는 18세기 파리로, 『궁전The Palace』(1978)은 르네상스 시대 피렌체로 독자를 이끈다. 그 다음 권들도 고대 이집트에서 나치가 집권하던 시대의 독일에 이르기까지 연대기적인 순서와는 무관하게 다양한 시대를 배경으로 삼는다. 첼시 퀸 야브로는 생제르맹 시리즈 외에도 그의 애인인 아타 올리비아 클레먼스라는 뱀파이어 여인이 등장하는 4부작을 썼다. 『블러드 게임』(1980)에서 그녀는 네로 시대의 로마에 등장하며, 이후의 세 편에서는 서기 566년의 비잔틴 제국에서 리슐리외 추기경 시대의 프랑스까지를 넘나든다. 한편 생제르맹의 다른 뱀파이어 애인 마들렌 드 몬탈리아가 나오는 『죽음을 마주하고In the Face of Death』(2004)는 남북전쟁 시대의 미국에서 펼쳐진다. 첼시 퀸 야브로의 소설은 모두 정확한 역사적 고증을 바탕으로 한다. 이야기 속에서 소설의 주인공들은 네로, 티무르 대제, 칭기즈 칸, 헨리 8세, 리슐리외, 이반 뇌제雷帝, 셔먼 장군, 아돌프 히틀러 등의 역사 속 실제 인물과 어울린다. 첼시 퀸 야브로는 뱀파이어 문학에서 매우 특별한 지위를 차지하고 있으며, 그녀의 소설은 유감스럽게도 프랑스어로는 번역되지 않았지만 역사에 사로잡힌 독자들을 유혹하기에 충분하다. 그녀의 작품들이 인기를 누리자 미국에서는 비슷한 유의 소설들이 뒤를 이었다. 그중에서도 돈 세바스티안 데 빌라누에바라는 뱀파이어가 주인공으로 등장하는 레스 대니얼스의 5부작을 들 수 있는데, 돈 세바스티안 역시 시대와 장소를 마음대로 누비는 여행가이다. 그는 종교재판 시대의 스페인이 배경인 『검은 성The Black Castle』(1978)에서 뱀파이어가 되며, 다음 권에서는 신대륙 정복에 참여하고, 혁명기의 파리에 나타나며, 연쇄살인범 잭 더 리퍼의 시대인 런던에 모습을 드러내다가, 20세기 초의 인도에 발을 디딘다. 앤 라이스 역시 주인공으로 하여금 여러 시대를 누비게 하는 작가다. 『판도라Pandora』(1998)에서는 카이사르 때의 제정 로마에서 18세기 프랑스를 거쳐 20세기 미국 루이지애나까지, 『뱀파이어 아르망Armand le vampire』(1998)에서는 몽골의 지배를 받던 우크라이나와 르네상스 시대의 베네치아로, 『비토리오Vittorio』(2000)에서는 메디치 가문이 지배하던 피렌체로 우리를 이끈다. 비교적 최근 작품인 스페인 작가 프란시스코 곤살레스 레데스마의 『시간을 벗어난 도시La Ciudad sin tiempo』(2007)에서는 소설의 화자인 뱀파이어의 눈을 통해 종교재판 시대부터 오늘날까지 바르셀로나의 역사가 쭉 펼쳐진다.

어떤 작가들은 뱀파이어의 기원에 역사적 의미를 부여하기 위해 인류의 위대한 신화가 형성되었던 먼 과거의 시대를 불러오기도 한다. 앤 라이스가 『뱀파이어 레스타』에서 이시스와 오시리스가 모든 뱀파이어의 조상이라고 설명하는 것도 그런 맥락이다. 톰 홀랜드 역시 『모래 속에 잠든 자The Sleeper in the Sand』(1998)에서 이집트의 신화와 역사를 소재로 삼았는데, 최초의 뱀파이어는 다름 아닌 아크나톤 왕이었고 그는 왕비 네페르티티에 의해 뱀파이어가 되었다는 설정이다. 피터 트레메인은 『내 사랑 드라큘라Dracula, My Love』(1980)에서 드라큘라 역시 이집트 혈통을 이어받았다고 썼다. 그가 드라코 신을 경배하던 선조들이 남긴 파피루스를 뒤적이다가 불사의 비밀을 발견했다는 것이다. 『굶주림』의 작가 휘틀리 스트리버는 그리스 신화를 끌어왔다. 여주인공 미리엄은 라미아의 딸이며 그녀가 회상하는 유년 시절은 고대 그리스 시대이다. 뱀파이어의 기원에 대한 설명 중 가장 독특한 것은, 사이먼 레이븐이 『의사는 붉은 옷을 입는다 Doctors Wear Scarlet』(1950)에서 펼쳐낸 이야기일 것이다. 그는 뱀파이어를 신화 속의 헤라클레스와 히드라 이야기와 연관시켰는데, 그의 설명에 따르면 뱀파이어는 원래 평범한 인간이었고, 히드라 섬에서 아주 오래된 비밀 종교를 믿으며 살아가고 있었다. 그런데 이들은 인간 제물을 바쳐 가며 불멸의 비밀을 발견했고, 이에 분노한 헤라클레스 왕은 히드라의 도시를 무너뜨리고 신도들을 모조리 학살했다. 신도들은 '살아 있는 시체'가 되었으며, 박해에도 끄떡없이 세계 이곳저곳에서 믿음을 되살려냈다. 레이븐의 설명에 따르면, 히드라 신화는 뱀파이어들의 종교가 학살을 겪고도 오늘날까지 살아남았으며, 마치 신화 속 히드라의 머리가 다시 돋아나듯 계속해서 그 세력을 확장해 간다는 의미로 풀이할 수 있다. 성경 속 역사가 뱀파이어의 기원을 설명하는 데 쓰이기도 한다. 『이것이 나의 피이니This is My Blood』(1999)에서 데이비드 닐 윌슨은 독자에게 알려지지 않은 복음서, 즉 유다의 복음서를 제시한다. 그리스도를 배반한 것은 유다가

　　　　　　　　　　　뱀파이어의 매혹

아니라 베드로이고, 사탄이 예수를 유혹하기 위해 보낸 여인인 막달라 마리아가 바로 뱀파이어들의 조상이라는 것이다.

역사 속의 중요한 순간과 유명한 인물들을 이야기에 접목시키는 작가들도 있다. 고어 비달의 피카레스크 소설『왕을 찾아서A Search for the King』(1950)는 어느 음유시인이 십자군 원정을 떠난 사자심왕獅子心王 리처드 1세를 찾으러 가다가 어느 뱀파이어 여인과 사랑에 빠진다는 내용이다. 브라이언 스테이블포드의『공포의 제국The Empire of Fear』(1988) 역시 리처드 1세가 등장하는 작품이다. 존 포드의『기다리는 용The Dragon Waiting』(1983)에서는 주인공인 뱀파이어가 왕자 때의 리처드 3세와 로렌초 데 메디치를 만난다. 케네스 밀러의『저주받는다는 것To Be Damned』(1996)과 톰 홀랜드의『우리를 악에서 구하소서Deliver Us From Evil』(1997)에서는 스튜어트 왕조의 왕정복고가 그려지는데, 밀턴을 비롯한 유명인들을 만날 수 있다. 프랑스 혁명은 그 잔혹한 측면 때문에 특히 많은 이들을 놀라게 했던 역사적 사건인데, 그래서인지 이 시대를 배경으로 삼는 뱀파이어 소설이 굉장히 많다. 레스 대니얼스의『시민 뱀파이어Citizen Vampire』(1981), T. 루시엔 라이트의『뱀파이어의 갈증Thirst of the Vampire』(1992), 프레드 세이버하겐의『목덜미의 날카로움A Sharpness in the Neck』(1996)이 대표적이다.『목덜미의 날카로움』에서는 드라큘라가 파리를 방문해 몸소 마라, 로베스피에르, 사드 후작을 만난다. 잭 더 리퍼의 피비린내 나는 만행에 관심을 기울인 작가들도 있다.『노란 안개Yellow Fog』(1986)의 레스 대니얼스,『드라큘라의 해Anno Dracula』(1992)의 킴 뉴먼,『뱀파이어를 위한 교령회Seance for a Vampire』(1994)의 프레드 세이버하겐이 그렇다.

유감스럽게도 현대 역사에는 비극적인 사건이 가득하며, 두 차례의 세계대전은 뱀파이어 소설의 작가들이 매우 선호하는 시대이다. 특히 근대적인 형태의 '절대악'이라 할 수 있는 나치즘은 많은 작가에게 영감을 주었다. 사악한 나치 친위대원을 뱀파이어와 비교하는 사례도 많았지만, 뱀파이어가 나치와 맞서 싸우는 이들의 소중한 동료가 된다는 이야기도 있다. 맨리 웨이드 웰먼의 「악마는 조롱거리가 아니다」에는 드라큘라가 직접 나치 장교 한 중대를 몰살시킨다. 존 러디의 『협상The Bargain』(1991)에서는 드라큘라가 보다 큰 스케일로 나치를 소탕하며, 심지어 히틀러의 벙커에서 그를 죽이기까지 한다. F. 폴 윌슨의 『더 킵The Keep』(1981)에서는 탑에 감금된 뱀파이어적인 존재가 독일군 부대 하나를 전멸시키는 일을 맡는다. 이 비극적인 시대를 배경으로 한 작품 중 가장 뒷맛이 개운치 못한 소설은 단연 가드너 도주아와 잭 댄이 쓴 단편 「죽은 자들 사이에서Down Among the Dead Men」(1993)이다. 이야기의 배경은 강제수용소이고, 뱀파이어는 죽어가는 이들의 고통을 덜어 주기 위해 그들의 목숨을 끊는다. 보다 최근에 일어난 전쟁들도 뱀파이어 이야기의 배경으로 등장한다. 베트남 전쟁을 다룬 데이비드 A. 드레이크의 「무엇인가 해야 했다Something Had to Be Done」(1975)가 그런 예로, 자기 소대에서 혼자만 살아남은 스티브 룬코프스키라는 어느 군인이 결국 뱀파이어로 밝혀진다는 내용이다.

공산주의 체제 역시 많은 뱀파이어 이야기의 소재로 쓰였다. 피에르 그리파리의 「붉은 광장의 뱀파이어Le Vampire de la place Rouge」(1976)와 J. N. 윌리엄슨의 「블라디미르의 개종Vladimir's Conversion」(1995)에서는 특히 레닌과 스탈린이 뱀파이어처럼 묘사되었다. 댄 시먼스의

뱀파이어의 매혹

『밤의 아이들Children of the Night』(1992)과 숀 라이언의 『녹투르나스Nocturnas』(1994)는 차우셰스쿠의 몰락을 다룬 소설인데, 드라큘라가 차우셰스쿠의 배후 인물이었으며 당 간부와 비밀경찰들은 뱀파이어였다는 내용이다.

문학사 역시 기여한 바가 크다. 뱀파이어에 대한 수많은 소설 속에서 우리는 존 밀턴, 조지 바이런 경, 존 키츠, 메리 셸리, 마크 트웨인, 코넌 도일, 오스카 와일드, 에드거 앨런 포, 브램 스토커, 스콧 피츠제럴드, 버지니아 울프 등 유명한 작가들을 만나 볼 수 있다. 어떤 소설은 환상문학의 고전들이 탄생하는 계기가 된 문학사의 특정 사건을 마치 뱀파이어 이야기처럼 그려내기도 한다. 아르헨티나 작가 페데리코 안다아시의 『자비로운 여인들Las Piadosas』(1998)은 폴리도리의 「뱀파이어」에 대한 아이디어가 탄생한(질문 16 참조) 디오다티 저택의 유명한 모임 이야기를 들춰낸다. 캐스린 파섹의 『봉인된 침묵 속에서In Silence Sealed』(1988)나 팀 파워스의 『라미아가 보고 있다』(1989) 같은 소설에서는 바이런, 셸리, 키츠가 뱀파이어의 희생자로 나온다. 맨리 웨이드 웰먼의 「달빛이 비칠 때When It Was Moonlight」(1940)에서는 에드거 앨런 포가 뱀파이어 여인을 만난다.

22 유럽에서 뱀파이어 문학이 가장 성행한 나라는 어디인가?

오늘날 전 세계에서 출판되는 뱀파이어 문학의 80퍼센트 이상은 마치 이 주제를 독점하기라도 한 듯 미국에서 나온다. 그러나 상황이 언제나 이와 같지는 않았으며, 사실 미국에서 뱀파이어 테마가 나온 것은 상당히 늦은 시기에 이르러서였다. 19세기에 뱀파이어는 주로 프랑스, 독일, 영국에서 인기가 높았다.

뱀파이어에 관한 최초의 소설은 영국인인 폴리도리의 펜 끝에서 나왔지만, 19세기에 진정으로 이 이야기가 유행한 곳은 프랑스였으며 노디에, 메리메, 고티에 같은 유명한 작가들이 그 인기에 당당히 기여했다. 노디에는 『루스벤 경과 뱀파이어들』 이외에도 『스마라 혹은 밤의 악령들Smarra ou les démons de la nuit』(1821)이라는 작품을 썼는데, 여자 악령이 그 희생자들로 하여금 남의 피를 빨게 한다는 내용이었다. 메리메의 작품으로는 『라 구즐라』에 수록된 뱀파이어가 등장하는 일리리아 민요시들뿐만 아니라 1869년의 『로키스Lokis』가 있다. 주인공 세미오트 백작이 신혼 첫날밤 젊은 아내의 피를 빤다는 내용이다. 테오필 고티에의 「죽은 연인La Morte amoureuse」(1835)은 세계적으로 유명한 뱀파이어 문학의 고전이다. 알렉상드르 뒤마의 『천 한 개의 유령Mille et un fantômes』(1894) 12장, 13장, 14장은 코스타키 백작이라는 젊은 폴란드 귀족이 뱀파이어의 희생자가 된다는 이야기를 담고 있다. 이 이야기는 종종 『창백한 여인La Dame pâle』이라는 제목의 단편 모음집으로 따로 묶여 나오기도 한다. 뒤마의 그리 알려지지 않은 소설 『불의 섬L'Île de feu』(1870)에는 아시아의 뱀파이어 바르카삼Barkhasam이 등장한다. 모파상의 환상문학 이야기에는 엄밀한 의미의 뱀파이어는 나오지 않지만, 『오를라Le Horlà』(1887)에 나오는 보이지 않은 존재는 일종의 사이킥 뱀파이어라 볼 수 있다. 희곡 작품인 『아들 뱀파이어Le Fils vampire』(1820)를 쓴 적 있는 폴 페발은 세 편의 짧은 뱀파이어 소설을 발표했다. 「여자 뱀파이어La Vampire」

(1850), 「어둠의 기사Le Chevalier Ténèbre」(1862), 『뱀파이어 도시La Ville-Vampire』(1875)가 그것이다. 「여자 뱀파이어」의 여주인공 그레고리 백작부인은 희생자들의 피가 아니라 머리카락을 빼앗아가며, 다른 두 편은 패러디적인 성격을 띠고 있다. 유명한 모험가 로캉볼이라는 인물을 창조해낸 퐁송 뒤 테라이는 『죽은 남작부인La Baronne trépassée』(1853), 『불사의 여인La Femme immortelle』(1869)이라는 두 편의 소설을 남겼는데, 이 소설의 여주인공들은 뱀파이어가 아닐까 하는 의심을 받는 미스터리한 여인들이다. 19세기 말의 데카당스 문학에서는 팜 파탈 뱀파이어의 귀환을 목도하게 된다. 레옹 클라델의 『옹프드라유, 투사들의 무덤Ompdrailles, le tombeau des lutteurs』(1879)에 나오는 몽토리올 후작부인이나 라실드의 『피를 마시는 여인La Buveuse de sang』(1900)의 여주인공처럼 말이다. 20세기 초 프랑스 문학에 등장하는 뱀파이어는 클로드 파레르의 『산 자들의 집』의 주인공 같은 사이킥 뱀파이어이거나, 귀스타브 르 루주의 두 작품 『화성의 포로Le Prisonnier de la planète Mars』(1908)와 『뱀파이어 전쟁La Guerre des vampires』(1909)의 화성인 뱀파이어처럼 외계인, 혹은 모리스 르나르의 『타셀베르크의 뱀파이어Le Vampire de Tasselberg』(1931)에서처럼 가짜 뱀파이어다. 정석에 가까운 뱀파이어는 라실드의 『위대한 흡혈자Le Grand Saigneur』(1922)의 퐁크루아 후작과 가스통 르루의 『피투성이 인형La Poupée sanglante』(1924)의 쿨트레 후작 뿐이다. 제2차 세계대전 이후부터는 프랑스 문학에 전통적인 뱀파이어들이 등장한다. '앙구아스' 총서〔장르 소설 중심의 상업 출판사 플뢰브 느와르Fleuve Noir에서 펴낸 시리즈 이름—옮긴이〕는 몇 편의 독창적인 소설을 출간했다. 자신이 뱀파이어가 되었다고 생각하는 신경증 환자의 이야기인 커트 스타이너의

『창백한 기절Syncope blanche』(1958), 화자가 자신의 경험을 이야기하는 모리스 리마의 『나, 뱀파이어Moi, Vampire』(1966), 그리고 흡혈 행위가 전염병처럼 그려지는 마르크 아가피의 『굴La Goule』(1968) 등이다. 20세기 후반 프랑스에서는 피에르 카스트의 『알파마의 뱀파이어Les Vampires de l'Alfama』(1975), 크리스틴 르나르의 『세월의 악녀La Mante au fil des jours』(1977) 등 상당히 훌륭한 수준의 장편소설이 출간되었다. 클로드 세뇰의 『르 추파도르Le Chupador』(1960)와 「가련한 소냐」(1965)는 고전의 반열에 올랐다. 21세기에는 『드라큘라의 손님L'Invitée de Dracula』(2001)의 작가 프랑수아즈실비 폴리, 『지옥의 여신의 동료들Les Compagnons d'Hela』(2004)의 마누 생테스코, 『암흑의 편지Lettres aux ténèbres』(2008)를 쓴 샤를로트 부스케 등 젊고 재능 있는 소설가들이 그 명맥을 이어갔다. 프랑스 본토를 제외한 곳에서 프랑스어로 쓰인 환상문학이 가장 활발하게 나오는 곳은 벨기에다. 벨기에의 프랑스어 문학에서는 장 레, 토머스 오언〔제럴드 베르토Gérald Bertot의 필명-옮긴이〕, 장 뮈노, 가스통 콩페르 등의 작가들이 고전이 된 뱀파이어 소설들을 여러 권 펴냈다. 봅 모란 시리즈의 작가인 앙리 베른은 '노란 그림자'에 의해 탄생하여 희생자의 피를 빨아먹는 기묘한 인공 생명체들을 상상해냈다. 밥 모란은 『아난케의 위험Les Périls d'Ananké』(1975)에서 블라드 체페슈를 직접 만나며, 『노란 그림자의 발톱La Griffe de l'Ombre jaune』(1978)에서는 앙젤리나라는 소녀를 구출하는데, 앙젤리나는 뱀파이어가 된 폭군 블라드 노스페라트 백작의 후손이다. 퀘벡에서도 프랑스어로 쓰인 뱀파이어 문학을 찾아볼 수 있다. 안 에베르의 뛰어난 소설 『엘로이즈Heloïse』(1980)가 그 대표적인 예다.

　　　　　　　　　　　　　　　뱀파이어의 매혹

최초의 산문 작품인 폴리도리의 「뱀파이어」와 낭만주의 시를 통해 뱀파이어라는 이미지를 널리 알린 것은 영국 문학이지만, 영국에서 뱀파이어를 다룬 최초의 장편소설인 『뱀파이어 바니』는 1847년, 최초의 단편소설인 윌리엄 길버트의 「가도널의 마지막 영주들The Last Lords of Gardonal」은 1867년에야 나왔다. 사이킥 뱀파이어를 다룬 몇 편의 소설로는 에드워드 헤론앨런의 『프린세스 다프네The Princess Daphne』(1888), 아서 코넌 도일의 『기생충Parasite』(1894), 제목과는 상당히 다른 내용인 플로렌스 매리어트의 『뱀파이어의 피The Blood of the Vampire』(1897)를 들 수 있다. 한편 19세기 말의 뛰어난 수준의 작품은 『드라큘라』를 제외하면 모두 중단편이다. 뱀파이어는 문학에서 그 본질을 찾아 간다. 20세기 초에도 역시 중편이나 단편 소설이 지배적이었다. 장편소설로는 레지널드 호더의 『뱀파이어The Vampire』(1912)가 있고, 브램 스토커의 『수의를 입은 여인』도 있지만 『드라큘라』에 비하면 한참 뒤떨어지는 작품이다. 20세기 후반 뱀파이어 이야기를 가장 활발하게 집필했던 영국 작가로는 로널드 체트윈드 헤이스, 태니스 리, 브라이언 럼리가 있다. 또한 이 시기에는 에마 테넌트의 『나쁜 자매The Bad Sister』(1978), 스티븐 로스의 『기데온Gideon』(1993)처럼 매우 독창적인 장편이 나왔다. 21세기 작품으로는 사이먼 클라크의 『뱀피릭Vampyrrhic』(2003)과 그레이엄 매스터턴의 『마니투 블러드Manitou Blood』(2005)와 『후손Descendant』(2006)을 들 수 있다.

독일은 유럽에서 영국과 프랑스 다음으로 뱀파이어를 주제로 하는 소설이 많이 배출된 국가이다. 19세기에는 '슈투름 운트 드랑'의 전통 속에서 고딕문학의 영향을 받은 소설이 다수 출간되었으나,

같은 시기 프랑스에서 나온 소설들이 아직도 어느 정도 이름이 알려져 있는 반면, 독일 소설들은 오늘날 대부분 완전히 잊히고 말았다. 이 시기의 작품으로는 테오도르 힐데브란트의 『뱀파이어 혹은 죽은 신부Der Vampyr; oder Die Totenbraut』(1828)와 에드빈 바우어의 『뱀파이어 남작Der Baron Vampyr』(1846)를 들 수 있다. 뱀파이어를 다룬 20세기 초의 장편소설은 단 한 편, 한스 하인츠 에베르스의 『뱀파이어Vampir』(1922)뿐이다. 피를 마셔야만 목숨을 부지할 수 있는 병에 걸린 한 남자의 이야기이다. 같은 시기, 단편소설 분야에서는 카를 한스 슈트로블, 한스 하인츠 에베르스, 구스타프 마이링크 등 유명한 작가의 작품이 나왔다. 제2차 세계대전 이후, 서독에서는 대중문화의 미국화 현상이 두드러졌다. 1970년대를 기점으로 미국 시리즈물의 영향을 받은 소설 수십 편이 발표되는데, 이들 작품의 저자는 모두 영어식 필명을 사용한다. 몇 편의 대표작을 소개하자면, 댄 쇼커의 『타히티의 블루트자우거Die Blutsauger von Tahiti』(1970), 마이크 새도우의 『뱀파이어 클리닉Die Vampir-Klinik』(1980), 얼 워런의 『뱀파이어의 머리Kopf des Vampirs』(1974), 로버트 라몬트의 『드라큘라의 유산Draculas Erbe』(1974) 정도가 있다. 제이슨 다크, 마이크 새도우, 댄 쇼커는 이런 상업 작가 중에서도 가장 다작多作을 했는데, 이들이 쓴 뱀파이어 소설만 해도 수십 권이 될 정도다. 이처럼 왕성한 창작 활동으로 독일은 통계상 미국을 이어 두번째로 뱀파이어 소설이 많이 출판되는 나라가 되었다. 반면 질적인 측면에서 보면 별로 흥미로운 구석이 없다. 독일 뱀파이어 문학에서 특별히 언급하고 넘어갈 가치가 있는 진정 독창적인 소설은 단 한 권, 아돌프 무슈크의 『빛과 열쇠Das Licht und der Schlüssel』(1984)뿐이다.

로망스어 사용 국가에서는 프랑스와 벨기에를 제외하면 뱀파이어라는 테마에 그리 매력을 느끼지 못했던 것 같으며, 문학작품은 더더욱 적다. 이탈리아에서는 루이지 카푸아나의 『뱀피로^{Un Vampiro}』(1907), 톰마소 란돌피의 『가을 이야기^{Racconto d'autonno}』(1947), 이탈로 칼비노의 『엇갈린 운명의 성^{Il Castello dei destini incrociati}』(1973) 등의 몇 작품을 꼽을 수 있다. 스페인 소설 중 흥미로운 것으로는 후안 페루초의 『자연의 이야기^{Les Històries naturals}』(1960), 아델라이다 가르시아 모랄레스의 『뱀파이어의 논리^{La Lógica del vampiro}』(1989), 그리고 최근 작품인 레데스마의 『시간을 벗어난 도시』가 있다. 스칸디나비아의 경우, 최근에 이르기까지 뱀파이어는 거의 생소한 존재였으나, 이제는 상황이 바뀌고 있다. 덴마크 작가 한나 뤼첸의 『블라드^{Vlad}』(1995), 스웨덴 작가 욘 아이비데 린드크비스트의 『렛 미 인』 등이 그 증거다. 옛 공산권 국가들에서는 환상문학이 오랫동안 금기였다. 러시아에서는 19세기에 니콜라이 고골의 「비이^{Vij}」(1834), 알렉세이 톨스토이의 「부르달라크 가문^{Sem'ya Vurdalaka}」(1847), 이반 투르게네프의 『망령^{Prizraki}』과 『클라라 밀리치^{Clara Millitch}』(1883) 등 뱀파이어 문학의 위대한 고전 몇 편이 나왔지만, 소비에트 연방 시기에는 이렇다 할 작품이 나오지 못했다. 반면 공산주의의 몰락 이후에는 뱀파이어가 다시 부상했고, 대표작인 세르게이 루키야넨코의 4부작 소설 『나이트 워치^{Night Watch}』(1998~2007)는 두 차례 영화화되었다. 체코슬로바키아에서 공산주의 시기에 나온 단편으로는 요제프 네스바브다의 「뱀파이어 주식회사」가 유일하다. 뱀파이어의 나라 루마니아에는 미르체아 엘리아데의 『크리스티나 양^{Domnișoară Christina}』(1935)을 제외하면 굵직한 작품이 없으나, 서구 문호 개방 이후 상황이 빠르게 변해갈 것으로 보인다.

뱀파이어가 미국에서 그렇게 크게 성공한 까닭은 무엇인가?

미국은 뒤늦게야 뱀파이어 문학이 존재하는 나라들의 작은 모임에 발을 디뎠다. 사실 19세기 미국 문학에서 뱀파이어에 대한 작품은 매우 적다. 에드거 앨런 포의 『모렐라Morella』(1835)나 『리지아Ligeia』(1838)에 뱀파이어적인 요소가 들어 있는 것은 사실이지만, 포의 공포 단편선 『기이한 이야기』에 엄밀한 의미의 뱀파이어는 전혀 등장하지 않는다. 20세기 초의 주목할 만한 작품 세 편은 비렉의 『뱀파이어의 집』, 메리 E. 윌킨스프리맨의 「루엘라 밀러」, F. 메리언 크로퍼드의 「피는 생명이니For the Blood is the Life」(1911)뿐이다. 1925년, 빅터 로언의 「네 개의 나무 말뚝Four Wooden Stakes」과 이디스 워턴의 「홀리다Bewitched」가 출판되면서 뱀파이어가 유행하게 된다. 로언의 단편은 『위어드 테일스』에 실렸는데, 이는 판타지와 SF를 전문으로 다루는, '펄프'라 불리는 유명한 싸구려 잡지 중 하나였다. 러브크래프트, 클라크 애슈턴 스미스, C. L. 무어, 데이비드 H. 켈러, 로버트 블로흐, 레이 브래드버리를 비롯한 많은 작가가 이 잡지를 통해 이름을 알렸다. 1925년부터 제2차 세계대전 때까지 뱀파이어에 대한 수십 편의 단편소설과 몇 편의 장편 연재소설이 이런 잡지를 통해 나왔다. 당대 가장 뛰어난 뱀파이어 이야기들이 『위어드 테일스』, 『어메이징 스토리스Amazing Stories』, 『언노운Unknown』을 통해 선보였으며 미국에서 뱀파이어가 진정으로 대중화된 것은 이 잡지들 덕

 뱀파이어의 매혹

분이다.

제2차 세계대전 이후 이런 펄프 잡지는 대부분 사라졌다. 『위어드 테일스』도 1954년부터 발간이 중단된다. 그러나 그 전까지는 로버트 블로흐, 레이 브래드버리, 시어도어 스터전 같은 작가가 쓴 뱀파이어 소설의 고전이 이 잡지를 통해 발표되었다. 한편 『더 매거진 오브 판타지 앤드 사이언스 픽션The Magazine of Fantasy and Science-Fiction』이라는 새로운 잡지가 『위어드 테일스』의 뒤를 이었고 수준 높은 뱀파이어 소설 몇 편이 이 잡지에 실렸다. 1950년대 작품 중 단연 압권인 소설은 리처드 매드슨의 『나는 전설이다I Am Legend』(1954)로, SF의 틀을 빌려 뱀파이어에 완전히 새로운 이미지를 부여한 작품이다. 1950년대와 1960년대에는 매드슨과 필립 K. 딕, 리처드 A. 존스턴 등의 작가가 걸출한 단편들을 내놓았다. 그 대부분은 패러디의 성격을 띠고 있는데, 이는 뱀파이어가 이제는 더이상 진지하게 받아들여지지 않는다는 증거인 듯하다. 그러나 1958년 영국 영화사 해머 필름이 제작한 〈드라큘라의 공포〉를 통해 뱀파이어가 스크린에 귀환하자, 뱀파이어라는 주제는 갑작스레 새로이 부상한다. 프레드릭 오토의 『드라큘라 백작의 캐나다 사건Count Dracula's Canadian Affair』(1960)을 통해 드라큘라 백작이 재등장하고, 역시 드라큘라가 등장하는 동명의 영화를 소설화한 딘 오언의 『드라큘라의 신부The Brides of Dracula』(1960)나 존 프레드릭 버크의 「드라큘라, 어둠의 군주Dracula, Prince of Darkness」(1967) 등이 나왔다. 시어도어 스터전의 완전히 독창적인 작품 『당신의 피 약간Some of Your Blood』(1961)을 제외하면, 1960년대의 소설에는 이렇다 할 흥미로운 작품이 없다. 1970년대에는 뱀파이어 이야기가 대량으로 출판되기 시작한다. 장·단편 소설들이 그야말로 쏟아져 나왔으나 별 볼 일 없는 수준의 것이 많다. 시리즈물이 선보이는 것도 이 시기이다. 최초의 시리즈물 중 하나로, 매릴린 로스〔작가 댄 로스의 가명-옮긴이〕라는 이름으로 나온『다크 새도우Dark Shadows』는 ABC 채널에서 방영된 같은 제목의 TV 시리즈를 원작으로 하는 소설이다. TV 시리즈는 총 1245개의 에피소드였으며. 1966년 6월부터 1971년 4월 2일까지 방영되었다. 주인공인 호남 뱀파이어 바나바스 콜린스는 불운한 저주의 희생자이다. 시리즈의 첫 권인 마릴린 로스의『바나바스 콜린스Barnabas Collins』는 1968년에 출간되었고, 32번째이자 마지막 에피소드인『바나바스, 쿠엔틴, 뱀파이어 미녀Barnabas, Quentin and the Vampire Beauty』는 1972년에 나왔다. 1973년에는 로버트 로리의 아홉 권짜리 시리즈물의 첫 권인『드라큘라 리턴스Dracula Returns』가 나오며, 이 시리즈는 1975년에 완결된다. 같은 해인 1975년 프레드 세이버하겐은 열 권짜리 새로운 시리즈의 첫 작품『드라큘라 테이프The Dracula Tapes』를 집필하며, 이는 2002년에야『피의 차가움A Coldness in the Blood』을 마지막으로 완결된다.

일반 대중을 겨냥한, 문학적으로는 그리 흥미롭지 않은 이런 소설들에 대한 반작용인지, 뱀파이어 세계의 진정한 문화 혁명이라 할 현상이 일어난다. 그리하여 1970년대와 1980년대는 뱀파이어 문학의 새로운 황금기가 된다. 이런 부흥의 시작을 알리는 작품이 스티븐 킹의『살렘스 롯』(1977)이다. 소설은 주민들이 뱀파이어를 믿지 않는, 미국의 작은 도시를 배경으로 펼쳐진다. 이 시기의 고전으로는 앤 라이스의 걸작『뱀파이어와의 인터뷰』외에도 피터 스트라우브의『고스트 스토리』, 수지 매키 차나스의『뱀파이어 태피스트리The Vampire Tapestry』(1980). 휘틀리 스트리버의『굶주림』, S. P. 섬토의 『뱀파이어 정선』(1984), 그리고 사이킥 뱀파이어를 다룬 뛰어난 소설인 댄 시먼스의 『시체의 위안Carrion Comfort』(1989)을 꼽을 수 있다. 1990년대에 코폴라의 〈드라큘라〉(1992) 덕분에 뱀파이어는 다시 한번 관심사로 떠올랐고, 이 인물은 수많은 소설에 영향을 끼쳤다. 그러나 90년대 최고의 작품 중 하나는 드라큘라와는 아무런 상관이 없는 작품으로, 뉴올리언스에서 소외된 삶을 살아가는 이들 가운데서 펼쳐지는 이야기인 포피 Z. 브라이트의 『잃어버린 영혼Lost Souls』(1996)이다. 1990년대에 쏟아져 나온 뱀파이어 소설들로 인해 미국은 뱀파이어의 새로운 무대가 되었다. 이런 작품들은 특히 청소년 독자층을 목표로 삼았다. 21세기에 이 현상은 스테프니 메이어의 『트와일라잇』(2006~2007) 4부작에서 그 정점을 찍었다. 『트와일라잇』 시리즈는 1억 8천만 부가 팔려 나갔고 전 세계에서 해리 포터의 모험담에 비견할 만한 인기를 누렸다. 오늘날 출판되는 소설 대부분은 굉장히 열광적인 반응을 얻는 시리즈물에 속하는 것이지만, 그 내용은 대개 반복적이고 지루하다. 결국 현재 미국의 뱀파이어 문학은 양적인 측면에서는 풍요로우나, 문학적 질적 측면에서는 점점 획일화되고 빈약해지고 있다고 할 수 있다.

24 SF와 판타지에도 뱀파이어가 등장하는가?

뱀파이어는 본질적으로 환상문학의 등장인물이며, 우리가 뱀파이어와 만나리라 당연히 기대하는 장소는 두려움과 공포의 영역이다. 그러나 뱀파이어는 다른 장르의 문학들로 빠르게 전파되어 나갔고, 그중에는 환상문학과는 정 반대인 장르도 있다.

　SF는 그 명칭에서 드러나듯 과학적인 지식을 바탕으로 하는 장르다. 그런데 20세기 초부터 SF에 뱀파이어가 등장하기 시작했다. 물론 초기 SF 이야기에서 '뱀파이어'라는 단어는 신중하게 사용해야 했다. SF에서 남의 피를 빨거나 생명력을 빨아들이는 인물은 고전적인 살아 있는 시체와는 매우 다른 존재이기 때문이다. 조제 모젤리의 『일라의 종말La Fin d'Illa』(1925)에서 불행한 포로들의 피를 공급받아 존재를 영위하는 일라라는 도시의 주민들은, 클로드 파레르의 『산 자들의 집』에 나오는, 건강한 젊은이들의 생명력을 빼앗아 생명을 연장하는 노인들과 비슷하다고 볼 수 있다. 그러나 이 두 사례에는 초자연적인 구석이 전혀 없으며, 그런 놀라운 일을 실행 가능하게 하는 것은 바로 기술이다. 일라 주민들은 '피의 기계'를 사용하며, 클로드 파레르 소설의 등장인물들은 희생자의 생명력을 뽑아내는 일종의 광학 메커니즘을 발명해냈다. SF에 뱀파이어 행위가 등장하는 경우, 그것이 어떤 성격의 행위가 됐든 언제나 합리적인 방식으로 그 원리가 설명된다. 어떤 경우 이는 생물학적 돌연변이로 인해 동물, 식물, 혹은 인간의 대사작용이 변형되어 버린 결과로 일어난다. H. G. 웰스의 「이상한 난초」(1896)에서는 돌연변이종의 난초가 식물학자의 피를 빤다. D. H. 켈러의 「담쟁이덩굴 전쟁The Ivy War」(1930)에서는 돌연변이 흡혈 담쟁이덩굴이 마구 증식하기 시작해 인류를 죽음으로 몰아간다. 모하비 사막의 박쥐가 흡혈박쥐로 돌변한다는 줄거리의 마틴 크루즈 스미스의 『나이트윙Nightwing』(1977)처럼 동물이 돌연변이를 겪는 SF도 있다. 제2차 세계대전 이후에는 히로시마와 나가사키의 원자폭탄 투하를 계기로 방

　　　　　　　　　　　　　　　　　　　뱀파이어의 매혹

사능으로 인한 생물 유전자 돌연변이의 문제가 논란으로 떠올랐다. 매드슨의 『나는 전설이다』에서는 전 세계적 핵전쟁으로 인해 발생한 돌연변이 박테리아가 생존자들을 차차 뱀파이어로 변화시킨다. 보다 최근작인 마이클 스완윅의 『표류하며In the Drift』(1985)는 원자력 발전소의 폭발로 미국 전 지역이 방사능 사막으로 변모해버린다는 이야기이다. 생존자들은 생물학적 돌연변이를 일으켜 기괴하게 변하며, 소설의 여주인공은 뱀파이어가 된다. 산업공해 역시 위험의 요인이 될 수 있다. 숀 허트슨의 『에레보스Erebus』(1984)에서는 어느 화학 공장의 직원들이 설비 조작의 실수로 인해 뱀파이어로 변한다. 세균전을 테마로 한 소설도 있다. 제임스 허버트의 『48』(1996)이 그런 예로, 히틀러가 영국에 세균 무기를 투하해 런던 주민들이 피에 굶주린 광포한 존재로 변한다는 줄거리다.

SF에는 피를 빨거나 생명력을 자양분으로 삼는 외계 생명체가 단골로 등장한다. H. G. 웰스의 『우주 전쟁The War of the Worlds』(1898)은 화성인들이 피를 뽑아내기 위해 인간을 생포한다는 내용이 등장하는 최초의 소설이다. 앨런 하이더의 『머리 위의 뱀파이어Vampires Overhead』(1935)에서는 우주에서 온 박쥐들이 지구를 침략해 지구인들의 피를 빤다. 에릭 프랭크 러셀의 『사악한 결계Sinister Barrier』(1939)에서는 보다 은밀한 형태의 침략이 그려진다. 이 소설에는 인간의 생명력을 흡수하는 보이지 않는 생명체가 등장하는데, 이들은 우리 틈에 끼어 살며 우리의 감정을 먹어치운다. 이런 발상은 콜린 윌슨의 두 소설, 『정신 기생충The Mind Parasites』(1967)과 『우주 뱀파이어The Space Vampires』(1976)에서도 찾을 수 있다. 이보다 훨씬 독창적인 방법으로 뱀파이어 짓을 저지르는 외계 생명체도 있다. 사람의 DNA와 생명력을 이용해 그와 완벽히 닮은 복제 인간을 만드는 것이다. 이렇게 창조된 복제 인간이 생명을 얻으면 그에게 육체를 빼앗긴 희생자는 즉시 죽고, 대신 외계 생명체가 그 사람 행세를 하게 된다. 존 W. 캠벨 주니어의 『누가 거기 가지?Who Goes There?』(1938)와 잭 피니의 『신체강탈자의 침입Invasion of the Body Snatchers』(1954)이 이런 설정을 바탕으로 하는 소설이다. 한편 미래의 인간이 다른 행성으로 여행하던 중 뱀파이어적 성격의 생명체와 마주치기도 한다. C. L. 무어의 작품 「줄리」(1933)에 등장하는, 살아 움직이는 머리카락을 지닌 팜 파탈 샴블로나 입이 빨판처럼 생긴 외계 거인 줄리처럼 말이다. 귀스타브 르루주의 『화성의 포로』(1908)와 『뱀파이어 전쟁』(1909)이 그렇듯, 끔찍한 괴물 박쥐의 모습을 한 외계 뱀파이어도 있다. 어떤 작가들은 SF 속에서 드라큘라 백작을 그려내기도 한다. 브라이언 올디스의 『풀려난 드라큘라Dracula Unbound』(1991)에서는 21세기의 주인공이 시간을 여행하는 기차에 타고 드라큘라와 그 동료들을 추적하며, 사이먼 호크의 『드라큘라 모의The Dracula Caper』(1988)에서는 드라큘라가 완벽한 로봇으로 밝혀진다.

SF와는 정반대 선상에 놓인 판타지는 환상문학과 일부 유사한 면이 있지만, 괴기스러움보다 경이로움에 초점을 두는 장르다. 동화가 그렇듯, 판타지를 통해 독자는 모든 것이 가능한 완전한 상상의 나라로 단숨에 들어갈 수 있다. 판타지가 대중문학에 등장한 것은 양차 대전 사이 시기의 펄프 잡지를 통해서였는데, 당시에는 검과 마법 판타지sword and sorcery, 혹은 영웅 판타지heroic fantasy라 불렸다. 뱀파이어는 판타지의 필수적인 요소이다. 특히 클라크 애슈턴 스미스와 로버트 E. 하워드의 작품 세계에서 그렇다. 클라크 애슈턴 스미스는

 뱀파이어의 매혹

조티크^{Zothique}, 하이퍼보리아^{Hyperborea}, 아틀란티스^{Atlantis} 혹은 프랑스에 있다는 상상 속의 지방 아베루아뉴^{Averoigne}라는 이름이 붙은 가공의 대륙들을 상상해냈다. 제2차 세계대전 이후에는 톨킨의 3부작 『반지의 제왕^{Lord of the Rings}』(1954~1955)이 판타지를 다시 한번 급부상시켰다. 판타지에서 뱀파이어는 중요한 소재로 쓰인다. 마이클 무어콕의 주인공 '멜노보네의 엘릭'은 마법의 검 '스톰브링어'를 쓰는데, 이 검은 죽인 자의 영혼을 흡수하고 그 힘을 검 주인에게 전달하는 능력이 있다. 롤플레잉 게임이 등장하면서 전통적인 뱀파이어는 판타지 세계에서 중요한 역할을 맡게 되었다(질문 49 참조).

25 이외에 뱀파이어가 등장하는 문학 장르는 무엇이 있는가?

공포와 환상소설 이외에 작가들이 선호하는 장르는, 앞서 살펴보았듯(질문 21) 역사소설이다. 환상문학, SF, 역사소설의 경계에 위치한 다른 장르가 하나 있는데, 바로 대체역사소설이다. 대체역사소설이란 작가가 사건의 연표를 뒤바꾸고 허구적인 요소를 덧붙여 역사를 다시 쓰는 것이다. 예를 들어 브라이언 스테이블퍼드의 『공포의 제국』은 그 줄거리가 3세기에 걸쳐 진행되는데, 사자심왕 리처드 1세와 동시대에 사는 천재 연구자 에드먼드 코더리가 죽기 전에 뱀파이어의 불사의 비밀을 알아낸다는 내용이다. 에드먼드의 아들 노엘은 이 비밀을 전수받아 역사의 흐름을 바꾼다. 그 결과 사자심왕 리처드 1세가 블라드 체페슈와 손을 잡고 몰타에 있는 노엘 코더리의 군사기지를 공격하는 등, 매우 기묘한 사건들이 일어나게 된다. 킴 뉴먼 역시 대체역사소설 기법을 쓰는데, 그의 경우는 패러디적인 방식이다. 『드라큘라의 해』에서 그는 드라큘라가 퀸시 모리스의 손에 제거되지 않고 복수를 위해 런던으로 되돌아온다는 가설을 펼친다. 드라큘라는 빅토리아 여왕 앞에 소개되고 여왕과 결혼하여 부군이 되며, 루스벤 경을 수상으로 임명하여 영국을 철권 정치로 장악한 뒤 적들을 런던탑에서 꼬챙이에 꿰어 처형한다. 『붉은 피의 남작Le Baron rouge sang』에서는 궁정에 혁명이 일어나 드라큘라가 축출당하며, 그는 독일로 달아나 제1차 세계대전에서 동맹국 총사령관 노릇을 한다. 『눈물의 심판Le Jugement des larmes』에서 드라큘라는 1943년 '크로글린 그레인지 조약'을 체결해 제2차 세계대전을 종식시키고, 그가 죽자 그의 옛 적수들과 루스벤 경, 아이젠하워 대통령, 주코프 원수, 드골 장군이 감동적인 어조로 경의를 표한다.

추리소설에서도 종종 뱀파이어를 만날 수 있는데, 이 장르에서는 원래 초자연적인 설명이 아예 배제된다는 점을 생각할 때 이는 의외로 여겨질 수 있다. 수사 초반에 뱀파이어의 소행으로 보이는 사건일지라도, 그 최종 해결 단계에서는 전부 이성적으로 설명된다. 이런 장르에 속하는 최초의 이야기는 코넌 도일의 「서섹스 뱀파이어의 모험The Adventure of the Sussex Vampire」(1924)이다. 여기서 셜록 홈스는 자기 아이의 피를 빤다는 의심을 받던 여인이 사실은 끔찍한 오해의 희생양이었다는 것을 밝혀낸다. 진 레이가 창조해낸 해리 딕슨도 「붉은 눈의 뱀파이어Le Vampire aux yeux rouges」(1935)와 「노래하는 뱀파이어Le Vampire qui chante」(1936)에서 이런 유의 사건을 수사한다. 이런 이야기들은 지금 보면 상당히 시대에 뒤떨어진 데다가, 사건의 최종 해결 부분이 그로테스크한 느낌이 들 정도로 부자연스럽다.

　　　　　　　　　뱀파이어의 매혹

보다 최근에 나온, 그리고 보다 설득력 있는 줄거리의 소설들에는 뱀파이어처럼 행동하거나, 스스로가 정말 뱀파이어라고 믿거나, 남들이 그런 미신을 쉽게 믿는다는 점을 악용하는 살인자들이 나온다. 필립 맥도널드의 『미친 살인Murders Gone Mad』(1931)의 연쇄살인범은 '뱀파이어로부터'라고 서명한 편지를 보내 경찰에게 도전한다. 줄리언 시먼스의 뛰어난 소설 『선수와 게임The Players and the Game』(1972)에서는 연쇄살인범이 드라큘라 백작처럼 행동하며 소녀들을 납치하고 고문해 죽인다. 앞의 소설들보다는 훨씬 덜 알려졌지만, 필립 대니얼스의 『뱀파이어 살인The Dracula Murders』(1983)에서는 사이코패스 살인자가 스스로를 진짜 드라큘라로 여기며 사랑하는 루시 웨스텐라를 필사적으로 찾는다. 프랑스에서는 토니노 베나키스타의 『새벽의 물린 상처Les Morsures de l'aube』(1992), 앙드레 륄랑의 『관을 쏘았다On a tiré sur un cercueil』(1997), 프레드 바르가스의 『불명확한 장소Un lieu incertain』(2008) 등의 비교적 최근 작품들이 경찰 수사와 초자연적인 분위기를 능숙하게 결합시켰다.

뱀파이어와 사랑은 썩 잘 어울린다. 30년도 더 전부터, 뱀파이어를 새로운 모습으로 그려낸 성애 소설이나 로맨스 소설이 증가 추세를 보였다. 에로틱한 뱀파이어 이야기는 『스파이시 미스터리 스토리스』 같은 양차 세계대전 사이의 몇몇 펄프 잡지에 수줍게 모습을 드러내기 시작했다. 그러나 이런 장르가 완전히 표현의 자유를 얻은 것은 검열이 사라진 1970년대 초부터였다. 첫번째 대상은 드라큘라였고, 스토커의 『드라큘라』를 에로틱하게 다시 쓴 소설들이 나왔다. 애머런사 나이트의 『더욱 어두운 열정 : 드라큘라The Darker Passions : Dracula』(1993)는 스토커의 원작 줄거리를 충실히 따르면서 야

한 대목을 덧붙인 소설이다. 프랑스 작가 토니 마크의『다른 드라큘라L'Autre Dracula』(1997)도 같은 방식인데, 여기서는 등장인물의 관계에 동성애적인 색채가 가미된다. 미국에서는 레이 가턴이 쓴 핍쇼를 배경으로 펼쳐지는『라이브 걸스』(1987)나 매춘부 뱀파이어가 등장하는『길거리의 매춘부Lot Lizards』(1991)처럼 관능적인 에로티시즘이 드러나는 소설들이 나왔다. 에로틱한 단편을 모은 선집도 많다. 두 권짜리 포피 Z. 브라이트의『헛사랑Love in Vein』(1994~1997), 애머런사 나이트의『러브 바이츠Love Bites』(1995), 알랭 포쥐올리의『피의 입맞춤Baisers de sang』(2005) 등이 대표적이다.

다른 한편, 뱀파이어가 등장하는 로맨스 소설도 굉장히 많은데, 특히 미국의 러브 스펠 출판사와 캐나다의 할리퀸 출판사에서 중점적으로 이런 소설들을 펴내고 있다. 이런 현상으로 출판사는 다수의 독자층을 확보할 수 있게 되었다. 로맨스 소설이 폭력과 에로티시즘을 완전히 배제한 것은 아니지만, 그래도 뱀파이어에게 크게 순화된 이미지를 부여했다. 로맨스 소설에서 뱀파이어는 이해받지 못한 자, 운명의 희생양, 사랑과 애정을 갈구하는 존재로 묘사된다. 이런 소설은 보통 해피엔딩으로 끝나고, 결말에서 뱀파이어는 스스로를 극복하는 데 성공하며 보통 인간으로 돌아가기도 한다. 마거릿 세인트 조지의『러브 바이츠』(1995)에 나오는 착한 뱀파이어 트레버 레인은 여주인공 케이 에릭슨을 향한 사랑 때문에 불멸의 삶을 포기하고 인간이 된다. 진 로즈의『잘 자요 내 사랑Good Night My Love』(1996)에서는 여주인공 아드리아나 손은 사랑의 힘으로 발렌틴 카다가 뱀파이어임에도 불구하고 그와 결혼하기로 결심한다. 이런 장르의 소설은 수십 권이 나왔다. 몇 년 전부터 이런 로맨스 소설이 겨냥하는 독자층은 점점 젊은 층으로 내려가고 있다. 현재 미국 고교생 사이에서 선풍적인 인기를 끌고 있는 시리즈로는 J. R. 워드의 『다크 러버Dark Lover』, 그리고 물론 스테프니 메이어의 4부작 『트와일라잇』이 있다.

오늘날 미국에서 출판되는 뱀파이어 소설에서는 젊은 층을 대상으로 한 에로틱하고 로맨틱한 소설이 큰 비중을 차지한다. 미국 출판사들에게 있어 유아부터 고등학생에 이르는 아동·청소년을 위한 뱀파이어 문학작품은 가히 황금알을 낳는 거위가 되었는데, 아동을 대상으로 한 뱀파이어 문학의 발전에 대해서는 질문 27에서 논하겠다.

26

뱀파이어는 문학 속에서 항상 진지하게만 받아들여지는가?

유머문학 역시 오래전에 뱀파이어라는 인물을 받아들였다. 환상문학에 등장하는 모든 기괴한 존재 중에서도 단연코 가장 자주 놀림의 대상이 되는 것이 뱀파이어일 것이다. 마음 약한 사람들은 뱀파이어에 쉽게 겁을 먹지만, 반대로 그것을 진지하게 받아들이지 않는 단호한 합리주의자들에게 뱀파이어는 웃음의 대상, 심지어 비웃음의 대상이기까지 하다. 유머 작가들이 가장 선호하는 목표물은 드라큘라 백작이다. 리마 다 코스타의 「드라큘라의 태양Sun of Dracula」(1961)에서, 드라큘라 백작은 노르웨이에 갔다가 자정에도 떠 있는 태양에 당하고 만다. 우디 앨런의 「드라큘라 백작Count Dracula」(1970)에서는 일식이 일어나는 것을 보고 그만 밤과 낮을 혼동하는 치명적인 실수를 저지른다. 클로드 클로츠의 『파리 뱀파이어』 (1974)는 드라큘라 백작이 온갖 방해와 맞닥뜨리며 실수를 연발하는 내용이다. 스토커의 소설 자체도 유머 작가들의 표적이 된다. 프레드 세이버하겐의 『드라큘라 테이프』에서는 드라큘라 백작의 시선에서 본 이야기가 펼쳐지는데, 그는 시종일관 스토커가 썼던 이야기의 모순된 점을 지적하거나 비꼬는 어조로 설명을 곁들인다. 가스통 콩페르의 『드라큘라를 추모하며In Dracula Memoriam』(1998) 역시 뱀파이어를 조롱하는 작품이다.

물론 뱀파이어를 웃음거리로 삼는 일은 『드라큘라』가 발표되기 이전에도 있었다. 폴 페발은 일찍이 1874년에 「뱀파이어 도시」를 통해 환상소설을 아주 통쾌하게 패러디한 바 있다. 20세기의 많은 작가들은 뱀파이어 이야기에 대한 패러디를 큰 즐거움으로 삼는다. 로버트 블로흐의 「부기맨이 널 잡을 거야The Bogeyman Will Get You」 (1945)는 자기 이웃집 사람이 뱀파이어라고 의심하는 한 소녀의 이야기다. 이웃집 사람은 소녀를 안심시키더니, 자신은 그저 늑대인간일 뿐이라고 말하며 소녀를 잡아먹는다. 레이 브래드버리의 「홈커밍Homecoming」(1946)에는 뱀파이어 가족이 등장한다. 아이들은 아침이면 사탄에게 기도를 드리고 관에서 잠들며, 저녁이면 아침 식사로 따끈한 피를 들이킨다. 그런데 막내 꼬마 티머시는 늦된 데다 피를 좋아하지도 않고 어둠을 무서워해 부모의 속을 썩인다. 프레드릭 브라운의 『피Blood』(1955)에서는 두 뱀파이어가 추격자를 피해 타임머신을 타고 시간 여행을 떠난다. 둘은 먼 미래에 도착하는데, 인간은 사라지고 지능이 높은 순무들이 살고 있다. 물론 순무의 피에 헤모글로빈은 없다. 최근에는 미국에서 메리재니스 데이비드슨의 유쾌한 시리즈물 『언데드Undead』처럼 뱀파이어가 등장하는 익살스런 소설 시리즈가 나오고 있다.

27 뱀파이어 이야기는 어떤 방식으로 서술되는가?

서사문학은 장편소설roman 혹은 단편소설nouvelle의 형식을 취하며, 여기에 장편이라기에는 짧고 단편이라기에는 긴 중편소설novella을 포함시킬 수 있다. 단편 형식은 환상문학에 매우 잘 어울린다. 한정된 공간 안에서 시작부터 끝까지 서스펜스를 유지하고 결말에서 독자를 깜짝 놀라게 할 수 있기 때문이다. 반면 장편소설에서는 이런 결과를 얻어내기가 더 어렵다. 그러므로 산문문학에 처음으로 등장한 뱀파이어 이야기인 폴리도리의 「뱀파이어」가 고작 열다섯 페이지 남짓한 분량이었던 것도 놀라운 일이 아니다. 작가는 미스터리를 계속 유지해 나가며, 독자는 루스벤 경이 뱀파이어라는 사실을 이야기 맨 마지막 문장에서야 알게 된다. 19세기에는 단편을 선호하는 경향이 뚜렷했고, 『뱀파이어 바니』와 『드라큘라』를 제외하면 19세기의 가장 유명한 작품들, 폴리도리의 「뱀파이어」, 「죽은 연인」, 「부르달라크 가문」, 「카르밀라」는 모두 분량이 짧다. 20세기 초에도 여전히 단편이 우세했으며, 특히 미국의 펄프 잡지와 영국에서 그런 현상이 두드러졌다. 1950년대에 실용적이고 값싼 문고판 책이 도입되고 나서야 장편소설이 단편소설을 앞서기 시작했다. 오늘날 뱀파이어 이야기는 단편보다 장편 형식으로 더 많이 나온다. 그 결과는, 몇몇 예외는 있으나, 작품 수준의 하락으로 나타난다. 예전에는 장편소설이 연재 형식으로 출간되었고, 에피소드 하나가 한 장章에 담겼다.『뱀파이어 바니』같은 경우는 220장이 넘었다. 작가는 끊임없이 새로운 에피소드를 지어내야 했고, 이야기는 결국 뒤로 갈수록 지루해졌다. 연재소설 형식은 20세기 초까지도 주로 미국 펄프 잡지를 통해 이어졌다. 오늘날 미국에서는 시리즈 형식의 소설을 선호한다. 앤 라이스, 첼시 퀸 야브로, 로렐 K. 해밀턴처럼 재능 있는 시리즈 작가도 있지만, 시리즈 역시 결국은 점점 지루해지고 고착화되고 있다. 반면 요즘 나오는 단편 형식의 뱀파이어 이야기에는 독창성이 빛나고 아직도 독자에게 놀라움을 선사할 수 있는 작품이 종종 보인다.

『드라큘라』가 발표되기 이전까지, 뱀파이어 이야기는 장편이든 단편이든 거의 똑같이 삼인칭 전지적 작가 시점으로 서술되었다. 단편일 경우, 이런 이야기는 오랫동안 변함없는 도식을 따라 구성되었는데, 뱀파이어라는 존재가 아직 잘 알려지지 않았던 시대에는 독자에게 놀라움을 선사했지만 오늘날에는 전혀 그런 구석이 없다. 먼저, 불가사의한 이유로 사람들이 잇달아 죽어 가자 경찰이나 의사, 오컬트 전문가 등의 조사관이 사건 규명에 나서 결국 그것이 뱀파이어 짓임을 알아내고, 그 정체를 밝혀낸 뒤 심장에 말뚝을 박아 처치한다는 도식이다. 이런 서사 도식은 과거에는 매우 흔했지만 오늘날에는 통하지 않는다. 뱀파이어가 너무나 잘 알려진 인물이라서 이야기가 지나치게 뻔해지기 때문이다. 그러나 19세기부터 몇몇 작품은 그와는 다른 서사 도식을 따르게 되었다.「죽은 연인」,「카르밀라」처럼 이야기의 화자가 여자 뱀파이어의 희생자인 경우다. 스토커의 소설 역시 일인칭 시점으로 시작한다. 우리는 조녀선

하커의 일기를 통해 드라큘라를 처음 만나게 된다. 그러다가, 포의
『아서 고든 핌의 모험The Narrative of Arthur Gordon Pym of Nantucket』을 비롯한 다
른 이야기를 통해 잘 알려진 기법대로, 하커의 이야기는 갑자기 중
단된 채 미완성으로 남고, 독자는 당혹감에 빠진다. 거기서부터 모
든 것이 뒤바뀐다. 저자는 우리를 영국으로 데려가며 서사 방식은
더이상 선적 구성의 이야기가 아닌 서류, 편지, 일기 발췌문, 의학
소견서 등이 명백한 순서 없이 병치되는 형식으로 변한다. 이를 통
해 독자들은 여러 가지 사실을 알게 되지만, 그것들은 서로 어떤 관
계도 없는 것처럼 보인다. 휘트비에 유령선이 정박하고, 정신과 의
사가 환자 관찰 기록을 남기고, 몽유병을 앓던 어느 아가씨가 갑자
기 병에 걸린다. 소설이 점차 진행되어 나가면서야 독자는 이야기
의 얼개를 재구성하고 관련 없어 보이던 그 모든 일의 공통분모가
하커 덕분에 영국에 온 드라큘라 백작이라는 사실을 이해하게 된
다. 거의 포스트모더니즘의 특징이라 해도 좋을 이런 서사 기법은
20세기의 많은 뱀파이어 소설에서 이어받았다. 많은 작가가 스토
커의 방식대로 집필하는 데에 명예를 걸었다. 스티븐 킹의『살렘스
롯』의 배경은 미국의 작은 도시인데, 이 도시에 사는 다양한 주민들
은 서로 별 관계가 없어 보인다. 소설은 서로 다른 여러 줄거리가 동
시에 진행되는 구조이며, 결국 드라큘라와 마찬가지로 뱀파이어인
발로가 사건의 공통분모로 드러난다. 선술법과 후술법을 계속해서
사용해 시간 순서가 파편적인 서술 도식을 구사하는 소설도 있다.
『나는 전설이다』가 그런 경우인데, 저자는 과거 회상 장면을 교묘
하게 이용하여 시종일관 미스터리를 유지한다. 이런 파편적 서술
은 현대 장편소설, 특히 미국 소설에서 흔히 쓰인다. 미국 독자들은

유럽 독자와 달리 500페이지가 넘는 소설을 좋아한다. 이런 서사 기법은 작가가 결말에 이르기까지 독자의 흥미를 놓치지 않을 수 있게 해준다.

초기 뱀파이어 이야기에서는 독자가 그 등장인물에 감정이입할 수 없었다. 루스벤 경, 바니, 카르밀라는 결코 직접 자신의 감정을 표현하지 않는다. 서술자가 그들의 말을 옮겨올 뿐이다. 『드라큘라』에서는 편지, 일기, 보고서 등을 통해 등장인물이 모두 일인칭 시점으로 자기 생각을 드러내지만, 단 한 사람 드라큘라만은 발언권을 쥐지 못한다. 우리는 다른 인물들의 시선을 통해서만 그를 파악할 수 있다. 이런 개념, 즉 뱀파이어로 하여금 자기 변호를 내세우지 못하는 피고인 입장이 되도록 하는 개념은 20세기 초의 소설에서도 여전히 매우 흔했다. 1937년, 헨리 커트너의 「나 뱀파이어^{I the Vampire}」를 통해 다른 개념이 싹을 보였다. 제목을 보고 드는 생각과는 달리 이야기는 삼인칭으로 진행되지만, 주인공 뱀파이어인 기사 퍼테인의 시점을 따른다. 그리하여 독자는 자기 의지와 상관없이 뱀파이어가 된 주인공이 비난하기보다는 동정해야 할 존재임을 알게 된다. 레스터 델 레이는 1939년작 「불의 십자가^{Cross of Fire}」에서 한발 더 나아가, 이번에는 뱀파이어를 직접 화자로 내세운다. 주인공 카를 하뢰퍼가 자신의 이상한 경험을 이야기하는 것이다. 비 오는 어느 날 정신을 차려 보니 아무런 기억도 나지 않았고, 마을로 가는 길을 되짚었더니 만나는 사람마다 겁에 질려 그를 피해 달아난다. 역시 당황스럽기만 한 일들이 일어나 어리둥절해 하던 그는 기억을 되찾고, 자신이 여자 뱀파이어에게 당해 죽었다는 사실을 기억해낸다. P. 슈일러 밀러의 「강 너머」(1941) 역시 비슷한 이야기다. 소설은 전지적 작가 시점으로, 뱀파이어의 시점에서 서술된다. 원래 조 라바시라는 이름의 나무꾼이었던 그는 예전의 삶에 대한 기억을 모두 잃었고, 자신이 아무것도 먹을 수 없으며 물을 마시려면 불타는 것 같고 햇빛을 받으면 괴롭다는 것을 알게 된다. 외부 세계는 뱀파이어가 인식하는 그대로 묘사된다. 라바시는 기억을 되찾지만, 때는 이미 늦다. 과거의 삶에서 자신의 친구였던 이들이 그를 제거할 채비를 하고 있기 때문이다. 이 가슴 아픈 이야기에서만은 뱀파이어가 불쌍한 존재가 된다. 이 장르에 속하는 첫 장편소설은 모리스 리마의 『나, 뱀파이어』이다. 독자의 감정이입 대상이 되는 화자이자 주인공은 평범한 사람이 뱀파이어가 되었을 때 어떤 감정을 느끼는지를 알게 해준다. 그러나 뱀파이어의 내면 성찰이라는 점에서 가장 깊이 들어간 작품은 단연 앤 라이스의 『뱀파이어와의 인터뷰』이다. 제목이 말하는 것처럼 이번에는 일인칭 시점의 서술이 아니라, 대화 형식을 쓴다. 뉴올리언스 출신의 뱀파이어 루이는 젊은 기자가 던지는 모든 질문에, 아무리 실례되는 질문이라 해도 대답해 주겠다고 승낙한다. 그는 자신이 죽었을 때 어떤 기분이 들었는지, 피가 자신에게 무엇을 의미하는지, 뱀파이어가 된 이후 세상을 어떻게 인식하게 되었는지를 가능한 한 정확하게 설명한다. 뱀파이어가 등장하는 20세기와 21세기 소설 작품 대부분은 스트리버의 『굶주림』이나 린드크비스트의 『렛 미 인』과도 같은 삼인칭 시점의 고전적인 선적 구조, 스티븐 킹의 『살렘스 롯』에서와 같이 여러 가지 요소로 구성된 파편적 구조, 앤 라이스의 『뱀파이어와의 인터뷰』나 딘 쿤츠의 「심문The Interrogation」(1987)에서 보이는 대화 형식, 혹은 태니스 리의 『사벨라Sabella』(1880)나 아돌프 무슈크의 『빛과 열쇠』

(1984, 이 소설의 부제는 '어느 뱀파이어의 성장소설'이다)에서와 같은 일인칭 시점의 이야기일 수도 있다.

소수의 텍스트에서 발견할 수 있는, 훨씬 독창적인 다른 서술 기법도 있다. 그중 하나는 독자에게 이인칭으로 말을 걸어 독자를 직접 개입시키는 방식이다. 프리츠 라이버의 「굶주린 눈의 소녀The Girl with the Hungry Eyes」(1949)와 램지 캠벨의 「개종Conversion」(1977)이 그 예다. 「굶주린 눈의 소녀」에서 독자는 무시무시한 사이킥 뱀파이어인 팜 파탈의 희생자가 되며, 「개종」에서는 집에 돌아와 자기 아내가 뱀파이어에게 물렸다고 생각하는 남자가 된다. 사실 이야기 속의 뱀파이어는 남자 자신인데 말이다. 마지막으로 포스트모던이라 칭할 수 있는, 서술 원칙이 논의의 대상이 되곤 하는 작품이 몇 편 있다. 리처드 칼더의 『죽은 소년들Dead Boys』(1944)과 『죽은 소녀들Dead Girls』(1995), 그리고 덕 라이스의 『머그웜프의 피Blood of Mugwump』(1996)가 그런데, 이 소설들은 매우 난해하여 그 서사 구조가 약간 정신착란처럼 느껴지기도 한다. 리처드 크리스천 매드슨의 「뱀파이어Vampire」(1986)와 「사이렌Sirens」(1988)도 이런 종류에 속한다.

28 오늘날 매우 젊은 독자들이 뱀파이어에 열광하는 이유는 무엇인가?

뱀파이어 문학의 대상 독자는 원래 성인이었다. 그 음산하고 무시무시한 측면 때문에 뱀파이어 문학은 보호받아야 할 아이들에게는 금지해야 할 대상이었고, 특히 서양에서는 아동보호법 때문에 아동문학에서 뱀파이어라는 소재는 오래전부터 금지되어 왔다. 미

 뱀파이어의 매혹

국의 경우 아동·청소년용 영화와 문학작품에서는 검열이 매우 엄격했는데, 이는 1970년부터 완화되었다. 당시 미성년자 대상 출판물에 뱀파이어나 늑대인간처럼 폭력적이거나 무서운 인물이 등장하는 것은 금지였다. 미국 심의위원회는 "『프랑켄슈타인』,『드라큘라』 및 문학적 가치가 큰 다른 작품들처럼 고전적인 전통으로 표현될 수 있다면"(멜턴과 에이턴비상, 1996)라는 조건하에 허가하겠다는 결정을 내렸다. 이보다 앞서, 1969년부터 방영된 아동용 TV 프로그램 〈세서미 스트리트〉에 뱀파이어 캐릭터가 등장했는데, 드라큘라의 사촌이라 소개되었으며 카운트 폰 백작Count von Count이라는 이름이었다. 이 이름은 '카운트count'가 지닌 '백작'과 '세다'라는 두 가지 뜻을 이용한 말장난이었고, 카운트 폰 백작은 어린 시청자들이 숫자와 친해지도록 하려는 교육적인 목적을 띤 캐릭터였다. 1971년 1월 1일부터 새로운 검열 법규가 발효되었으며 1972년 마벨 출판사는 아동을 위한 만화잡지『더 툼 오브 드라큘라The Tomb of Dracula』를 발행하기 시작했는데, 이후 이 잡지는 여러 언어로 번역되었다. 같은 해, 주니어 스콜라스틱 사의 문학부장 낸시 가든은 아동을 대상으로 하는 교육적인 뱀파이어 책을 내놓았다. 처음으로 나온 아동용 뱀파이어 소설은『드라큘라』에서 너무 무서운 대목을 삭제하고 고쳐 쓴 것이었다. 따라서 이런 책에 실린 뱀파이어는 모두 매우 순화된 모습이었다. 1980년대에는 빅터 G. 앰브러스와 앨런 벤저민이 유서 깊은 옥스퍼드 유니버시티 프레스 출판사에서 드라큘라가 주인공으로 나오는 유아용 시리즈를 펴낸다. 이 시리즈는 『몇 시예요, 드라큘라?What's the Time, Dracula?』(1991), 『숫자를 세어요, 드라큘라Let's Count, Dracula』(1992)처럼 매우 교육적인 제목을 달고 있으며, 드라큘라 백작은 어린 독자들에게 숫자를 세고 시계를 보는 방법을 가르쳐 준다. 교육적인 색채가 좀 덜한 방면으로는 데비 데이디와 마르시아 손턴 존스가 아이들을 위해 드라큘라의 새로운 모험을 쓴 책『드라큘라는 레모네이드를 마시지 않아요 Dracula Doesn't Drink Lemonade』(1995)가 있고, 뱀파이어의 어린 시절 이야기를 담은 마틴 워델의 '꼬마 드라큘라' 시리즈가 있다. 이 시리즈는『꼬마 드라큘라의 첫 식사 Little Dracula's First Bite』(1985),『꼬마 드라큘라가 학교에 가요 Little Dracula Goes to School』(1987) 등의 제목으로 나왔다. 그 밖에도 앤 융맨이 창조해낸 보리스 볼레스큐 백작(1989~1993)과 채식주의자 뱀파이어 블라드 더 드락(1982~1994), 제임스 하우와 데보라 하우의 토끼 뱀파이어 버니큘라(1979~1994), 존 브라운헤드의 오리 뱀파이어 덕큘라(1988) 등 아주 어린 아이들을 대상으로 한 다양한 뱀파이어 캐릭터가 등장했다. 물론 이들은 모두 사람을 해치지 않는 뱀파이어다. 13세 이상의 어린이를 위한 작품에서는 뱀파이어가 조금 더 무섭게 나온다. 아네트 커티스 클라우스의『실버 키스 The Silver Kiss』처럼 말이다. 유럽도 곧 영미권의 예를 따랐다. 어린이 뱀파이어 문학에서 가장 유명한 주인공 중 하나는 독일 작가 앙겔라 좀머 보덴부르크의 '꼬마 뱀파이어 der kleine Vampir'일 것이다. 꼬마 뱀파이어 시리즈는 영어와 프랑스어로 번역되었다. 역시 다양한 언어로 번역된 재키 니슈의『꼬마 뱀파이어의 학교 Die Schule der kleinen Vampire』(1998~1999) 시리즈 역시 큰 인기를 끌었다. 네덜란드 작가 파울 판 룬은『네 이웃을 물지 말라 Nooit de Buren Bitjen』(1995)를 비롯하여 재미있는 어린이용 뱀파이어 도서들을 펴냈다. 프랑스의 아동 뱀파이어 소설로는 장피에르 쿼지니에의『드라큘라 대 빨간 모자^{Dracula contre le petit Chaperon rouge}』(1985), 올리비에 코엔의『내 이름은 드라큘라^{Je m'appelle Dracula}』(2000), 바르바라 사둘의『뱀파이어의 메신 저^{La messagerie du vampire}』(2000) 등이 있다. 이처럼 전 세계에서 아동과 유아를 위한 뱀파이어 문학이 크게 성장한 현상은 뱀파이어에 대한 환상과 극적인 요소를 벗겨내는 효과를 가져왔다. 오늘날 드라큘 라는 과거 백설공주나 신데렐라가 그랬던 만큼이나 아이들에게 친 숙한 이름이 되었다.

30년 전부터 뱀파이어는 문학의 또다른 분야, 즉 지속적인 증가 추세인 청소년 대상의 문학에서 인기 있는 주인공 자리를 차지하고 있다. 중학교나 고등학교처럼 청소년들에게 친숙한 공간을 배경으 로 젊은 뱀파이어 캐릭터를 등장시키는 소설은 수십 편에 이르는 데, 이런 소설은 연작 형식으로 나오는 경우가 흔하다. 오늘날 미국 에서는 매우 젊은 나이의 작가들—크리스틴 피한이나 샬레인 해리 스처럼 여성인 경우가 대부분이다—이 주요 독자층과 같은 나이의 젊은 뱀파이어가 등장하는 소설을 내놓고 있다. 사랑과 죽음을 무 엇보다도 중요하게 다루는 이런 소설에는 폭력적이고 에로틱한 부 분도 있지만, 매우 로맨틱한 감수성도 깃들어 있다. 청소년 독자들 은 이런 소설을 읽으며 동경과 공감을 느낀다. 오늘날 젊은 독자들 이 스테프니 메이어의 트와일라잇 시리즈에 그처럼 열광하는 이유 도 거기에 있다.

29

소설에 선호하는 순서대로 등급을 매기고자 하는 일은 위험하다. 어떤 소설이나 영화가 특정인의 눈에는 걸작으로 보이지만 다른 이들의 눈에는 완전한 실패작으로 비칠 수도 있기 때문이다. 그렇다고는 해도, 최고의 작품과 최악의 작품이 어깨를 나란히 하고 있는 뱀파이어 문학의 세계에서, 내용이 풍부하고 잘 쓰였으며 독창적이어서 다른 글에 비해 단연 돋보이는 작품이 있다는 점은 부인할 수 없는 사실이다. 이런 작품들은 대개 만장일치로 인정받으며 끊임없이 재출간되어 읽힌다. 세월이 흐르면서 뱀파이어 문학은 단지 독자들의 기분 전환만을 추구하는 대중문학으로 변하고 말았으며, 이는 특히 미국에서 두드러진다. 시리즈물이 유행하는 현상은 이런 변화를 한층 더 심화시켰다. 소설이 어느 정도 인기를 얻으면 저자는 다음 편을 써내야 하고, 편이 거듭될수록 내용은 점점 억지스러워진다. '심심풀이 문학littérature de gare'이라 이름 붙일 수 있는 이 거대한 집합 속에서, 몇몇 작품은 좀 덜 엄격한 평가를 받을 만한 가치가 있다.

장편소설 분야에서는 거의 만장일치로 세 작품이 다른 소설들과 확연히 구분되는데, 이 세 작품이 문학 속 뱀파이어 상의 발전에 있어 중요한 단계를 각각 대표하기 때문이다. 말할 것도 없이 이들은 스토커의 『드라큘라』, 매드슨의 『나는 전설이다』, 앤 라이스의 『뱀파이어와의 인터뷰』다. 앞서 살펴보았듯 『드라큘라』는 뱀파이어의 문학적 신화가 수립되는 데 중대한 역할을 했다. 오늘날 다시 읽으면 시대에 많이 뒤떨어진 느낌이 드는 것이 사실이다. 고지식한 선악 대립 구도, 끊임없이 신을 찾아대는 반 헬싱에게서 특히 두드러지는 교훈적이고 계몽적인 측면, 드라큘라와 미나 하커를 제외하면 개성 없는 빅토리아 시대 인간에 불과한, 피상적으로 그려진 등장인물들, 인위적인 해피엔딩, 이런 것들은 현대의 독자에게는 부담스럽게 여겨질 수 있다. 반면 오만하고 고독한, 프로메테우스적 성격의 뱀파이어 주인공은 오늘날까지도 경탄을 자아내는 신화적 인물이 되었다. 여러 차례 희화화의 대상이 된 것도 사실이나 드라큘라 백작은 끊임없는 모방의 대상이었고, 오늘날에도 영화를 통해 여전히 성공을 구가함으로써 시간이 흘러도 빛바래지 않는, 유행을 초월한 인물이 되었다. 그 줄거리를 아주 세세한 부분까지 다 알고 읽어도 스토커의 소설은 반박할 수 없는 매력을 간직하고 있다. 그 매력은 작가가 구사하는 독특한 서술 방식, 트란실바니아의 분위기에 대한 마술적 환기, 행간에서 배어나는 섬세한 에로티시즘에서 나온다. 천재적인 숨결이 느껴지는 몇몇 대목—하커가 드라큘라의 성에 머무르는 부분이나 드라큘라 백작이 미나를 뱀파이어로 만드는 장면—은 환상문학의 위대한 순간이다. 이와는 상당히 다른 측면에서 『나는 전설이다』는 '안티 드라큘라'로서 다가온다. 스토커가 고딕소설의 마술적이고 매혹적인 세계를 되살려낸 반면, 매드슨은 정반대로 이야기를 미래적인 세계에 고정시킨다. 그의 소설은 가까운 미래, 핵전쟁으로 인해 황폐해진 지구를 배경으로 진행되는 것이다. 스토커는 기술이 지배하는 현대의 세계에 옛 시대의 미신들을 다시 나타나게 하는 업적을 달성했다. 반면, 매드슨은 초자연적인 것과 아예 거리를 두고 완전히 합리화한 뱀파이어 상을 내세운다. 매드슨이 그려낸 뱀파이어는 분명 전통에 부합

한다. 그들은 낮에 자고, 밤에만 돌아다닐 수 있으며, 오직 피만을 섭취하고, 심장에 말뚝을 박아야만 퇴치할 수 있기 때문에 거의 무적이다. 그러나 소설의 주인공 리처드 네빌은 논리 정연하게 이런 특성을 하나하나 합리적으로 설명한다. 『나는 전설이다』의 뱀파이어는 사실 돌연변이 박테리아에 감염되어 신진대사가 변해 버린 평범한 인간이다. 박테리아 때문에 그들은 계속해서 신선한 피를 마셔야만 생명을 유지할 수 있고, 박테리아에게 치명적이기 때문에 햇빛을 피한다. 이런 설정은 명백히 있을 수 없는 일처럼 보이며 심지어 웃음거리로 치부될 수도 있지만, 매드슨은 놀랍게도 독자의 믿음을 불러일으키는 데 성공한다. 저자의 뛰어난 재능 덕분에 우리는 뱀파이어와 일상의 투쟁을 벌이는 네빌을 한 걸음 한 걸음 따라가게 되며, 그의 이야기는 매우 그럴듯하게 다가온다. 무엇보다도, 매드슨의 소설은 SF 최초로 본래의 속성을 모두 갖춘 진짜 뱀파이어가 등장하며 그것이 터무니없거나 거짓되게 느껴지지 않는 작품이다. 『나는 전설이다』는 하나의 유파를 형성했고, 많은 유사한 소설을 낳았다. 매드슨은 장르의 규범을 충실히 따르면서도 뱀파이어에 완전히 새로운 이미지를 부여했던 것이다. 마지막으로 『뱀파이어와의 인터뷰』는 뱀파이어 문학사의 전환점이라 할 수 있는 작품이다. 출간 즉시 전 세계적으로 엄청난 성공을 거두었기 때문이기도 하고, 완전히 새로운 방식으로 뱀파이어를 그려냈기 때문이기도 하다. 출간 당시의 어마어마한 인쇄 부수로 알 수 있듯, 뱀파이어 이야기가 처음으로 환상문학 애호가뿐만 아니라 훨씬 넓은 독자층을, 뱀파이어에 대해 아무것도 모르고 『드라큘라』를 읽지도 않은 이가 부지기수인 독자들을 확보하는 데 성공한 것이다. 대중

   뱀파이어의 매혹

을 매혹시킨 것은 초자연적인 존재가 직접 자기 내면 깊숙한 감정을 털어놓는다는 점이었다. 물론 뱀파이어가 직접 자기 감정을 표현하는 소설이 이번이 처음은 아니었지만, 앤 라이스의 소설에서 뱀파이어는 너무도 설득력 있는 방식으로 감정을 드러내 거의 실제 인물처럼 느껴질 정도다. 주인공 루이는 단순히 추상화된 인물이 아니라 사랑과 고통을 느낄 줄 알며, 뱀파이어로서의 생물학적 욕구와 인간으로서의 양심 사이에서 괴로워하는 섬세한 존재다. 속편인 『뱀파이어 레스타』 역시 처음의 놀라운 효과는 사라지지만 상당히 흥미로운 작품이다. 반면 앤 라이스의 뱀파이어 연대기의 나머지 소설들은 애써서 짜낸 흔적이 보이며 되풀이되는 부분이 많다.

뱀파이어에 대한 가장 뛰어난 장편소설은, 그 문체의 특성을 막론하고 독창성에 노력을 기울이며 등장인물에게 심리적인 현실성을 부여하는 소설들이다. 그 첫번째 예인 시어도어 스터전의 『당신의 피 약간』은 환상적인 면이라곤 전혀 없는 이야기인데, 주인공이 진짜 뱀파이어가 아니라 피에 대한 집착에 시달리다가 범죄자가 되는 정신병자이기 때문이다. 보다 정통적인 스티븐 킹의 『살렘스롯』은 매우 물질주의적이며 의심 많은 미국 중산층을 뱀파이어와 대면하게 했다는 점에서 흥미롭다. 피터 스트라우브의 『고스트 스토리』는 헨리 제임스의 『나사의 회전』의 영향을 크게 받은 복잡한 이야기인데, 여기 등장하는 이상한 유령들은 뱀파이어처럼 행동하며 저명인사들로 이루어진 어느 그룹을 괴롭힌다. 수지 매키 차나스의 『뱀파이어 태피스트리』에는 인간성을 환멸 어린 시선으로 바라보는 매력적인 인물 웨일랜드가 등장한다. 휘틀리 스트리버의 『굶주림』의 여주인공 뱀파이어 미리엄은 영원한 고독의 운명에 처해 영혼의 짝을 찾고자 하지만 헛수고다. S. P. 섬토의 『뱀파이어 정션』에 나오는 티미 밸런타인은 열한 살 소년의 모습으로 몇 백 년을 살아온 뱀파이어다. 현재 시대에 그는 록 음악의 아이돌이 되었으며, 자신의 정신분석 전문의와 사랑에 빠진다. 포피 Z. 브라이트의 『잃어버린 영혼』은 뱀파이어 이야기의 배경이라기에는 기묘한 뉴올리언스의 펑크 지대에서 펼쳐진다. 프랑스어로 쓰인 뛰어난 소설로는 뱀파이어와 인간의 이루어질 수 없는 사랑을 그린 피에르 카스트의 『알파마의 뱀파이어』, 수수께끼에 싸인 여인 엘리자베트의 정체가 밝혀지지 않는다는 점에서 20세기 뱀파이어 소설 중 드물게 토도로프가 환상문학의 주요 요소라 지적한 '망설임'을〔토도로프는 자연 법칙에 익숙한 존재가 초자연적 사건과 직면했을 때 느끼는 망설임^{hésitation}을 환상성의 근거로 보았다-옮긴이〕 끝까지 유지하는 크리스틴 르나르의 『세월의 악녀』, 역시 사랑 이야기로, 파리 지하철에서 만난 인간과 뱀파이어 여인의 사랑을 그린 안 에베르의 『엘로이즈』, 어느 뱀파이어 무희의 일생을 그린 잔 페브르 다르시에의 『붉은 플라멩코^{Rouge flamenco}』, 다른 차원에서 온 기묘한 뱀파이어들이 인간들 틈에 끼어든다는 알랭 펠로사토의 『폐허^{Ruines}』 등이 있다.

단편소설에 순위를 매기기는 장편의 경우보다도 훨씬 어렵다. 뱀파이어 이야기에는 장편 형식보다 단편 형식이 훨씬 더 잘 어울리기 때문에, 걸작이라 할 만한 단편이 너무나 많다. 흥미로운 단편이 아주 많기 때문에 여기서는 지면의 한계상 주요 작품만 언급하기로 하겠다. 일단 장편소설의 경우처럼 다른 작품에 비해 월등히 돋보이는 세 작품을 들 수 있다. 사제 로뮈알과 아름다운 클라리몽드의 금지된 사랑을 섬세하게 묘사한 테오필 고티에의 「죽은 연인」, 아

　　　　　　　　　　　　　　　　　　뱀파이어의 매혹

름다운 뱀파이어 여백작과 소녀 로라 사이의 모호한 관계를 그려낸 르 파누의 「카르밀라」, 그리고 이 두 작품보다는 덜 알려진, 로버트 에이크맨의 단편 「어느 소녀의 일기 ^{Pages from a Young Girl's Diary}」(1973)인데, 이는 뱀파이어가 된 어느 소녀가 일기장에 자신이 변해 가는 과정을 적어 내려가는 내용이다. 그 외에도 자기 의지와 상관없이 뱀파이어가 되어 버린 한 시골 처녀의 애처로운 이야기인 F. 메리언 크로퍼드의 「피는 생명이니」, 한 소녀가 부모님의 다락방에서 찾은 하얀 비단 드레스를 입었다가 뱀파이어로 변한다는 내용인 매드슨의 「하얀 비단 드레스」, 젊은 매춘부 뱀파이어를 다룬 비극적인 이야기 클로드 세뇰의 「가련한 소녀」 등이 뛰어난 작품이다.

앞으로도 문학에서 뱀파이어가 계속 다뤄질까?

뱀파이어가 문학에서 유행한 지 이제 200년이 되었지만, 그 유행은 전혀 가실 기미가 보이지 않는다. 뱀파이어는 놀라운 생명력을 증명해 보이며 오늘날까지 살아남았을 뿐 아니라, 그 어느 때보다도 많은 독자와 만나고 있다. 19세기 초에 지식인 엘리트 계층을 대상으로 하던 낭만주의 시에서 탄생한 뱀파이어 문학이 점점 더 다양한 독자층과 접하는 대중적 현상이 된 것이다. 아이들은 읽기를 배우는 나이부터 뱀파이어 이야기를 추천받고, 청소년들은 이러한 이야기에 열광하며, 성인들도 점점 더 이 인물에 매료되고 있다. 뱀파이어는 SF, 판타지, 추리소설, 로맨스 소설 등 서로 관련 없는 여러 분야의 독자층 또한 끌어들였으며, 더이상 소위 대중문학에만

한정되지도 않고, 환상문학, SF, 판타지 등의 장르문학의 틀에만
갇히지도 않는다. 대중문학의 안에서조차, 드라큘라라는 인물은
너무도 잘 알려지고 솔직히 수없이 재탕되었음에도 불구하고 새로
운 작품을 통해 계속 재탄생하고 있다. 같은 시대에 선보였던 라이
벌인 타잔, 조로, 배트맨, 슈퍼맨 등이 아직도 가끔 영화에 등장하
기는 하지만 작가들에게는 거의 잊힌 존재가 된 것과는 대조적이
다. 이런 긍정적인 결산은 뱀파이어가 많은 어려움에도 불구하고
문학 속에 꿋꿋이 버티고 있다는 증거이며, 앞으로도 전망이 밝다
는 증거처럼 보인다. 하지만 그렇다고 해서 영원할 수 있을까?

　이 질문에 대답하려면, 물론 과거를 돌이켜봐야 한다. 뱀파이어
문학에는 밝은 시기도 있었지만 어두운 시기도 있었으며, 심지어
완전히 사라질 거라는 생각이 들 정도로 심각했던 시기도 있었다.
시와 산문 양 분야에서 가장 명성 높은 작가들이 뱀파이어라는 주
제에 매혹을 느꼈던 19세기의 황금기가 지나간 뒤, 20세기 초의 약
20년간은 뱀파이어 문학의 침체기였다. 양차 세계대전 사이에는
미국 잡지들 덕분에 대중문학이라는 분야에서 대단한 인기를 누렸
다. 대전 직후의 몇 년은 새로운 침체기였다. 마치 사람들의 머릿속
에 남은 제2차 세계대전의 현실적 공포가 환상문학이 주는 공포를
압도해 버리기라도 한 듯 말이다. 1960년대에 영화가 뱀파이어를
부활시켰고, 1970년대에 와서는 문학에서도 다시 뱀파이어를 활발
히 다루기 시작해, 이후 20년간 뱀파이어는 양적인 면에서나 질적
인 면에서나 새로운 황금기를 누렸다. 그리고 1990년대로 접어들
며 이는 오늘날 우리가 익히 알고 있는 대중적 유행 현상이 되었다.

　21세기 초인 현재, 마치 일회용 티슈처럼 읽고 나면 던져 버릴 수

　　　　　　　　　　　　　　뱀파이어의 매혹

있는 획일화된 시리즈물이 늘어나는 현상을 보면, 뱀파이어 문학이 상업적으로는 성공을 거두었을지언정 쇠퇴하고 있으며, 몇 년 지나면 권태를 자아내고 공룡처럼 멸종하게 될 거라는 생각이 들지도 모른다. 그러나 그럴 가능성은 희박하다. 오늘날 막대한 성공을 거두는 소설들은 질적인 우수성을 찾으려는 노력이 드러나는, 따라서 아무렇게나 쓴 다른 소설들과는 확연한 차이를 보이는 작품들이다. 물론 현재 뱀파이어 문학의 베스트셀러인 스테프니 메이어의 『트와일라잇』 4부작은 불멸의 명작이라고는 할 수 없으며 젊은 독자층을 주로 겨냥하고 있지만, 잘 쓰인 글이고, 독창성이 깃들어 있으며 현실성 있는 심리 묘사를 통해 매력적인 등장인물들을 선보인다. 어쨌거나 『트와일라잇』은 돈을 목적으로 하는 작가들이 매년 수십 편씩 쏟아내는 소설보다는 훨씬 뛰어나다. 게다가 5년이라는 짧은 기간 내에 린드크비스트의 『렛 미 인』, 레데스마의 『시간을 벗어난 도시』, 샤를로트 부스케의 『암흑의 편지』 등 훨씬 야심찬 소설들이 발표되었다는 사실만 해도 뱀파이어 문학이 아직 종언을 고하지 않았음을 알 수 있다. 물론 뱀파이어 문학은 과거에 그랬듯 부흥기와 침체기를 겪을 것이다. 그러나 뱀파이어 문학이 앞으로 갈 길은 아직도 한참 남았다는 사실만은 지금도 단언할 수 있다.

3부 | 영화와 예술 속의 뱀파이어

31 뱀파이어는 언제, 어떻게 영화에 등장했는가?

영화라는 분야가 개척된 이후 여러 편의 무성영화가 뱀파이어를 주제로 삼았다. 이들은 대부분 15분 정도 길이의 단편영화였다. 유감스럽게도 1909년에서 1916년 사이에 제작된 이런 영화들은 오늘날에는 흔적도 없이 자취를 감췄으며, 알려진 바도 극히 드물다. 유일한 예외가 열 개의 에피소드로 이루어진 루이 푀이야드의 연작 영화 〈뱀파이어^{Les Vampires}〉(1915~1916)인데, 진짜 뱀파이어가 아니라 쫙 달라붙는 검은 옷으로 변장한 대담한 도둑들이 주인공이다.

영화 속 뱀파이어의 역사를 여는 작품이 독일 감독 빌헬름 프리드리히 무르나우의 〈노스페라투, 공포의 교향곡^{Nosferatu, Eine Symphonie des Grauens}〉(1922)이라는 점에는 모두가 동의한다. 이는 스토커의

『드라큘라』를 허가 없이 각색한 작품이었다. 이런 영화는 〈노스페라투〉가 처음은 아니었다. 지금은 흔적도 없이 사라졌지만, 〈노스페라투〉보다 앞서 드라큘라에 대한 영화 두 편이 나왔었는데, 하나는 1920년에 제작한 감독을 알 수 없는 러시아판 〈드라큘라〉고, 다른 하나는 1921년에 제작된 헝가리 출신 감독 카로이 러이터이의 헝가리판 〈드라큘라〉이다. 민사 소송이 걸린 탓에 〈노스페라투〉역시 완전히 사라질 뻔했다. 브램 스토커는 1912년에 사망했지만, 『드라큘라』의 각색권은 그 미망인의 소유로 남아 있었다. 무르나우는 그녀에게 허가를 받았어야 했다. 그러나 그는 허락을 받는 대신 소설과 관계있다는 흔적을 없애기 위해 제목을 바꾸고 등장인물들에게 각기 다른 이름을 붙이는 선에서 그쳤다. 이렇게 술책을 쓰고, 줄거리에도 몇 부분 수정을 가했음에도 불구하고, 영화가『드라큘라』를 바탕으로 했다는 점은 훤히 들여다보였다. 플로렌스 스토커는 〈노스페라투〉의 제작사인 베를린의 영화회사 프라나 사를 상대로 소송을 걸었고, 1925년 법원에서는 남아 있는 영화의 복제 필름을 모조리 폐기하라는 명을 내렸다. 천만다행히도 그중 하나만은 폐기되지 않고 살아남아, 〈열두 번째 시간^{Die zwölfte Stunde}〉이라는 제목으로 1930년 독일에 재등장했다. 이렇게 보존된 필름은 나중에 원래의 제목을 되찾았다. 독일 표현주의 영화의 걸작인 〈노스페라투〉가 사라졌다면 이는 영화계에 너무도 크나큰 손실이었을 것이다.

　무르나우의 〈노스페라투〉는 뛰어난 영화이긴 하지만, 본격적으로 뱀파이어 영화의 물결을 주도한 작품이라고 할 수는 없다. 뱀파이어가 환상영화의 주요 주제로 부상하게 된 것은 유성영화가 출현하면서부터, 그리고 1931년 토드 브라우닝의 〈드라큘라〉가 나온

　　　　　　　　　　　　뱀파이어의 매혹

뒤부터였다. 토드 브라우닝은 이미 1927년에 뱀파이어에 관한 영화 〈한밤의 런던London after Midnight〉을 감독한 바 있었으나, 유감스럽게도 이 영화는 지금 스틸사진밖에 남아 있지 않다. 이 영화에는 배우 론 체이니가 출연했는데, 진짜 뱀파이어가 아니라 살인자를 체포하기 위해 뱀파이어로 변장한 수사관 버크 경위 역할이었다. 이후 1935년에 토드 브라우닝은 이를 유성영화로 리메이크한다. 제목은 〈뱀파이어의 표지Mark of the Vampire〉이고 이번에는 벨라 루고시가 주연이었다. 브라우닝은 밸더스턴과 딘이 각색한 연극을 본 적 있었고 (질문 19 참조) 거기서 루고시의 연기를 높이 평가했던 것이다. 그 연극을 바탕으로 하여 영화를 제작하고자 할 생각에 그는 플로렌스 스토커에게 소설의 각색권을 사들였다. 토드 브라우닝이 〈드라큘라〉를 촬영하는 동안, 다른 감독인 조지 멜퍼드가 거의 동시에 카를로스 비야리아스를 주연으로 한 스페인어 버전을 촬영했다. 비용을 아끼기 위해 같은 무대장치를 사용해서 말이다.

멜퍼드의 〈드라큘라〉는 브라우닝의 〈드라큘라〉에 가려 그리 빛을 보지 못했으며, 할리우드에서 뱀파이어 유행을 일으킨 것은 결국 브라우닝의 영화였다. 단 두 번 드라큘라 역을 맡았을 뿐이지만, 벨라 루고시는 그 연기 스타일로 1958년까지 귀족 뱀파이어 역할의 상징적인 존재가 되었다.

영화 속 드라큘라는 어떤 얼굴로 다양하게 그려졌는가?

소설에서 브램 스토커가 그려낸 드라큘라 백작은 키가 크고 머리카락은 더부룩하며 눈썹이 짙고 매부리코에 하얀 콧수염을 길게 기른 모습이다. 그런데 스크린에서 드라큘라 역을 맡았던 여러 배우들은 소설의 원래 모델과는 전혀 닮은 데가 없다.

영화에서 최초로 드라큘라 역을 맡은 배우는 독일인 막스 슈레크였다. 대머리에 길고 뾰족한 귀, 거대한 앞니를 지닌 그의 음산한 외모는 스토커가 그려낸 인물과는 매우 거리가 멀다. 이 무시무시한 얼굴은 죽은 자의 얼굴이나 악령을 연상시킨다. 스토커의 드라큘라가 강압적이고 난폭한 인상을 주는 반면, 노스페라투는 음험하고 허약하며 등이 굽은 인물이다. 두려움과 혐오감을 불러일으키기는 하지만, 동시에 스토커의 드라큘라와는 달리 동정이 가는 인물이기도 하다. 엘렌을 미친 듯이 사랑하며 그 사랑 때문에 파멸하기 때문이다. 베르너 헤어초크 감독의 〈노스페라투, 밤의 유령Nosferatu, Phantom der Nach〉(1979)과 이후 1988년 아우구스토 카르민토 감독의 이탈리아 영화 〈베네치아의 노스페라투Nosferatu a Venezia〉에서는 클라우스 킨스키가 같은 분장으로 노스페라투 역을 맡았다. 컬러영화이자 시네마스코프 영화인 헤어초크의 〈노스페라투〉는 무르나우의 영화와는 확연히 달랐으나, 클라우스 킨스키가 연기한, 매우 가련한 모습의 노스페라투는 원작의 모델에 상당히 충실했다. 노스페라투는 2000년 E. 엘리아스 메리지의 〈뱀파이어의 그림자Shadow of the Vampire〉를 통해 재등장했는데, 이번에는 윌렘 대포가 주연이었다. 이 영화는 무르나우(존 말코비치 분)의 〈노스페라투〉 촬영 과정을 소재로 한 공포영화다. 영화 속에서 윌렘 대포가 연기한 막스 슈레크는 결코 분장을 벗지 않아 주변 사람들을 불안하게 하는데, 그것은 슈레크 자신이 진짜 뱀파이어이기 때문이다. 스티븐 킹의 소설을 원작으로 한

　　　　　　　　　　　　　　　　　뱀파이어의 매혹

두 편의 영화, 토브 후퍼의 〈살렘스 롯^{Salem's Lot}〉(1979)과 래리 코헨의 〈살렘스 롯으로의 귀환^{Return to Salem's Lot}〉(1987)에서 뱀파이어 발로 역을 맡은 마이클 모리어티가 〈뱀파이어의 그림자〉에서 쓰인 과도한 분장을 그대로 답습해 우스꽝스러운 모습으로 등장한다는 점이 주목할 만하다.〔저자의 오류인 듯하다. 마이클 모리어티는 〈살렘스 롯으로의 귀환〉에만 출현했으며, 그 배역도 '발로'가 아닌 '조 웨버'였다. '발로'는 〈살렘스 롯〉에만 등장한다.-옮긴이〕

벨라 루고시가 연기한 토드 브라우닝의 드라큘라는 완전히 다르다. 벨라 루고시는 1882년 헝가리에서 출생했으며, 본명은 벨라 페렌츠 블라스코였으나 자신이 태어난 마을의 이름을 따 루고시라는 예명을 썼다. 그는 드라큘라 역을 굉장히 잘 소화했는데, 이는 특히 강렬한 헝가리어 억양 덕분이었고, 루고시는 주의 깊게 이 억양을 유지했다. 찰싹 달라붙은 검은 머리, 얇은 입술, 창백한 안색에 불길하게 번뜩이는 눈, 그는 스토커가 묘사한 인물과는 전혀 닮지 않았다. 노스페라투와 달리 그는 귀가 뾰족하지도 않고, 이가 거대하지도 않았다. 토드 브라우닝은 특히 조명을 활용하여 루고시를 기괴하게 표현했다. 우아하고 아름답게 대사를 구사하며, 언제나 야회복에 검고 긴 망토 차림을 한 벨라 루고시는, 프랑켄슈타인 하면 떠오르는 배우가 보리스 칼로프인 것처럼 이후 몇 세대 동안이나 드라큘라 역할을 맡았다. 그러나 벨라 루고시가 아니라 존 캐러딘이 드라큘라 역을 맡은 영화들도 있다. 캐러딘은 가느다란 콧수염을 길렀고, 루고시처럼 야회복과 망토를 입었다. 루고시는 토드 브라우닝의 〈뱀파이어의 표지〉(1935), 진 야브로의 〈악마의 박쥐^{The Devil Bat}〉(1940), 루 랜더스의 〈뱀파이어의 귀환^{The Return of the Vampire}〉(1943)

에서 뱀파이어 역을 연기했으나, 이후 술과 마약으로 피폐해졌고 1948년 찰스 T. 바턴의 〈애보트와 코스텔로 프랑켄슈타인을 만나다Abbott and Costello Meet Frankenstein〉에서 다시 한번 드라큘라 역을 하지만 이전에 자신이 연기했던 드라큘라를 우스꽝스럽게 패러디하는 모습으로 나온다. 그는 다른 코미디 영화인 존 길링의 〈라일리 아주머니 뱀파이어를 만나다Old Mother Riley Meets the Vampire〉(1952)에서 마지막으로 뱀파이어 역을 맡았고, 에드워드 J. 우드의 B급 SF영화 〈외계로부터의 9호 계획Plan Nine from Outer Space〉(1959)에서도 뱀파이어 역을 맡기로 되어 있었으나 촬영이 시작되기 전 사망해 다른 배우로 교체되었다. 루고시는 그에게 영광을 안겨 주었던 드라큘라 의상을 입은 채 안장되었다.

아티프 캅탄이라는 배우가 희극적으로 드라큘라를 연기했던 메흐메트 무흐타르 감독의 터키 영화 〈이스탄불의 드라큘라〉(1953)를 제외하면, 드라큘라 백작이 스크린에 재등장한 것은 1958년이 되어서였다. 영국 감독 테런스 피셔가 감독한 컬러 영화 〈드라큘라의 공포〉를 통해서였다. 새로이 드라큘라를 맡은 크리스토퍼 리는 벨라 루고시와는 매우 달랐다. 그는 완전히 영국적인 우아함을 지니고 있었으며, 전혀 억양이 깃들지 않은 완벽한 영국 영어를 구사했다. 덥수룩한 머리칼의 크리스토퍼 리는 얼굴에 털이 없다는 점만 빼면 스토커가 그려낸 드라큘라와 훨씬 더 가까웠다. 미소 지을 때 엿보이는 긴 송곳니와, 콘택트렌즈를 사용해 극적인 장면에서 두 눈이 마치 충혈된 것처럼 붉게 빛나는 것만 제외하면 분장도 그리 과도하지 않았다. 루고시가 음침한 외모에 병적인 미소를 지녔던 반면, 크리스토퍼 리는 오히려 유혹자에 가까운 연기를 했다. 그

 뱀파이어의 매혹

는 한밤에 창문을 통해 하늘거리는 잠옷 차림으로 황홀경에 빠진 젊은 여인들의 방에 침입하는 돈 후안이었다. 테런스 피셔는 영화에 과감하게 에로틱한 색채를 부여했던 것이다. 드라큘라와 대결하는 반 헬싱은 피터 쿠싱이 맡았다. 이후 크리스토퍼 리와 피터 쿠싱은 수많은 공포영화에서 명콤비로 등장하게 된다. 〈드라큘라의 공포〉가 흥행하자, 크리스토퍼 리는 1973년까지 해머 사에서 제작한 여섯 편의 다른 영화에서 드라큘라 역을 연기했다. 그는 헤수스 프랑코 감독의 〈드라큘라 백작El Conde Dracula〉(1970)에서도 드라큘라로 나왔는데, 여기서만은 예외적으로 소설에 나온 대로 흰 콧수염을 길렀다. 리는 캘빈 플로이드의 다큐멘터리 〈드라큘라를 찾아서In Search of Dracula〉(1971)에서도 흰 콧수염을 달고 나오는데, 여기서는 드라큘라가 아니라 블라드 체페슈 역이다. 영원히 낙인찍혀 버린 듯한 드라큘라 역에 지친 나머지 크리스토퍼 리는 클로드 클로츠의 소설 『파리 뱀파이어』를 원작으로 하는 에두아르 몰리나로의 패러디 영화 〈드라큘라, 아버지와 아들〉을 마지막으로 드라큘라를 그만둔다. 벨라 루고시처럼 크리스토퍼 리도 자신만의 고유한 방식으로 드라큘라 역을 연기했으며, 많은 배우들이 이를 모방했다. 그의 영향을 받은 배우로는 페르난도 멘데스의 〈뱀파이어의 관El Ataud del vampiro〉(1958)에서 드라큘라 역을 한 멕시코 배우 헤르만 로블레스와 하비에르 아기레의 〈드라큘라 백작의 위대한 사랑El Gran Amor del Conde Drácula〉(1972)에서 드라큘라 역을 맡은 스페인 배우 폴 나쉬를 들 수 있다. 잭 펠런스와 피터 쿠싱 역시 크리스토퍼 리를 모방했다. 데이비드 니븐이나 우도 키에르처럼 벨라 루고시의 연기 스타일을 따라한 배우도 있다.

프랑스 배우 루이 주르당이 주연한, 필립 사빌 감독의 영국판 TV용 영화 〈드라큘라 백작^{Count Dracula}〉(1978)이 방영됨에 따라, 드라큘라라는 인물을 표상하는 방식에 커다란 변화가 일어났다. 그전까지의 드라큘라가 원숙한 남성이었던 반면, 루이 주르당이 연기한 드라큘라는 무척 젊고 유혹적이었다. 이런 식의 인물 해석은 1979년 작인 존 바담 감독의 〈드라큘라〉에도 나타난다. 프랭크 란젤라가 연기한 로맨틱한 드라큘라 백작은 여기서 저항하기 힘든 유혹자로 나온다.

1980년대에는 드라큘라가 등장하는 영화가 그리 큰 재미를 보지 못한다. 드라큘라 백작은 피에르 데자냐가 감독한 〈샤를로 대 드라큘라^{Les Charlots contre Dracula}〉(1980)에 나오듯 패러디의 대상이 되거나 B급 영화의 주인공으로 전락한다. 1992년, 드라큘라 백작은 프랜시스 포드 코폴라의 〈드라큘라〉로 화려하게 귀환한다. 이 영화에서 게리 올드먼이 혼자 도맡아 연기한 드라큘라는 그저까지의 영화들이 보여 주었던 것과는 전혀 다른, 몹시 다양한 얼굴을 드러낸다. 처음에 그는 번쩍이는 옷을 입고 머리를 크게 틀어 올린 여자 같고 이상한 노인으로 나온다. 영화 중반에 런던에 도착한 이후부터는 짙은 색의 머리칼에 콧수염과 짧은 턱수염을 기른 젊은 멋쟁이가 된다. 이후 다시 트란실바니아로 돌아온 뒤 그는 다시 주름살투성이 노인이 되지만, 이번에는 머리칼을 어깨에 늘어뜨린 모습이다. 퀸시 모리스의 단검에 찔려 죽는 순간 그는 짐승 같은 얼굴의 괴물로 돌변하지만, 미나의 입맞춤을 받자 런던 장면에 나왔던 젊은이의 얼굴이 되어 숨을 거둔다. 이 영화에서는 배우 게리 올드먼의 연기를 칭찬하지 않을 수 없다. 그는 당시 그리 알려지지 않은 배우

     뱀파이어의 매혹

였지만, 단 한 편의 영화로 이름 높은 선배 배우 벨라 루고시와 크리스토퍼 리의 자리를 차지했다. 루고시와 리와는 달리 게리 올드먼은 다른 뱀파이어 영화에는 한 번도 출연하지 않았다. 1995년 멜 브룩스가 감독한 코폴라의 〈드라큘라〉의 모방작 〈못말리는 드라큘라 Dracula : Dead and Loving It〉는 지루하고 실망스러운 작품이다.

드라큘라는 계속해서 영화에 등장하고 있다. 최근 영화로는 패트릭 루시에의 〈드라큘라 2001 Dracula 2001〉과 스티븐 소머스의 〈반 헬싱 Van Helsing〉(2004)이 대표적이다. 근래에 나온 가장 뛰어난 작품은 캐나다 감독 가이 매딘의 〈드라큘라의 춤 Dracula : Pages from a Virgin's Diary〉으로, 독특하게도 중국 배우인 장 웨이캉이 연기한 드라큘라 역의 해석도 훌륭하지만, 발레를 다룬 것이기 때문에 이미지와 안무의 아름다움도 독보적이다. 오늘날 뱀파이어가 큰 유행이라는 점을 생각하면, 드라큘라가 영화에 재등장해 우리에게 새로운 놀라움을 선사한다 해도 그리 놀랄 일이 아닐 것이다.

33 뱀파이어 문학과 영화의 관계는 어떠한가?

〈드라큘라〉는 영화가 소설을 널리 알리는 데 결정적인 역할을 할 수 있으며 소설만으로는 얻지 못했을 후대의 명성을 가져다 줄 수 있다는 사실을 보여 주는 사례다. 물론 스토커가 살아 있던 시절에 소설은 영국에서 명백한 성공을 거두었으나, 토드 브라우닝이 1931년 영화로 제작해 흥행시키고 이후에도 영화로의 각색이 계속되지 않았더라면 재판을 거듭하는 전 세계적 베스트셀러까지는 되지 않았을 것이다. 오늘날에는 수백만의 사람들이 드라큘라라는 이름을 알지만, 이들은 주로 영화를 보았거나 영화에 대한 이야기를 통해 그 이름을 귀에 익힌 것이다. 한편 드라큘라라는 이름은 그 창조자의 이름을 가렸다고 할 수 있다. 대니얼 파슨이 스토커의 전기를 쓰면서 『드라큘라를 쓴 사나이The Man Who Wrote Dracula』라는 제목을 붙인 것은 그저 우연한 일이 아니다. 영화가 꼭 문학과 경쟁 관계라고 할 수만은 없는 것이, 영화를 보고 나서 그 원작인 소설을 읽고 싶다는 생각을 품는 일도 자주 있기 때문이다. 게다가 현재 우리가 살아가는 이미지 중심의 문명에서 영화는 유행을 낳고 사상을 전파하기에 더할 나위 없이 어울리는 도구이다. 뱀파이어의 경우, 20세기 초부터 문학과 영화는 지속적인 상호작용을 주고받아 왔다.

확실한 것은, 대작 영화가 나오면 뒤이어 문학에서 뱀파이어가 유행한다는 점이다. 1931년, 토드 브라우닝의 〈드라큘라〉가 뱀파이어의 이미지를 널리 알리는 데 결정적인 역할을 하자 펄프 잡지에 실린 수십 편의 단편소설이 그 영향을 받았다. 예를 들어 『위어드 테일스』의 표지와 안쪽 삽화에 그려진 뱀파이어는, 죄다 벨라 루고시처럼 착 달라붙은 머리모양을 하고 하나같이 야회복과 망토를 걸치고 있었다. 제2차 세계 대전 이후 뱀파이어라는 캐릭터는 너무 많이 반복되었기 때문이겠지만 인기를 잃었고, 당시 나오는 영화는 대부분 패러디 영화였다. 문학도 그 영향을 받았다. 이후 뱀파이어가 다시금 명성을 얻고 수많은 소설을 양산해낸 것은 의심할 여지없이 테런스 피셔의 〈드라큘라의 공포〉 덕분이다. 이 시기에 최초의 '소설화' 작품, 즉 영화 시나리오를 바탕으로 쓴 소설이 등장한다. 그러니까 문학과 영화는 이중의 상호작용이 있었던 셈이다. 먼

     뱀파이어의 매혹

저 어떤 소설을 전부든 일부든 원작으로 삼아 영화로 제작하고, 영화가 개봉하면 이번에는 영화 시나리오를 바탕으로 소설을 내는 것이다. 드라큘라나 그 분신 노스페라투에 대한 영화들은 이런 식으로 다양한 소설들을 낳았다. 베르너 헤어초크의 영화와 같은 해에 나온 폴 모네트의 『뱀파이어 노스페라투Nosferatu the Vampire』(1979)가 그런 예다. 다른 작품들의 경우도 마찬가지다. 「카르밀라」를 영화화한 로제 바딤의 〈그리고 쾌락으로 죽다Et mourir de plaisir〉(1960)는 같은 해 로빈 칼리슬의 『피와 장미Blood and Roses』라는 소설로 탈바꿈했다. 1970년대와 1980년대의 황금기 이후 뱀파이어는 너무 진부한 소재가 되어 다시금 쇠퇴의 위기에 처하지만, 1992년 코폴라의 〈드라큘라〉 덕에 새로운 활기를 얻었고, 영화가 나온 이후 몇 년 동안은 뱀파이어를 다룬 온갖 종류의 장편소설이며 단편집이 연이어 나왔다. 21세기 영화 중 문학에서의 뱀파이어 열풍의 원동력이 된 최근작은 스티븐 소머스의 〈반 헬싱〉이었다. 영화 개봉 즉시 미국과 프랑스에서 수많은 소설이 쏟아져나왔던 것이다. 오늘날, 특히 미국에서는 소설이 크게 성공하면 즉시 영화화하는 추세다. 린드크비스트의 소설 『렛 미 인』이 2008년 토마스 알프레드손 감독에 의해 동명의 영화로(프랑스에서 이 영화는 〈모르스〉라는 제목으로 개봉했다) 제작되었고, 2006년 출간된 스테프니 메이어의 『트와일라잇』 첫 권은 캐서린 하드윅 감독이 2008년 〈트와일라잇 1〉이라는 제목으로 영화화했다. 분명히 이들 영화를 뒤이어서도 같은 장르의 또다른 소설과 영화 들이 나타날 것이다. 즉 여기서는 앞서 이야기했던 것과는 정반대의 현상이 일어나게 되어, 이 경우는 문학이 영화를 키워 주고 있는 셈이다.

영화와 문학이 이처럼 서로 영향을 주고받기 때문에, 어떤 소설이 진짜 독립적인 작품인지 아니면 영화 시나리오를 바탕으로 한 것인지, 혹은 반대로 어떤 영화가 소설을 원작으로 한 것인지 아닌지 구분하기 어려운 일도 종종 일어난다. 몇 가지 예를 들어 보자면, 토니 스콧의 영화 〈굶주림〉(1984)은 휘틀리 스트리버가 1982년 발표한 동명의 소설을 원작으로 한 것이며 마크 파비아의 〈나이트 플라이어The Night Flier〉(1997)는 스티븐 킹이 1989년 발표한 단편소설을(프랑스어 번역 제목은 '밤의 날개Les Ailes de la nuit') 영화화한 것이다. 반대로 크레이그 쇼 가드너가 쓴 장편소설 『로스트 보이스The Lost Boys』(1987)는 조엘 슈마허의 동명의 영화가 원작이고, 조지 로메로와 수전 스패로의 『마틴Martin』(1977)은 조지 로메로가 그 전해에 제작한 영화가 원작이다. 여기서 판단할 수 있듯, 문학과 영화는 매우 밀접한 관계를 맺고 있으며 그 관계는 점점 더 가까워지고 있다.

34 뱀파이어와 관련해 텔레비전이 지니는 특성이 있는가?

텔레비전은 영화를 재방송하는 데 중요한 역할을 담당하며, 그런 이유로 종종 단순히 영화의 배급에 기여하는 수단처럼 여겨지지만, 방송국 제작팀에서도 자체 제작으로 TV용 장편물을 촬영한다. 영화관을 통해 배급되는 것이 목적인 엄밀한 의미의 영화와, TV용 영화 사이의 실질적인 차이점을 찾기가 어려운 경우도 종종 있다. 뱀파이어라는 주제를 놓고 볼 때, 충분한 예산을 확보하고 유명 배우들을 캐스팅해 제작한 몇몇 TV용 영화는 대형 스크린용 영화에

　　　　　　　뱀파이어의 매혹

비해 조금도 뒤떨어지지 않는다. 반면 텔레비전만의 특성이라면, 단편이나 중편물을 제작할 수 있고 특히 시리즈물을 방영할 수 있다는 이점이 있다.

뱀파이어 이야기를 영화화할 때, 영화감독들은 무엇보다도 장편 소설 쪽으로 눈을 돌린다. 한 시간 반 정도 길이의 영화를 구성하려면 줄거리가 충분히 길어야 하기 때문이다. 스티븐 킹의 「나이트 플라이어」처럼 단편소설이 장편영화로 제작되는 경우는 아주 드문 예이다. 그 반면 텔레비전은 얼마든지 단편영화를 제작해서 방영할 수 있고, 단편영화라는 형식은 단편소설과 완벽하게 어울린다. 뱀파이어를 다룬 여러 중단편 소설이 이런 식으로 영상화될 수 있었으며, 그중에는 뱀파이어 문학의 고전들도 끼어 있다. 「카르밀라」 같은 경우는 폴 플랑숑의 〈굳어진 심장: 카르밀라Le Coeur pétrifié : Carmilla〉(프랑스, 1987)를 비롯해 여러 차례에 걸쳐 뛰어난 수준의 TV용 영화로 만들어졌다. 리처드 매드슨의 뱀파이어 이야기 중 걸작 몇 편도 TV용으로 각색되었다. 사이킥 뱀파이어라는, 솔직히 말해 시각적 화려함을 드러내기에는 어려운 소재가 영화에서는 거의 다뤄지지 않은 반면, TV는 여기에 관심을 보였다. 프리츠 라이버의 동명 소설을 원작으로 삼은 존 바담의 단편영화 〈굶주린 눈의 소녀〉(미국, 1972)가 그런 예다. 물론 돈 맥두걸의 〈뱀파이어를 위한 비가Elegy for a Vampire〉(미국, 1972)처럼 오리지널 시나리오를 바탕으로 한 단편 영상물도 있다.

텔레비전의 시리즈물은 19세기 연재소설의 영화 버전이라 할 수 있다. 시리즈에서는 동일한 배경과 같은 형식의 플롯, 그리고 동일한 인물들을 사용함으로써 여러 편의 연작 에피소드를 진행시켜 시청자로 하여금 다음 에피소드를 궁금하게 할 수도 있고, 독립적인 에피소드로 구성하여 전체의 흐름을 이해하는 데 방해받지 않으면서 개별적으로 감상하게 할 수도 있다. 일찍부터 시리즈물이 도입된 미국에서는 〈환상 특급The Twilight Zone〉, 〈납골당의 미스터리Tales from the Crypt〉, 〈0011 나폴레옹 솔로The Man from U.N.C.L.E.〉 등 공포물이나 수사물 시리즈가 대단한 인기를 끌었다. 앨프 켈린 감독의 〈뱀파이어 어페어The Vampire Affair〉(미국, 1965)처럼, 이런 시리즈에 속한 특정 에피소드가 고전의 반열에 오르는 일도 있다.

영화만큼이나 문학 속 뱀파이어의 대중화에 크게 공헌한 것이 뱀파이어를 주인공으로 하는 TV 시리즈물이다. 조너선 프리드가 매력적인 뱀파이어 주인공 역으로 나오는(1990년 방영된 아홉 편의 에피소드에서는 벤 크로스가 주연) 드라마 〈다크 섀도우Dark Shadows〉(댄 커티스, 미국, 1970~1971)는 70년대 뱀파이어 문학을 지배하다시피 했다. 드라마를 바탕으로 한 매릴린 로스의 소설이 서른 권 정도 나왔을 뿐만 아니라, 로맨틱하고 우수 어린, 운명의 희생자 같은 주인공 덕분에 뱀파이어의 이미지가 크게 바뀌었던 것이다. 〈다크 섀도우〉에 뒤이어 방영된 '버피' 시리즈는 프랜 루벨 커즈 감독의 유치한 영화 〈버피, 뱀파이어 해결사Buffy the Vampire Slayer〉(1992)가 그 출발점이었다. 영화에서 크리스티 스완슨이 맡은 여주인공 버피는 뱀파이어를 알아보고 해치울 수 있는 능력을 지닌 여고생이다. 영화는 TV로의 각색이 결정되었고, 1997년 시작된 〈버피〉는 TV 역사상 가장 장기 방영된 시리즈 중 하나가 된다. TV판 주연은 세라 미셸 겔러였다. 시리즈의 모든 에피소드가 소설화되어 수백만 부씩 팔렸고 여러 언어로 번역되었다. 버피는 뱀파이어 이야기가 청소년층에서 인기를

　　　　　　　　　　　　　　　　　뱀파이어의 매혹

얻는 데 지대한 공헌을 했다. 학생인 여주인공이 젊은 층에게 감정이 입과 공감을 불러일으켰던 것이다. 오늘날에는 샬레인 해리스의 소설을 원작으로 한, 수키 스택하우스라는 여주인공이 활약하는 〈트루 블러드〉 시리즈가 전 세계에 방영되고 있다. 앞서 살펴본 다른 예처럼 〈트루 블러드〉 역시 텔레비전과 대중문학의 긴밀한 관계를 보여 주는 사례다.

35 뱀파이어 영화는 원작 소설에 충실한가?

텍스트를 영화로 각색하는 작업은 쉬운 일이 아니다. 단어와 문장과 개념을 이미지와 소리로 전환해야 하기 때문이다. 환상이라는 장르가 무엇보다도 '암묵적 발화'와 '망설임'의 예술이라는 견지에서 본다면, 환상문학을 영상으로 각색한다는 자체가 무모한 짓처럼 여겨질지 모른다. 예를 들어 텍스트가 주인공 단 한 사람의 눈에만—헨리 제임스의 『나사의 회전』에 나오는 가정교사처럼—보이는 유령의 존재를 암시하는 경우, 영화에서는 그 유령을 보여 주는 것밖에 다른 방도가 없으며, 그러면 유령은 객관적인 존재가 된다. 한편 텍스트에서는 몇 문장으로 시사되는 개념을 이미지로 표현하고자 하면 잘 안 되는 경우도 있다. 그 결과 소설을 원작으로 하는 영화는 관객이 쉽게 이해하도록 종종 줄거리를 단순화한다. 책을 읽을 때는 앞장을 들춰 가며 내용을 따라잡을 수 있지만, 영화관에서는 그럴 수 없기 때문이다. 즉 시나리오 작가는 어쩔 수 없이 소설의 텍스트를 촬영 조건과 재정 상황에 맞게 각색해야 한다. 결국 소설을 각색한 영화는 감독이 아무리 텍스트를 충실히 따르고 싶더라도 필연적으로 '불충한 미녀belle infidèle'〔본래는 유려하지만 원문에 충실하지 못한 번역을 가리키는 표현으로, 여기서는 소설 원작에 충실하지 못한 영화를 의미함-옮긴이〕가 될 수밖에 없다. 문제는 그 불충실성이 과연 어느 정도까지 갈 수 있느냐를 아는 것이다.

영화가 어떤 문학 텍스트에서 영감을 얻었다고 주장하지만, 사실 그 텍스트와 아무런 관계가 없는 경우도 있다. 덴마크 감독 칼 테오도르 드레이어의 영화 〈뱀파이어Vampyr: Der Traum des Allan Grey〉(1932)의 크레디트 타이틀에는 영화가 조지프 셰리던 르 파누의 『거울 속에 어둡게In a Glass Darkly』를 원작으로 하고 있다고 나와 있다. 그런데 단편 모음집인 이 책에서 뱀파이어 이야기는 「카르밀라」 단 한 편뿐이고, 그마저도 영화와는 아무 관련이 없다. 스토커의 「드라큘라의 손님」을 각색했다고 하는 램버트 힐리어의 〈드라큘라의 딸Dracula's Daughter〉(1936)도 마찬가지로 소설과 아무 상관이 없다. 마리오 바바의 〈악마의 가면La Maschera del demonio〉(1960)은 크레디트 타이틀에서 고골의 「비이」의 영향을 받았다고 밝히지만 역시 고골 작품과 아무런 관련도 없다. 이런 영화를 보면 제작자가 영화를 보증하기 위해 문학을 끌어온 거라는 생각이 든다. 물론 이는 아주 극단적인 사례이다. 소설을 각색한 영화가 텍스트에 완전히 충실하지는 않더라도, 그 틀만은 따르는 것이 보통이다.

스토커의 『드라큘라』는 여러 차례 영화화되었고 그때마다 다양한 운명을 겪었다. 영화화된 최초의 작품인 무르나우의 〈노스페라투〉는 소설의 이야기를 대폭 수정했다. 저작권 소송을 피하기 위해 등장인물 이름을 바꾸고 주인공의 외모를 소설에서 묘사된 바와는

  뱀파이어의 매혹

전혀 다르게 설정해야 했던 것도 있지만, 줄거리도 『드라큘라』와는 크게 다르다. 후터(소설의 조너선 하커의 아내)는 뱀파이어를 퇴치하기 위해 스스로를 희생하며, 그녀가 숨을 거두는 순간 새벽이 다가오는 것을 눈치채지 못했던 오를록(드라큘라)도 햇빛을 받아 죽고 만다. 헤어초크의 〈노스페라투〉 역시 『드라큘라』의 줄거리를 수정한 것으로, 소설과는 결말이 다르다. 뱀파이어를 제거하고 나자 이번에는 하커가 뱀파이어가 되어 역병을 퍼뜨리는 것이다. 토드 브라우닝의 〈드라큘라〉과 테런스 피셔의 〈드라큘라의 공포〉에서는 데메테르 호 에피소드가 나오지 않고, 원작에서 드라큘라를 처치하는 퀸시 모리스는 아예 등장하지도 않는다. 〈드라큘라의 공포〉에서는 하커가 뱀파이어가 되어 반 헬싱의 손에 처형당한다. 소설과 가장 동떨어진 버전은 분명 존 바담의 〈드라큘라〉일 것이다. 여기서는 드라큘라가 반 헬싱을 죽이고 햇빛을 받아 타 죽는다. 감독이 특정 인물을 아예 삭제하는 경우도 있지만, 역할을 변화시키기도 한다. 렌필드는 피셔의 영화에는 등장하지 않고, 두 버전의 〈노스페라투〉에서는 하커의 사장으로 나온다. 반 헬싱은 소설에서는 드라큘라와의 싸움을 앞장서서 이끄는 중요 인물이지만, 〈노스페라투〉에서는 두 버전 다 부차적인 역으로 등장할 뿐이다. 〈드라큘라의 공포〉와 헤어초크의 〈노스페라투〉에서는 루시와 미나의 역할이 서로 뒤바뀌어, 루시가 하커의 약혼자가 된다. 이런 식으로 시나리오 작가가 소설을 자유롭게 변형한 예는 얼마든지 더 들 수 있다. 코폴라의 〈드라큘라〉는 보다 복잡한 사례인데, 감독이 소설 줄거리의 모든 요소를 시간 순서 그대로 따르고 있기 때문이다. 원작에 충실하고자 하는 의지를 증명하기라도 하려는 듯, 코폴라는 영화 제목을 〈브램 스토커의 드라큘라^{Bram Stoker's Dracula}〉라 정했고, 이는 진정성을 보증하는 의미이기도 했다. 자신보다 앞서 〈드라큘라〉를 제작했던 감독들과 달리 코폴라는 주요 등장인물을 한 명도 빠뜨리지 않는다. 렌필드와 퀸시 모리스 둘 다 영화에 등장하며, 소설에서와 같은 역할을 한다. 그러나 코폴라는 소설 줄거리에 스토커가 생각하지 않았던 사랑 이야기를 덧붙였다. 드라큘라는 기사도적인 연인이 되며 숨을 거두는 순간 미나의 사랑 덕분에 영원한 저주로부터 구원받는다. 죽음의 순간 드라큘라는 사랑으로 변화되어 평온을 되찾고 마침내 지상을 떠날 수 있게 되는 것이다. 이런 결말은 선이 악을 물리치고 승리한다는 것을 보여 주는, 고결한 정신의 퀸시 모리스가 드라큘라를 퇴치한다는 소설의 결말과는 정반대다. 스토커의 소설을 완전히 충실하게 옮긴 영화를 찾고자 한다면, 헤수스 프랑코의 〈드라큘라 백작〉을 비롯해 별로 유명하지 않은 몇 작품이 있지만, 코폴라의 영화와는 비교할 수준이 아니다. 댄 커티스의 〈드라큘라와 그 뱀파이어 아내들〉(1973)이나 필립 사빌의 〈드라큘라 백작〉 등 원작을 정직하게 따른 TV용 영화도 있다. 텍스트에 대한 충실성이 반드시 영화의 질을 보장해 주지는 않는 것이다.

 소설의 영화화는 걸작이 될 수도 있고 처참한 실패가 될 수도 있는데, 이는 원작에 대한 충실성과는 별개의 문제다. 무르나우와 헤어초크의 〈노스페라투〉와 토드 브라우닝, 존 바담, 코폴라의 〈드라큘라〉는 스토커의 소설에 충실하지 않지만 미학적이고 극적인 우수성은 빼어나다. 소설을 영화화한 작품 중에는 원작에 필적하거나 심지어 원작을 능가하는 수준인 영화도 있다. 토니 스콧의 〈굶주림〉은 매우 아름다운 영화이며, 여러 면에서 휘틀리 스트리버의

 뱀파이어의 매혹

원작 소설을 뛰어넘는다고 할 수 있다. 결말이 너무 교훈적이라는 점이 좀 아쉽기는 하다. 소설에서는 주인공 미리엄이 살아 있지만, 영화에서는 죽음으로써 자신이 저지른 죗값을 치른다. 앤 라이스의 소설이 원작인 닐 조던의 〈뱀파이어와의 인터뷰〉(1994)는 원작에 충실하다는 면에서나 이미지의 아름다움과 시나리오의 우수성이라는 면에서나 전반적인 성공을 거두었다. 반면 앤 라이스의 다른 소설을 영화화한 마이클 라이머 감독의 〈퀸 오브 뱀파이어The Queen of the Damned〉(2001)는 엄청난 예산을 들였음에도 완전한 실패작이다. 촬영이 마무리되기 전, 상당히 과장된 연기를 선보였던 주연 여배우 가수 알리야가 사고로 사망했고, 이는 상황의 개선에 전혀 도움이 되지 않았다. 영화는 소설의 내용을 일부밖에 전달하지 못했으며 영상과 음악으로도 커버되지 않았다. 존 카펜터의 〈슬레이어Vampires〉(1998)는 존 스티클리의 원작 소설 『뱀파이어』를 능가하는 매우 뛰어난 영화다. 21세기 들어 나온 작품으로는 두 편의 걸작을 들 수 있는데, 소설이 아닌 만화를 원작으로 한 데이비드 슬레이드의 〈서티 데이스 오브 나이트30 Days of Night〉와 동명의 소설이 원작인 〈렛 미 인〉(2008)이다. 전반적으로 보았을 때 소설을 영화화한 작품들은 원작을 묻히게 할 정도까지는 아니라 해도 그럭저럭 만족스러운 수준이다. 「카르밀라」를 원작으로 한 장편 영화는 로제 바딤의 〈그리고 쾌락으로 죽다〉와 로이 워드 베이커의 〈뱀파이어 연인The Vampire Lovers〉(1970)을 비롯해 여러 편이 있는데, 르 파누의 텍스트와는 거리가 멀지만 잘 만든 작품들이다. 마이클 만의 〈더 킵The Keep〉(1983), 토브 후퍼의 〈라이프 포스Life Force〉(1985), 앙투안 드 콘의 〈새벽의 물린 상처〉(2000) 등 소설을 원작으로 하는 다른 영화도 마찬가지다. 그러나 실패작이라고밖에 할 수 없는 영화가 적어도 몇 편은 있다. 매드슨의 『나는 전설이다』를 영화화한 작품은 세 편 있지만, 그중 어떤 것도 소설을 제대로 살려내지 못했다. 세 편 중 소설에 가장 불충실한, 시드니 샐코가 감독하고 빈센트 프라이스가 주연한 〈지상 최후의 남자The Last Man on Earth〉(1964)는 졸작이다. 반면 보리스 세이걸 감독, 찰턴 헤스턴 주연의 〈오메가 맨The Omega Man〉(1971)과 프랜시스 로런스 감독, 윌 스미스 주연의 〈나는 전설이다I Am Legend〉(2007)는 보다 나은 수준이지만, 두 편 다 소설의 취지와는 어긋난다. 사이먼 레이븐의 『의사는 붉은 옷을 입는다』를 각색한 로버트 하퍼드데이비스의 〈저주받은 이들을 위한 향Incense for the Damned〉(1970)은 폭력적이고 에로틱한, 원작이 표방하는 바와 전혀 부합하지 않는 영화다. 마지막으로 스티븐 킹의 『살렘스 롯』은 토브 후퍼가 제작한 조악한 영화가 되기에는 아까운 소설이다. 소설의 매력은 뱀파이어 발로가 거의 눈에 띄지 않으면서 마을 이곳 저곳에 출몰한다는 데 있는데, 안타깝게도 영화에서는 발로가 너무나 우스꽝스러운 분장을 한 채 줄곧 모습을 드러낸다.

가장 성공한 뱀파이어 영화로는 어떤 것이 있는가?

뱀파이어를 주제로 한 영화는 영화가 탄생한 이래 수백 편이 나왔다. 대중문학의 경우가 그렇듯, 특정한 미학적 목표라고는 전혀 없는 영화가 대부분이며, 영화 팬들의 관심도 거의 끌지 못한다. 반면 특히 성공작이라고 평가받는 몇 작품은 이와는 다른 평가를 받아야

    뱀파이어의 매혹

마땅하다.

　우선『드라큘라』를 훌륭하게 각색한 걸작들이 있다. 무르나우의 〈노스페라투〉는 분명 여태껏 제작된 뱀파이어 영화 중 가장 뛰어난 작품일 것이다. 당시의 무성영화가 다 그렇듯, 배우들의 과장된 연기와 이미지의 단속적인 리듬 때문에 지금 보면 상당히 낡은 느낌이 드는 것이 사실이지만, 그럼에도 관객을 매혹하는 힘만은 고스란히 간직하고 있다. 후터가 오를록 백작의 영지로 이어지는 다리를 건너는 순간 관객은 악몽의 세계로 들어가며, 노스페라투의 일그러진 얼굴은 어린 시절 느꼈던 공포를 일깨운다. 영화 속의 몇몇 장면은 대단히 아름다운데, 배에서 노스페라투의 실루엣이 돛을 바탕으로 뚜렷하게 부각되는 시퀀스며 노스페라투가 엘렌의 방에 침입하는 순간 등이 그렇다. 죽는 장면에서 노스페라투는 역광을 배경으로 화면에 비치는데, 이는 극적인 면에서나 미학적인 면에서나 탁월한 장면이다. 한편 베르너 헤어초크는 자기 버전의 〈노스페라투〉에서 다른 특색을 강조했다. 색채에 주안점을 두어 뱀파이어의 창백한 안색을 돋보이게 하고, 영화가 매우 음산한 분위기를 띠게 한 것이다. 축제가 벌어지는 도시의 광장에서 역병을 상징하는 하얀 쥐 떼가 우글거리는 장면 등은 특히 기억에 강하게 남는다. 여러 버전의 〈드라큘라〉 중, 토드 브라우닝의 흑백영화는 끝없이 긴 계단과 거대한 거미줄 등의 고딕식 무대장치와 조명을 통해 더없이 아름다운 시각 효과를 선보인다. 토드 브라우닝은 이런 효과를 〈뱀파이어의 표지〉에서 그대로 재사용하는데, 이는 그의 영화 중 가장 뛰어난 작품이라 할 만하며 영상미가 압권이다. 컬러영화 중에서는 테런스 피셔의 〈드라큘라의 공포〉가 수작이지만, 미학적 수준에서는 토드 브라우닝의 영화를 따라갈 수 없다. 존 바담의 1979년작 〈드라큘라〉는 세련된 색채 사용과 미학을 추구하는 이미지 구성이 전작들에 비해 돋보인다. 드라큘라와 미나의 사랑의 장면에 뒤따르는 환각적 정신착란과 마지막 시퀀스에서 드라큘라가 돛대 위로 끌려 올라가는 장면은 그야말로 걸작이다. 코폴라의 〈드라큘라〉는 배경과 의상, 심지어 배우들의 분장까지 미학적 추구의 흔적이 명백하게 드러난다는 점에서 명작이라 할 수 있다. 게리 올드먼은 기존의 드라큘라와는 완전히 다른, 놀라운 드라큘라를 보여 주었고 앤서니 홉킨스의 반 헬싱은 어두운 분위기를 풍겼다. 한편 영화 속에는 유명한 작품들에 대한 암시가 상당히 많은데, 특히 장 콕토의 〈미녀와 야수〉의 영향이 뚜렷하게 드러나는 시퀀스가 여럿 있다. 가이 매딘의 〈드라큘라의 춤〉은 불행히도 거의 주목받지 못한 비운의 명작이다. 발레처럼 구성된 흑백영화로, 뱀파이어의 입술과 흐르는 피를 강조하기 위해 붉은색이 가미되었다. 이미지는 대단히 아름다우며 줄거리는 몽환적인 분위기에서 진행된다.

　드라큘라를 다룬 영화 이외에도 몇 편의 특별한 성공작이 있다. 드레이어의 〈뱀파이어〉(1932)는 노스페라투만큼의 명성을 얻지는 못했지만 거기에 비견할 만한 걸작이다. 살짝 과다 노출된 이미지는 비현실적인 느낌을 주며 이야기 전체에 몽환적인 분위기가 강하다. 주관적 시점의 촬영으로 관객이 죽은 자의 눈을 통해 장면을 보게 되는 장례 행렬 시퀀스 등은 강렬한 충격을 남긴다. 마리오 바바 감독, 바버라 스틸 주연의 〈악마의 가면〉은 제2차 세계대전 이후에 나온 또 한 편의 걸작이다. 흑백영화로, 이미지의 연출에 특별히 공들였으며 아주 시적인 작품이다. 같은 해에 나온 바담의 〈그리고 쾌

 　　　　　　　　　　　　　　　　　　　　　뱀파이어의 매혹

락으로 죽다〉는 그의 영화 중 가장 탁월한 작품에 속하는데, 「카르밀라」를 원작으로 삼았지만 그것을 크게 변형한 독창적 시나리오를 썼다. 감독은 이미지에 세심한 공을 들였으며 몇몇 장면은 빼어나게 아름답다. 델핀 세리그가 바토리 백작부인 역으로 나온 해리 퀴멜의 〈붉은 입술Les Lèvres rouges〉(1971)은 뱀파이어를 교묘하게 다룬 매우 섬세한 영화다. 1980년대의 뛰어난 뱀파이어 영화로는 세 편을 꼽을 수 있다. 토니 스콧의 〈굶주림〉, 조엘 슈마허의 〈로스트 보이스〉, 캐스린 비글로의 〈죽음의 키스Near Dark〉가 그것이다. 다분히 폭력적이면서도 동시에 매우 시적인 〈굶주림〉의 사운드트랙에는 헤비메탈의 강렬한 리듬과 슈베르트와 레오 들리브의 선율이 뒤섞여 있으며, 실내 장면에서 명암을 뚜렷하게 드러낸 뛰어난 촬영술은 데이비드 해밀턴의 작품을 연상시킨다. 데이비드 보위와 카트린 드뇌브는 잊을 수 없는 뱀파이어 커플을 연기해냈다. 〈로스트 보이스〉는 아주 독창적인 영화로, 주인공 뱀파이어들은 오토바이 갱 '지옥의 천사들'처럼 오토바이를 몰고 다니며 작은 도시에 공포를 흩뿌린다. 〈죽음의 키스〉에는 캠핑카에 사는 기묘한 뱀파이어 가족이 나온다. 감독 캐스린 비글로는 영상미에 특별히 노력을 기울였으며, 햇빛에 노출된 뱀파이어가 즉시 불타오르는 장면 같은 특수효과는 대단히 놀랍다. 닐 조던의 〈뱀파이어와의 인터뷰〉는 톰 크루즈와 브래드 피트의 뛰어난 연기라는 면에서도, 배경의 아름다움이라는 면에서도 성공한 작품이다. 뉴올리언스의 화재나 파리의 뱀파이어 극장의 묘사는 영화사에 길이 남을 명장면이다. 1995년에는 두 편의 탄복할 만한 영화, 아벨 페라라의 〈어딕션The Addiction〉과 마이클 앨머레이다의 〈나쟈Nadja〉와 더불어 흑백영화의 귀환이 목도

된다. 유감스럽게도 그리 널리 알려지지 못한 이 두 영화는 마약 중독을 뱀파이어에 빗대어 나타냈다. 레옹 포치 감독의 〈죽지 못하는 남자의 이유The Wisdom Of Crocodiles〉(1998) 또한 주목받지 못한 걸작이다. 주드 로가 분한 런던의 뱀파이어는 흡혈 행위에 대한 양심의 가책으로 괴로워하며, 자신이 피를 빤 여인들 중 하나와 사랑에 빠지기까지 하는 인물이다. 피눈물을 흘리며 슬퍼하는 이 가슴 아픈 인물은 전통적인 뱀파이어와는 사뭇 다르다. 20세기 말과 21세기 초에 가장 흥행한 영화로는 우선 존 카펜터의 〈슬레이어〉가 있는데, 뱀파이어들이 땅에서 수직으로 솟아오르는 장면 등 잊을 수 없는 대목을 담고 있다. 렌 와이즈먼의 〈언더월드Underworld〉(2003)는 로미오와 줄리엣처럼 이루어질 수 없는 사랑 이야기인데, 여기서는 몬터규와 캐풀렛이 뱀파이어와 늑대인간이라는 점이 다르다. 데이비드 슬레이드의 〈서티 데이스 오브 나이트〉의 배경은 알래스카의 작은 도시로, 이곳에서는 겨울이면 밤이 30일 동안 지속되며, 이 기회를 틈타 이상한 뱀파이어들이 차례차례 모든 주민을 학살한다. 토마스 알프레드손의 〈렛 미 인〉은 눈 덮인 스웨덴의 아름다운 자연 경관을 담아냈을 뿐만 아니라 무시무시한 포식자인 동시에 영혼의 짝을 찾는 감수성 예민한 존재인 뱀파이어 소녀를 섬세하게 묘사했다.

코미디 영화 쪽에서는 폴란스키의 걸작 〈박쥐성의 무도회Dance of the Vampires〉(1967)를 그냥 지나칠 수 없다. 세련된 유머가 깃들어 있고, 거대한 거울 앞에서 뱀파이어 무리가 춤을 추는데 거울에 비치는 것이라곤 살아 있는 인간 세 사람뿐인 장면 등 뛰어난 부분이 많은 작품이다. 코미디는 제대로 구사하기 어려운 장르이며, 이런 영

    뱀파이어의 매혹

화는 종종 최악의 결과물을 빚어내는 경우가 있지만, 다행스럽게도 몇 편의 좋은 영화가 그런 악명을 벌충해 준다. 에두아르 몰리나로의 〈드라큘라, 아버지와 아들〉이 그런 예에 속하는데, 드라큘라백작이 뱀파이어로서의 소질이 전혀 보이지 않는 아들(베르나르메네즈) 때문에 온갖 우스꽝스런 곤경에 빠진다는 내용이다. 진지한 표정으로 천연스레 코믹 연기를 선보인 크리스토퍼 리는 언제나그렇듯 훌륭하다. 스탠 드라고티의 유쾌한 영화 〈드라큘라 도시로가다 Love at First Bite〉에서는 조지 해밀턴이 연기한 드라큘라 백작이 뉴욕에 가서 온갖 좌충우돌을 겪는다. 분위기는 전혀 다르지만, 로버트 로드리게즈의 〈황혼에서 새벽까지 From Dusk till Dawn〉도 걸작이라 할만하다. 두 연쇄살인범(조지 클루니와 쿠엔틴 타란티노)이 어느 목사 가족을 인질로 잡고 한 클럽에 들르는데, 사실 그곳은 뱀파이어의 소굴이었다. 이 한 편의 촌극은 거의 초현실주의적인 분위기로조마조마하게 흘러간다.

37 영화는 뱀파이어라는 인물을 어떻게 다루는가?

초기 뱀파이어 영화의 목적은 무엇보다도 공포를 불러일으키는 것이었다. 무성영화에서는 대사가 없다는 점을 보완하기 위해 인물의 감정을 얼굴 표정으로 표현하는 수밖에 없었고, 따라서 뱀파이어의 생김새가 무엇보다도 중요했다. 뱀파이어는 〈노스페라투〉의막스 슈레크나 〈한밤의 런던〉의 론 체이니처럼 흉측하고 일그러진얼굴이었다. 이런 분장은 오늘날에는 무섭다기보다 괴상망측하게 보이며, 현대 영화에서는 거의 하지 않는다. 톰 홀랜드의 〈프라이트 나이트Fright Night〉(1985)나 데이비드 슬레이드의 〈서티 데이스 오브 나이트〉처럼 소수의 예외가 있을 뿐인데, 이들 영화에서는 뱀파이어가 제 정체를 밝힐 때 날카로운 이빨이 달린 거대한 턱을 드러낸다. 양차 대전 사이의 유성영화에서는 이빨을 과도하게 강조하는 경향이 사라졌다. 뱀파이어는 평범한 인간과 아무런 차이도 없게 되었고, 공포를 유발할 수 있는 유일한 요소는 최면을 일으키는 뱀파이어의 시선뿐이었다. 1960년대로 접어들자 컬러영화 속에 뾰족한 송곳니나 피로 물든 눈 같은 뱀파이어의 신체적 특성이 재등장했으나, 이런 특성은 뱀파이어가 희생자를 덮칠 때만 드러났다. 그런 결정적 순간을 제외하면 뱀파이어는 완전히 인간과 똑같았고, 이는 인간이면서 동물이라는 그들의 이중적 속성을 강조하는 것이기도 했다. 해머 사에서 제작한 영화들을 보면, 크리스토퍼 리는 세련된 언어를 구사하는 우아한 남성이었다가 어느 순간 거친 야수로 돌변한다. 이런 발상은 현대 영화에도 여전히 널리 쓰인다. 1980년대부터 감독들은 뱀파이어를 인간적으로 그려내는 데 주력한다. 관객이 부분적으로나마 뱀파이어에 감정이입을 할 수 있도록, 뱀파이어의 괴물 같은 특성들을 없앤 것이다. 예를 들어 〈굶주림〉의 미리엄과 조지 로메로 감독의 〈마틴〉의 주인공은 주사기 같은 뾰족한 도구를 이용해 희생자의 피를 뽑아낸다. 송곳니와 물어뜯는 행위가 동물성을 상징하는 반면, 호모 사피엔스가 창조해낸 도구인 주사기는 문명 세계를 상징한다. 〈죽음의 키스〉의 젊은 여주인공은 자신에게 물려 뱀파이어가 된 사랑하는 청년을 도와 다시 인간이 되도록 한다. 〈죽지 못하는 남자의 이유〉의 주인공은 미스터리에 싸인 존재이지만 초자연적인 면이라곤 전혀 없으며, 끝부분에서 피눈물을 흘리기는 하지만 송곳니도 없고 관에서 잠을 자지도 않으며, 낮에도 밤처럼 정상적인 생활을 하기 때문에 처음에는 그저 평범한 사이코패스 범죄자라는 생각이 들 정도다. 사랑 때문에 희생자를 차마 죽이지 못한 그가 고통스런 최후를 맞는 마지막 장면을 보기 전까지는 말이다. 처음에는 끔찍한 포식자였던 존재가 연민이 가는 인물로 변하는 것이다.

문학이 그랬듯, 영화도 뱀파이어를 차츰 덜 혐오스런 존재로 그려내게 되었다. 20세기 초의 영화가 순진한 이분법을 따랐던 반면—뱀파이어는 항상 악역이었고 결말에서는 마땅히 징벌을 받았다—1980년대의 영화는 뱀파이어에 보다 섬세한 이미지를 부여했다. 존 바담의 영화에서, 드라큘라는 사랑에 빠지지만 자신을 단죄한 바 있는 사회와 맞서야 할 운명에 처한다. 코폴라의 영화에서는 초반에 추하고 변태적인 노인으로 나왔던 드라큘라가 사랑의 힘으로 변화되어 매혹적인 젊은이가 된다. 〈죽지 못하는 남자의 이유〉에서 주인공의 죄를 씻어 주는 것도 역시 사랑이다. 이처럼 재평가된 뱀파이어 상의 진수를 볼 수 있는 것이 캐서린 하드윅 감독의 영화 〈트와일라잇 1〉이다. 〈트와일라잇〉의 주인공인 뱀파이어 청년은 잘생기고 매력적일 뿐 아니라, 인간의 피를 마시지 않기로 결심한다는 점에서 위험하지 않은 존재이기까지 하다. 따라서 그는 당연히 사랑받을 자격이 있다. 영화 속 뱀파이어의 오랜 변천 과정은 그 문학적 원천으로의 회귀이기도 하다. 뱀파이어는 자신을 둘러싼 불길한 아우라를 벗고 다시금 낭만주의적 주인공이 되는 셈이니 말이다.

뱀파이어는 영화에서 언제나 동일한 영향력을 지녔는가?

지금까지 고찰했듯 뱀파이어는 영화의 시대에 접어들면서 커다란 변화를 겪었고, 초기 영화 때와는 전혀 다른 관객을 상대로 하게 되었다. 한편, 유행과 관객의 취향이 변하면서 뱀파이어 영화도 다양한 대접을 받아 왔다.

무르나우의 〈노스페라투〉나 드레이어의 〈뱀파이어〉 같은 영화들은 조예가 깊은 소수의 관객들만을 대상으로 했고, 따라서 발표 당시 그리 크게 흥행하지 못했던 반면, 20세기 초의 할리우드 영화는 일반 대중을 겨냥했다. 강렬한 센세이션을 즐기는 다수 관객을 사로잡을 필요가 있었다. 특정 영화가 박스오피스에서 크게 흥행하면, 흥행의 원천을 활용하여 속편을 내놓아야 했다. 프랑켄슈타인이나 드라큘라 같은 괴물 캐릭터가 수없이 많이 재활용되고 크게 유명해지는 것은 그 때문이다. 램버트 힐리어의 〈드라큘라의 딸〉, 로버트 시오드맥의 〈드라큘라의 아들Son of Dracula〉, 얼 C. 켄턴의 〈드라큘라의 집The House of Dracula〉 등이 토드 브라우닝의 〈드라큘라〉의 속편으로 나왔다. 경제공황 때문에 저예산으로 제작된 이런 공포영화는 별로 까다롭지 않은 관객을 대상으로 했다. 출연 배우진도 늘 같은 사람이다. 그 반복적인 성격 때문에 결국 관객들이 싫증을 느끼자, 그 뒤를 이어 1940년대 말에 등장한 것이 코믹 듀오 '애보트와 코스텔로' 시리즈 같은 억지스럽고 통속적인 패러디 영화로, 여기 등장한 벨라 루고시와 보리스 칼로프는 과거의 영광을 찾아볼 수 없는 초라한 모습이었다. 이 시기의 유럽 영화에는 뱀파이어가 거의 등장하지 않으며, 당시 미국 영화는 아주 드물게 유럽에 소개

될 뿐이었다.

1950년대 들어 영국의 해머 사가 미국의 유니버설 사에 이어 뱀파이어 영화에 손을 댔는데, 해머 사는 유니버설이 성공했던 방식, 즉 동일한 감독과 배우들을 써서 다수의 대중을 겨냥하는 시리즈물을 제작하는 방식을 답습했다. 영국 뱀파이어 영화는 대단한 주가를 올려 유럽 전역뿐 아니라 미국, 멕시코, 필리핀에서까지 아류작이 나왔다. 이 상투적이고 반복적인 영화 역시 관객의 등을 돌리게 하자, 〈박쥐성의 무도회〉나 〈드라큘라 도시로 가다〉 등 뛰어난 패러디 영화가 등장한다. 반면 폴 모리시의 〈앤디 워홀의 드라큘라Andy Warhol's Dracula〉(1973)나 클라이브 도너의 〈뱀파이라Vampira〉(1974) 같은 조악하고 천박한 코미디물도 있었고, 이는 뱀파이어 영화의 종말을 알리는 듯했다. 이에 대한 반작용으로 미국에서는 가능한 한 많은 관객을 겨냥하면서 동시에 미학적 우수성과 독창성을 추구하는 새로운 물결이 일었다. 토니 스콧의 〈굶주림〉이 그런 예다. 〈굶주림〉은 뉴욕과 런던에서 촬영했고, 카트린 드뇌브, 수전 서랜던, 데이비드 보위 등 유명 배우가 출연한, 큰 예산이 들어간 영화다.

오늘날 영화 속 뱀파이어는 전 세계를 정복했다. 아시아에서는 일본, 한국, 홍콩에서 뱀파이어가 주역으로 등장하는 뛰어난 공포 영화를 내놓는다. 유럽의 경우, 스칸디나비아 국가에서 뱀파이어 영화에 대한 관심을 보이고 있으며, 구 공산권 국가, 특히 루마니아는 저렴한 노동력 덕분에 대작 촬영의 배경으로 선호되는 추세다. 테드 니콜라우의 〈악마의 변종Subspecies〉 시리즈도 루마니아에서 촬영했다. 러시아에서도 세르게이 루키야넨코의 소설을 영화화한 티무르 베크맘베토프 감독의 〈나이트 워치〉 등 대작 뱀파이어 영화를

제작했다. 21세기 초인 지금, 뱀파이어는 그 어느 때보다도 영화에
자주 등장하며 점점 더 많은 관객을 끌고 있다. 과거 여러 차례 그랬
듯 진부하고 틀에 박힌 형식을 반복하지만 않는다면, 뱀파이어 영
화는 앞으로도 여러 해 동안 대단한 인기를 누릴 것이다. 오늘날의
뱀파이어는 더이상 '중세의 고딕' 양식에만 매여 있지 않다. 그들은
오토바이나 스포츠카를 몰고, 뮤지션이나 록 가수로 활동하며, 현
대적인 대도시 한복판에 살면서 남들처럼 지하철을 타고 돌아다닌
다. SF 영화 속의 뱀파이어는 심지어 우주선이나 머나먼 다른 행성
등 미래 사회를 누비기까지 한다. 진부해진 감이 있는 인물을 이처
럼 현대적이고 신선하게 가꾸는 작업은 오늘날의 관객을 이끌기 위
해 반드시 필요한 일이며 이런 경향은 앞으로도 계속될 것이다. 회
의주의가 지배하기 시작한 세상에서 뱀파이어는 믿을 만한 존재가
되기 위해 환상을 벗어나야 하는 것이다. 문학에서와 마찬가지로
현대의 뱀파이어는 이제 종교적 상징물을 두려워하지 않으며, 거
울에도 제대로 비치고 보통 사람과 같은 모습이다. 뱀파이어를 우
리와 같은 인간에 가깝게 그려내고자 하는 이런 변화는 대중의 관
심을 끌고자 하는 한 계속될 것이다. 박쥐로 변신한다는 설정이 더
이상 먹히지 않는다면 다른 대안을 찾아야 하며, 현대 영화감독들
은 이런 점에서 뛰어난 창의성을 발휘해 보였다. 예를 늘어 캐스린
비글로의 〈죽음의 키스〉에서는 뱀파이어가 햇빛에 닿자마자 불이
붙어 타오른다. 카펜터의 〈슬레이어〉에 나오는 뱀파이어들은 손끝
하나 움직이지 않으면서 땅에서 수직으로 솟구쳐 나오며, 곤충처
럼 천장을 마음대로 걸어 다닌다. 현대 영화에서는 컴퓨터 기술과
가상 이미지 덕분에 온갖 테크닉을 동원해 놀라운 특수효과를 선보

 뱀파이어의 매혹

일 수 있다. 오늘날의 뱀파이어 영화에서 성패를 좌우하는 것은 특수효과를 얼마나 많이, 얼마나 잘 구사했는지의 여부라 해도 과언이 아니며, 이런 특수효과는 관객의 즐거움을 위해 매년 더 정교해지고 놀라워질 거라 예상할 수 있다.

조예 깊은 영화광들은 뱀파이어 영화가 마법과 미스터리, 꿈을 가져다 주기에 좋아하며, 현대 영화에서는 그런 점을 느낄 수 없기에 종종 과거를 그리워한다. 무르나우의 〈노스페라투〉, 드레이어의 〈뱀파이어〉나 토드 브라우닝의 〈드라큘라〉에 대해 이야기하는 그들의 어조에는 향수가 어려 있다. 오늘날의 뱀파이어 영화에서는 걸작이 상대적으로 적게 배출되는 것이 사실이다. 컬러영화가 표준이 된 지금 흑백을 고수하며 대세를 거스르는 소수의 영화들, 이를테면 아벨 페라라의 〈어딕션〉, 마이클 앨머레이다의 〈나쟈〉, 가이 매딘의 〈드라큘라의 춤〉은 위대한 고전과 어깨를 나란히 할 만하지만, 제작사 측에서 보기에는 수익성이 없기 때문에 소수의 극장에서만 상영되고 제한적인 관객층과 접할 뿐이다. 다른 어떤 것보다 수익성을 우선으로 하는 시스템 속에서, 저예산으로 제작된 이런 영화는 점점 줄어만 가며, 이는 너무도 아쉬운 일이다. 영화가 사라질 일은 없을 것이다. 그러나 영화계가 앞으로 계속 수익만을 기준으로 돌아간다면, 영화는 자신이 표방하는 '제7의 예술'이라는 호칭을 잃게 될지도 모른다. 그리고 이는 다른 영화와 마찬가지로 뱀파이어 영화에도 적용되는 말이다.

몇몇 영화의 사운드트랙을 제외하면, 뱀파이어와 음악은 별 관계가 없다. 뱀파이어를 소재로 한 오페라 중 아직도 남아 있는 것은 마르슈너의 〈뱀파이어〉뿐이며, 그나마 요즘은 아주 드물게만 무대에 오를 뿐이다. 『드라큘라』와 「카르밀라」를 각색한 뮤지컬은 몇 편 있었고, 일부 록 그룹에서는 뱀파이어 행위라는 테마를 매우 즐겨 사용한다. 〈굶주림〉의 사운드트랙에 수록된 '벨라 루고시가 죽었네'라는 헤비메탈 곡이 그런 예다. 미국과 캐나다에서는 여러 편의 발레가 제작되었고, 가이 매딘의 영화 〈드라큘라의 춤〉도 발레를 중심으로 하는 영화다. 이 영화는 전체가 말러의 음악에 따른 춤으로 구성되어 있다.

그래픽 아트, 특히 회화와 판화에는 뱀파이어에게 영감을 받은 작품이 한층 더 많으며, 이런 경향은 19세기 말과 20세기 초에 두드러진다.

어떤 화가들은 뱀파이어를 연상케 하는 매우 선명한 색채를 사용한다. 가장 대표적인 이가 노르웨이 화가 에드바르 뭉크(1863~1944)로, 1893년부터 1895년에 걸쳐 그린 〈뱀파이어〉가 특히 유명하다. 한 여인이 남자를 껴안고 관능적으로 입을 맞추고 있는데, 여인의 길게 늘어진 붉은 머리카락은 마치 그녀의 팔과 남자의 얼굴에 피가 흐르는 것처럼 보인다. 19세기 말의 화가와 판화 작가들 사이에서는 팜 파탈 뱀파이어라는 테마가 크게 유행했다. 제일 유명한 작품은 라파엘 전파 에드워드 번존스(1833~1898)의 〈뱀파이어〉(1897)로, 관능미가 물씬 풍기는 여인이 선정적인 몸짓으로 잠든 남자 위에

    뱀파이어의 매혹

허리를 숙이고 있는 그림이다. 독일 판화가 빌헬름 샤데(1859~?)와 벨라루스 화가 막스 칸(1902~2005)의 작품에서도 이와 비슷한 장면을 찾아볼 수 있다.

20세기 초, 뱀파이어의 영향은 여러 화가들이 그린, 박쥐 날개를 한 다양한 인간의 모습에서 드러난다. 프랑스 화가 알베르조제프 페노(1862~1930)의 〈박쥐〉(1910)가 유명한데, 나체의 여인이 거대한 날개를 펼치고 있는 그림이다. 막스 에른스트의 콜라주 작품집 『친절함의 일주일Une semaine de bonté』(1934)에는 박쥐 날개를 단 음침한 분위기의 인물이 순진한 희생자의 피를 빠는 것처럼 보이는 그림들이 수록되어 있다. 그중 하나는 부르주아 풍채의 날개 달린 남자가 페티코트로 잔뜩 부풀린 드레스를 입은 여자를 포옹하는 장면이고, 다른 하나는 역시 날개 달린 노파가 요람 위에 수그리고 있는 장면이다. 빅토르 위고의 증손자의 아내이기도 한 발렌틴 위고(1897~1968)의 〈12월 21일의 꿈〉(1909)이라는 제목의 판화는 괴물 같은 박쥐에게 할퀴어 온통 찢긴 여자의 얼굴을 담고 있다.

뱀파이어에게 영감을 얻은 20세기 화가와 그래픽 디자이너 중에는 상당히 충격적인 작품을 선보인 이들도 있다. 폴란드 출신의 초현실주의 예술가 볼레슬라 비에가(1877~1954)는 1914년과 1916년 세 편의 유명한 그림을 발표했다. 첫번째 작품은 〈도마뱀 형상의 뱀파이어〉, 다른 두 작품은 〈뱀파이어의 키스〉라는 제목이다. 이 세 편의 유화는 모두, 나체의 남성이 거대한 날개에 끝이 갈라진 긴 꼬리가 달리고 날카로운 발톱이 돋은, 신화 속 스핑크스를 닮은 여자 머리의 괴물에게 붙잡혀 있는 모습을 그린 것이다. 한편, 에로틱하면서도 기괴하며 격렬한 반교권주의 성향의 작품으로 유명한 프랑스의 초현실주의 화가 클로비스 트루유(1889~1975)는 뱀파이어를 보다 고전적으로 그려냈다. 그가 표현한 뱀파이어는 노스페라투를 닮았다. 이 뱀파이어는 〈사후의 생〉(1930)이라는 작품 좌측 상단에 처음 등장한다. 그림의 중심 모티프는 단두대이고, 다양한 인물 군상이 단두대를 둘러싸고 있다. 이 그림의 다른 버전인 〈뱀파이어의 한탄〉은 같은 장면에 변화를 주어 표현한 것이다. 〈뱀파이어의 유령^{Le Spectre Vampyr}〉(1931)에는 노스페라투를 닮은 뾰족한 이의 인물이 세 명 등장한다. 손에 채찍을 든 첫번째 인물이 바라보는 가운데, 양끝이 뾰족한 모자를 쓴 다른 하나가 하수구에서 몸을 내밀고 있으며, 마지막 인물은 그 장면을 쳐다보고 있다. 트루유의 가장 유명한 작품 〈뱀파이어의 꿈〉은 기자의 피라미드가 배경이다. 전경의 왼쪽에는 노스페라투가 석관 속에 든 채 서 있으며, 오른쪽에서는 한 여인이 그에게 비난하는 시선을 던진다. 그 뒤편에는 집시 여인이 관능적인 포즈로 미소를 지으며 누워 있고, 스핑크스가 놀란 눈으로 이를 쳐다본다. 트루유가 1960년부터 1969년에 걸쳐 여러 버전을 그린 〈마법의 시간^{L'Heure du sortilège}〉 혹은 〈뱀파이어〉라는 작품에서는 노스페라투가 묘비 앞에 무릎을 꿇고 있는데, 뭔가 금단의 의식을 거행하는 듯하다. 트루유의 작품에 자주 등장하는 모티프인 박쥐들이 그림 속 나체 여인들의 앞가리개 역할을 하고 있다. 오늘날에는 공포소설의 삽화를 그리는 작가들이 주로 뱀파이어에게 영감을 얻는다. 삽화를 곁들인 『드라큘라』도 여러 버전이 있는데, 미국의 일러스트레이터 존 J. 무스가 1986년 출간한 『드라큘라』나 프랑스 만화가 파스칼 크로시의 『드라큘라』 등은 그 이미지가 대단히 아름답다.

   뱀파이어의 매혹

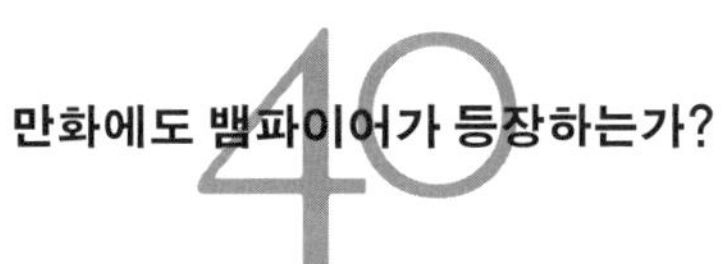

만화에도 뱀파이어가 등장하는가?

뱀파이어가 만화에 등장한 것은 상당히 이른 시기였다. 일찍이 1946년, 유명한 만화 시리즈 '타잔' 중 루비모르가 그린 「뱀파이어 도시의 타잔」이라는 에피소드(1945년 3월~6월)에 뱀파이어가 등장한 바 있다. 여기서 에드거 라이스 버로스의 소설의 주인공인 타잔은 오늘날까지 파라오를 섬기며 문명을 보존해온 기묘한 이집트 뱀파이어들과 대결한다.

만화에 등장한 뱀파이어 중 가장 유명한 캐릭터는 외계에서 온 여인 뱀피렐라로, 포레스트 J. 애커먼이 워런 출판사를 위해 만든 캐릭터다. 뱀피렐라는 1969년 9월 『뱀피렐라』라는 제목의 만화잡지 첫 호에 등장했는데, 당시에는 아직 주인공이 아니었다. 8호부터 뱀피렐라를 주인공으로 하는 시리즈가 연재되며, 1983년 9월에 나온 마지막 호인 112호까지 계속되었다. 첫 호의 커버 일러스트는 프랭크 프라제타가 그렸고, 만화 작화는 톰 서턴이 담당했다. 그 뒤를 이은 여러 작화가들 중 가장 뛰어난 이는 단연 12호부터 뱀피렐라를 그린 호세 곤살레스이다. 뱀피렐라는 슈퍼맨의 여자 버전이라 할 수 있다. 뱀피렐라가 살던 행성 드라쿨론은 피가 강물처럼 흐르는 곳인데, 슈퍼맨처럼 그녀도 어쩔 수 없이 고향을 떠나야 할 처지에 놓였다. 그녀는 지구에서 온 우주선을 탈취해 지구에 도착했고, 슈퍼맨처럼 인간들 틈에서 살아가는 데 적응했으며, 자신의 특별한 능력으로 악의 무리와 싸우며 인간을 돕는다. 뱀파렐라는 오직 피만을 섭취하고, 박쥐로 변신하여 하늘을 날 수 있으며 최면을 거는 시선으로 적들을 꼼짝 못하게 할 수 있다. 그러나 인공으로 조제한 피만을 마시기에 인간을 해치지 않는다. 슈퍼맨이 근육을 강조하는 달라붙는 타이츠를 입었던 반면, 뱀피렐라는 가릴 곳만 가린 수영복 같은 옷차림으로 매력적인 몸매를 고스란히 드러낸다. 잡지 『뱀피렐라』가 폐간되자 여주인공 뱀피렐라의 모험은 다른 잡지를 통해 연재되었고, 론 굴라트라는 작가에 의해 1975년과 1976년 여섯 편의 소설로도 발표되었다. 1996년 뱀피렐라를 주인공으로 한 영화가 제작되었으며, 현재는 일본 만화에까지 등장하는 영예를 누리고 있다.

뱀피렐라를 제외하면, 만화에 처음으로 등장한 뱀파이어 캐릭터는 유명한 소설의 주인공들이었다. 스토커의 드라큘라는 1972년 4월 잡지 『더 툼 오브 드라큘라』 1호를 통해 만화에 처음으로 등장했으며, 작화 담당은 진 콜먼과 톰 팔머였다. 이 만화는 『더 툼 오브 드라큘라』(1972년부터 1979년까지 70호)와 『드라큘라 리브스Dracula Lives』(1973년부터 1975년까지 13호)에 실렸다. 여기서 뱀파이어는 운동선수처럼 건장한 몸집에 루시퍼 같은 얼굴을 하고 항상 커다란 망토를 입은 모습으로 나왔는데, 그 얼굴은 배우 잭 팰런스를 닮게 그려졌다. 무적을 자랑하는 드라큘라는 슈퍼맨의 사악한 분신 같은 존재가 되었다. 1980년 일본에서 『더 툼 오브 드라큘라』를 바탕으로 〈드라큘라: 저주받은 이들의 제왕Dracula: Sovereign of the Damned〉이라는 미국 TV 방송용 애니메이션을 제작했고, 드라큘라는 『닥터 스트레인지Dr Strange』, 『나이트스토커스Nightstalkers』, 『블레이드Blade』 등의 다른 잡지를 통해 만화에 재등장했다. 21세기인 지금도 드라큘라는 프랑스와 일본 만화에서 주인공 자리를 차지하고 있다. 프랑스 만화 중 우수한 작품으로는 이폴리트의 『드라큘라』(2권, 2003~2004),

　뱀파이어의 매혹

프랑수아즈실비 폴리와 파스칼 크로시의 『드라큘라, 브램 스토커가 이야기하는 신화Dracula, le mythe raconté par Bram Stoker』(2006)와 『드라큘라, 왈라키아의 군주Dracula, le prince Valaque』(2007)를 들 수 있다.

『드라큘라』외에도 만화화된 소설은 많다. 「카르밀라」는 2008년 소피아 테르조의 동명 만화로 각색되었고, 마크 뱀의 『얼음 처녀The Ice Maiden』(1982)는 장자크 베넥스와 브뤼노 드 디월르뵈에 의해 『세기의 사건L'Affaire du siécle』(2권, 2004~2005)이라는 제목으로 만화화되었다. 크리스토퍼 모엘러는 『뱀파이어와의 인터뷰』를 원작으로 하여 1991년부터 1994년까지 열두 권의 화보집 시리즈를 내놓았고, 로렐 K. 해밀턴의 애니타 블레이크 시리즈는 만화로 제작되고 있는 중이다.

현재 오리지널 시나리오를 바탕으로 한 만화 대부분은 시리즈로 출간된다. 프랑스 만화 중에는 이브 스볼프의 『밤의 군주Le Prince de la nuit』, 에릭 코르베랑과 리샤르 게리노의 『흡혈귀들의 노래Le Chant des Stryges』, 팻 밀스와 올리비에 르드루아의 『레퀴엠Requiem』이 그런 예다. 일본 만화가 발전하면서 일본에서도 뱀파이어를 소재로 한 만화가 늘어나고 있는데, 프랑스와 마찬가지로 시리즈 형식이 많다. 열세 편의 드라마로도 제작된 히라노 코우타의 『헬싱Hellsing』, 작화가 대단히 아름다우며 열네 살의 소녀 뱀파이어 미사키가 주인공인 다카노 마사유키의 『블러드 얼론Blood Alone』, 히노 마츠리의 『뱀파이어 기사Vampire Knight』 등이 대표적이다. 몇 년 사이에 뱀파이어는 환상 만화의 주요 테마로 부상한 것이다.

4부 | 뱀파이어에 대한 현대의 신화

41 뱀파이어가 사회정치적 의미를 띨 수 있는가?

지금까지 설명했듯 뱀파이어는 본질적으로 낭만주의적 인물이지만, 200년이라는 세월에 걸친 세태와 사고방식의 변화에 따라 뱀파이어에 대한 우리의 인식도 근본적인 변화를 겪었다. 낭만주의 시와 19세기 전환기 영국 시에 등장하는 여자 뱀파이어와 산문문학에 등장하는 몇몇 인물은 그 행동이 선과 악이라는 문제를 벗어난 곳에 위치하는 유혹자들이었다. 루스벤 경은 자신이 저지른 죄에 대해 전혀 처벌받지 않으며, 클라리몽드와 카르밀라는 결국 처형당하지만, 그 위험한 매력마저 사라지는 것은 아니다. 드라큘라 역시 어떤 면에서는 경탄하지 않을 수 없는 존재다. 그는 타고난 기품을 지닌 잘생긴 남성이며, 누구도 부인할 수 없을 대단한 용기를 내보였다. 그러나 도덕을 강조하는 빅토리아 시대의 관점에서 보기에 그는, 신과 인간들의 적이자 희생자에게 영벌의 운명을 지게 하고 기존 질서에 도전하는 인물이었고, 그리하여 드라큘라는 처단되어야 할 범죄자였다. 19세기 말 빅토리아 시대 문학에 등장하는 뱀파이어 대부분은 이런 견해에 부합하며, 독자는 자신도 모르게 종교와 기존 도덕의 이름으로 그들을 단죄해야 한다는 생각을 주입받는다. 흥미로운 점은, 『드라큘라』가 발표된 1897년 영국이 경제적인 면에서나 정치적인 면에서나 세계 최고의 강대국이었다는 사실이다. 동시에 영국은 자유민주주의 국가임을 자랑하는 나라이자 스스로를 현대 문명의 모범 국가라 여기는 나라였다. 그러나 사실은 토대가 허약한 거인처럼 경제 불안의 징조가 드러나면서 식민지 정복으로 이룩한 제국에 조금씩 균열이 생기며 사회 내부적 동질성이 흔들리는 국가였고, 게다가 독일이나 북아메리카처럼 새로이 부상하는 국가들과 경쟁해야 할 처지에 놓여 있었다. 스토커의 소설 속 드라큘라는 저자가 묘사하는 다양한 사회 계층이 조화롭게 어울려 살아가고 있는 것처럼 보이는 자유롭고 민주적인 영국 사회와 대비되는 인물이며, 빅토리아 시대 독자가 보기에 이는 문명의 세례를 받지 못해 아직도 봉건제도가 지배하는 머나먼 중부 유럽에서 온 야민인의 흉측한 얼굴처럼 비쳤다.

그러므로 19세기 말의 뱀파이어는 빅토리아 시대의 영국이 느끼던 외국인 혐오증이 전부 집약된 존재였다. 20세기에 이 현상은 1929년의 경제 대공황 이후 미국에서 더욱 뚜렷하게 드러났다. 월스트리트가 붕괴한 지 1년 후인 1930년에 제작된 최초의 유성영화인 토드 브라우닝의 〈드라큘라〉가 그토록 흥행한 것은 그저 우연한 일이 아니다. 경기 침체와 만성적 실업으로 고전하는 시대에 외국인은 모든 불행의 원흉으로 여겨지는 속죄양이 된다. 유명한 헝가리어 억양으로 드라큘라를 연기한 벨라 루고시는 대중의 증오 대상이 되기에 완벽한 존재였다. 양차 대전 사이 시기에 나온 미국 대중문학에서 뱀파이어는 거의 대부분 슬라브계나 독일계 이름으로 등장했고, 미래에 대한 두려움이 지배적인 사회 분위기에서 이들은 '팍스 아메리카나Pax Americana'를 위협하는 두 가지 위험, 즉 볼셰비즘과 나치즘을 상징했다. 몇몇 예외를 제외하면, 이 시기의 소설에서 뱀파이어는 거의 악역으로 나온다. 미국의 군 간부진은 전선으로 출정하는 군인들의 호전성을 자극하기 위해 『드라큘라』를 배포하기까지 했다.

　제2차 세계대전 이후 동서 냉전이 심화되자, 미국에서 뱀파이어라는 테마는 공산주의자들이 음모를 꾸며 사회를 전복시키려 한다는 매카시즘의 선전에 동원되었다. 특히 외계 생명체가 인류를 멸망시킬 목적으로 인간 사회에 슬그머니 끼어들어 보통 인간의 모습을 취한다는 내용의 SF 소설이나, 뱀파이어들이 누구도 의심할 수 없는 모습을 하고 마을 주민들 틈에서 세력을 확장해 사회를 멸망시킨다는 환상문학이 그런 선전과 결부되었다. 미국의 어떤 대학에서는 심지어 1897년 출간된 스토커의 『드라큘라』가 냉전을 빗댄 우화라는 해석을 내놓기까지 했다. 그 해석대로라면 동유럽에서 온 드라큘라는 공산주의의 위협을 상징하며, 불쌍한 루시 웨스텐라Westernra라는 그 이름부터가 스스로를 방어할 능력이 없는 서유럽을 의미한다. 소설에서 드라큘라를 해치우는 이는 미국인 퀸시 모리스인데, 이는 서유럽을 구하기 위해 미국의 도움이 반드시 필요하다는 사실을 뜻한다.

그러나 1950년대에 접어들면서 지나치게 단순한 선악의 대립을 벗어나려고 노력하는 뱀파이어 이야기들이 등장했다. 이런 점이 가장 잘 드러난 텍스트가 매드슨의 『나는 전설이다』이다. 이 소설에서는 전통적인 도덕적 가치가 전도된다. 전 인류가 뱀파이어로 변하고 단 한 명만이 온전한 상황에서, 제거되어야만 할 전설 속의 괴물이 되는 것은 바로 마지막 남은 인간인 주인공이다. 1960년대 말에는 진정한 문화적 혁명이라 할 사건이 서구 국가들을 뒤집어 놓았다. 한편으로는 공산주의 국가와의 교류가 지속적으로 '정상화' 되고, 다른 한편으로 베트남 전쟁이라는 참상을 목격하게 되자, 기존의 확신이 무너진 것이다. 서양이라고 모두 옳은 것이 아니며, 동양이 모두 악한 것도 아니었다. 이에 더해 스스로 내걸었던 약속을 이행하지 못하는 자유민주주의와 소비 중심적 사회에 대한 환멸, 사회적 속박과 윤리적이고 성적인 금기에서 해방되고자 하는 갈망이 겹쳐졌다. 문학 속 뱀파이어의 이미지는 이런 세태 변동을 반영하며, 우리는 뱀파이어라는 인물이 점차 재평가되는 과정을 목격하게 된다. 앤 라이스 소설의 뱀파이어들은 더이상 퇴치해야 할 괴물이 아니라 우리와 다른 존재, 우리가 이해하려고 노력해야 하는 존재다. 그들은 드라큘라처럼 주악한 존재가 아니라, 오히려 우수한 존재이기 때문에 젊은 독자들을 매혹시킨다. 악마라기보다는 죽음의 천사에 가깝다. 스테프니 메이어의 『트와일라잇』을 비롯한 현대 시리즈물에서 주인공 뱀파이어는 더이상 살기 위해 인간을 죽일 필요가 없는 것으로 나오며, 그렇기에 친구로서 바람직한 존재이기까지 하다.

 뱀파이어의 매혹

물론 최근의 문학에는 에이즈, 약물 중독, 폭력처럼 현대 사회에 만연한 문제점이 반영되고 있다. 뱀파이어들은 여기서도 제 역할을 다하고 있으며, 이는 뱀파이어가 이제 사회조직 속에 확고히 뿌리내렸음을 보여 준다.

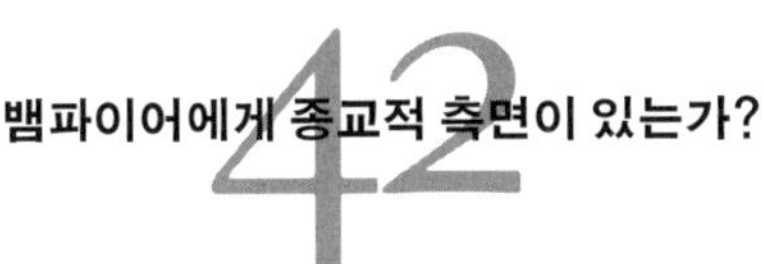

뱀파이어에게 종교적 측면이 있는가?

전설을 통해 뱀파이어라는 존재가 탄생한 18세기 초에는 종교적 측면의 중요성이 대단히 컸다. 뱀파이어는 최대한 긍정적인 선에서는 연옥에 받아들여지지 못해 영원히 이승을 떠돌도록 운명 지워진 고통받는 영혼으로 여겨졌고, 가장 나쁘게 보면 희생자들을 지옥에 떨어뜨릴 임무를 띤 사탄의 앞잡이였다. 두 경우 모두, 뱀파이어와 맞서 싸울 수 있는 진정 효과적인 무기는 기독교 신앙과 그 상징물이었다.

문학사 최초로 이런 전설을 소재로 삼았던 낭만주의 시는 이런 기독교적 측면에는 완전히 무심했다. 낭만주의 시는 그리스로마 신화(괴테의 「코린토스의 신부」, 키츠의 「라미아」)와 이슬람교를 믿는 동방 국가(바이런의 「이교도」)라는 두 이교 전통 속에 위치한다. 이는 기독교 윤리와는 완전히 동떨어져 있다. 『드라큘라』가 나오기 이전까지의 19세기 문학 대부분에서도 이런 종교적 무관심이 드러난다. 예를 들어 폴리도리의 「뱀파이어」에는 신의 섭리가 전혀 작용하지 않는다. 이안테나 오브리의 누이 같은 무고한 이들이 희생당하고, 루스벤 경은 아무런 벌도 받지 않기 때문이다. 「죽은 연인」이나 「카르밀라」에서 뱀파이어가 마땅한 징벌을 받기는 하지만, 기독교 윤리가 정말 승리했는지는 의심스럽다. 두 작품 모두, 희생자의 마음속에는 아쉬움이 남는 것이다.

뱀파이어에 본래의 종교적 의미를 최초로 재부여한 작가는 브램 스토커다. 표면적으로만 읽으면 『드라큘라』는 마치 단순히 교훈 전달을 위한 소설처럼 느껴질 정도다. 드라큘라와 싸우기 위해 반 헬싱은 가톨릭 전례와 연관된 온갖 무기를 사용하는데, 그가 유럽에서 제일가는 프로테스탄트 국가인 네덜란드 출신이라는 점에서 이는 한층 더 놀라운 일이다. 게다가 반 헬싱이 이끄는 다른 인물들은 모두 신실한 영국 성공회 신자이므로 성체 빵에 정말 그리스도가 깃들어 있다고 믿을 리가 없다. 역시 성공회 신자인 저자에게 가톨릭 전례는 일종의 백마술처럼 여겨졌을 거라 생각할 수 있다. 어찌 되었든, 이런 맥락에서 반 헬싱은 드라큘라라는 악마를 쓰러뜨리는 대천사 미카엘의 새로운 버전처럼 보인다. 드라큘라 백작은 단순한 사탄의 하수인을 넘어, 진정 어원적인 의미에서의 반그리스도가 된다. 그리스도가 세상을 구하기 위해 육신과 피를 내놓은 반면, 드라큘라는 다른 이들의 피를 취하고, 그럼으로써 그들을 영벌의 운명에 처하게 한다. 드라큘라가 미나에게 억지로 자기 피를 마시게 해 뱀파이어로 만드는 유명한 장면은 세례식에 대한 패러디이자 동시에 성찬식에 대한 패러디처럼 볼 수 있다. 다행히도 루시 웨스텐라 같은 무고한 희생자들의 영혼은 임종 시에 구원받을 수 있다. 구원의 말뚝이 심장을 꿰뚫는 순간, 악마로 변했던 루시는 생전의 순수한 젊은 처녀의 모습으로 되돌아온다. 또한 드라큘라에 의해 더럽혀진 미나의 이마에 반 헬싱이 축성받은 빵을 댔을 때 남은

 　　　　　　　　　　　　　　　뱀파이어의 매혹

불명예스러운 흉터는 드라큘라가 제거되는 순간 사라진다.

　뱀파이어를 둘러싼 이런 종교적 측면은 20세기의 문학과 영화에도 남아 있다. 특히 해머 사에서 제작한 영화에서, 십자가는 마치 불에 달군 인두처럼 뱀파이어를 태우고 성수는 황산처럼 살을 녹인다. 기독교의 모든 상징물 중에서 뱀파이어를 물리치는 가장 강력한 무기로 애용되는 것은 십자가이며, 이는 굳이 기독교 신자가 아니더라도 효력을 발휘한다. 폴 W. 윌슨의 『자정미사』는 『나는 전설이다』처럼 뱀파이어가 지배하게 된 세상을 그린 작품인데, 여기서 몇 안 되는 인간 생존자 중에 제프 볼핀이라는 랍비가 있다. 뱀파이어로부터 스스로를 보호하기 위해 그는 어쩔 수 없이 언제나 십자가를 지니고 다니기로 결심한다. 반대로 스티븐 킹의 『살렘스 롯』에서는 십자가를 지닌 이가 그 힘을 확고히 믿을 때만 효력이 있다. 뱀파이어 발로와 대면한 캘러한 신부가 단호하고 자신만만한 태도를 보일 때는 십자가가 빛을 발하지만, 그가 의심하기 시작한 순간 십자가는 광채를 잃으며, 결국 뱀파이어가 그를 덮친다. 『나는 전설이다』에서 네빌은 뱀파이어가 십자가를 두려워하는 것은 결코 초자연적인 이유 때문이 아니라는 점을 알게 된다. 십자가에 대한 두려움은 서양의 주요 종교가 기독교라는 점에서 비롯된 문화적 현상에 불과하다. 과거 네빌의 친구였던 유대인 벤 코트먼은 십자가를 보아도 전혀 당황하지 않지만, 토라〔유대교에서 모세 5경을 가리키는 말-옮긴이〕를 내밀자 격렬한 반응을 보인다. 폴란스키는 〈박쥐성의 무도회〉에서 이 아이디어를 유머러스하게 차용했다. 알프레드가 십자가를 들이대자 유대인인 여인숙 주인 뱀파이어가 비웃는 장면이다.

오늘날의 문학과 영화에서 종교적 상징은 여전히 뱀파이어에 대적하는 효과적인 수단으로 나오지만, 반대로 그 효력을 부정하거나 아예 전혀 언급하지 않는 작가나 감독들도 있다. 앤 라이스의 『뱀파이어와의 인터뷰』에서 루이는 십자가, 축성받은 빵, 성수가 자신에게 어떤 영향도 미치지 않는다고 말한다. 심지어 교회에 들어가면 어떻게 되는지 궁금해 직접 갔으나 아무 일도 일어나지 않았다고까지 한다. 그리고 〈죽지 못하는 남자의 이유〉를 비롯한 몇몇 영화에는 종교적 상징에 대한 뱀파이어의 거부감이 단 한순간도 드러나지 않는다.

가톨릭교회는 앵글로색슨 문학에서 종종 공격의 대상이었다. 루이스의 『수도사』를 시작으로, 많은 작가들이 작품 속에서 수도사와 수녀 들을 비꼬았다. 뱀파이어 이야기 역시 예외가 아니었고, 몇몇 장·단편 소설 속에서는 수도사가 뱀파이어가 되는 경우도 있다. 리처드 하워드의 『진노의 날^{Dies Irae}』(1975)의 마크 수사가 그런 예이다. 반 헬싱처럼 신의 의지를 대변해야 할 성직자들은 오히려 뱀파이어 앞에서 종종 딱한 꼴을 보인다. 『살렘스 롯』의 캘러한 신부와 『자정미사』의 조 카힐 신부는 확고한 믿음을 지니지 못한 주정뱅이에 불과하다. 그 결과, 이처럼 초라한 적들 앞에서 뱀파이어의 역힐이 빛나 보이는, 신성한 가치 전도라 할 만한 현상도 이따금 일어난다.

 뱀파이어의 매혹

43

뱀파이어는 악의 화신일 수밖에 없는가?

중부 유럽의 전설 속 뱀파이어는 근본적으로 사악한 존재다. 그들은 언제나 희생자의 평온한 죽음을 가로막고 영혼의 구원을 방해한다. 도덕성의 문제를 제기하지 않았던 낭만주의 시를 제외한다면, 19세기 문학 속에 드러난 뱀파이어의 이미지는 완전히 부정적이다. 루스벤 경과 프랜시스 바니 경 같은 인물은 잔인한 괴물로 묘사된다. 루스벤 경은 냉소적이고 방탕하며 여성을 유혹해 결국 죽음으로 몰고 갈 궁리만을 하고, 무시무시한 얼굴에서부터 흉악함을 풍기는 바니는 예의 바른 귀족의 탈을 쓰고 무력한 여인들을 공격하는 야수일 뿐이다. 드라큘라는 악의 진수에 도달한다. 그는 다른 이들이 자신에게 거스르는 것을 용납하지 못하는 오만하고 전제적인 귀족이다. 하커와 노예로 잡아둔 세 여자 뱀파이어를 대하는 그의 태도가 그런 점을 여실히 드러낸다. 어린아이를 여자 뱀파이어들의 먹이로 던져 주는 장면에서 알 수 있듯, 그는 동정의 여지가 없는 괴물이다. 그는 인간의 법도 신의 법도 존중하지 않는데, 그런 그에게 조금이나마 인간적인 면을 부여한 것은 코폴라뿐이다. 19세기 문학 속의 여자 뱀파이어들도 드라큘라보다 나을 게 없다. 로뮈알과 로라의 눈에 비친 클라리몽드와 카르밀라는 매력적인 여인이지만, 그들이 아무런 거리낌도 없는 잔인한 포식자라는 사실은 변함이 없다. 카르밀라가 아이들을 주로 공격한다는 사실은 이런 잔인함을 한층 부각시킨다. 『드라큘라』에서는 상냥하던 루시 웨스텐라가 죽은 뒤 타락하고 음탕한 괴물로 변해 어린아이들을 덮친다. 19세기 문학을 통틀어 진정으로 동정을 느낄 수 있는 뱀파이어 인물이 등장하는 경우란 사실상 전무하다. 아마 스텐보크 백작의『어느 뱀파이어에 대한 진짜 이야기^{A True Story of a Vampire}』(1894)에 나오는 바르달레크 백작 정도가 드문 예외가 될 수 있을 것이다. 그는 어린 가브리엘의 죽음을 초래한 일에 대해 진심으로 후회하는 것처럼 보이기 때문이다.

뱀파이어에 대한 이 전적으로 부정적인 이미지는 20세기의 문학과 영화에도 고스란히 이어졌다. 물론 1970년대부터는 뱀파이어 이미지에 확연한 변화가 일어나는 것이 사실이다. 초기 영화는 뱀파이어에 매우 사악한 이미지를 부여했으며, 막스 슈레크가 연기한 악몽에 나올 것 같은 노스페라투처럼, 뱀파이어는 절대악을 상징하는 존재로 여겨졌다. 20세기 초에 나온 영화와 장·단편 소설은 거의 대부분 뱀파이어를 저 혼자 행동하며 일말의 주저함도 없이 제거해야 할 악한 존재로 그려낸다. 이야기의 결말에서 뱀파이어가 파멸하는 것은 악에 대한 선의 승리이다. 그러나 미국에서 출간된 몇몇 단편소설에서는 가혹한 판단을 내릴 수만은 없는 두 부류의 뱀파이어를 찾아볼 수 있다. 첫번째는 자신의 의지와 상관없이 영문도 모르고 뱀파이어라는 슬픈 운명을 짊어지게 된 이들이다. 「넬리 포스터」,「강 너머」의 조 라바시,「눈보라」의 젊은 여주인공이 그런 예에 해낭한다. 두번째로는『피는 생명이니』의 크리스티나,『나 뱀파이어』의 기사 퍼테인, 이블린 E. 스미스의『당신이 잠든 사이 부드럽게^{Softly While You're Sleeping}』(1961)에 나오는 로맨틱한 주인공 바리처럼 사랑에 빠진 뱀파이어들이 있다. 이들은 악한이라기보다 희생자로 묘사된다.

1970년대에는 앞서 말한 바와 같이 뱀파이어 이미지에 큰 변화가

                                                뱀파이어의 매혹

일어나, 독자가 호감을 느끼고 무엇보다 더이상 절대악의 화신이 아닌 뱀파이어 주인공들이 나타나기 시작했다. 문학에서는 피에르 카스트의 소설 『알파마의 뱀파이어』에 등장하는 세 주인공, 『뱀파이어와의 인터뷰』의 주인공 루이, 『뱀파이어 태피스트리』의 웨일랜드 교수 등을 예로 들 수 있다. 영화에서는 〈죽음의 키스〉에서 젊은 칼렙의 목숨을 살려주는 소녀 뱀파이어 메이, 혹은 존 랜디스의 〈미녀 드라큘라^Innocent Blood〉(1992)에서 마피아 조직을 제거하는 여주인공 등이 그렇다.

따라서 뱀파이어 이야기의 중심축을 담당하던 선과 악의 대립 역시 전도를 겪는다. 이제 뱀파이어는 악과 맞서 싸움으로써 온전한 주인공 역할을 할 수 있고, 그들을 이해하지 못하는 인간들에 의해 고통받을 때면 희생자가 될 수도 있다. 예를 들어 F. 폴 윌슨의 『더 킵』에서 악을 표상하는 것은 소설 속의 뱀파이어적 존재가 아니라 성을 점령하는 나치 군인들이고, 쓰러뜨려야 할 대상 역시 그들이다. 다른 두 편의 소설, 가필드 리브스스티븐스의 『블러드시프트^Bloodshift』(1990)와 크리스토퍼 골든의 『성자와 그림자^Of Saints and Shadows』(1995)에서는 교회가 뱀파이어를 공격하지만, 뱀파이어는 기존에 묘사되어 왔던 괴물 같은 존재가 아니며 그들을 말살하고자 하는 성직자들은 그리스도의 군사라기보다 마피아 같은 모습이다. 『블러드시프트』의 경우는 예수회 수도사들이 젊고 착한 뱀파이어 아드리엔 생클레르를 죽이려 든다. 『성자와 그림자』에서 뱀파이어들은 위험하지 않은 존재지만 멀커린 신부가 이끄는 광신적인 성직자들이 그들을 상대로 또 한 차례의 성 바르톨로메오 대학살을 일으키려 한다. 뱀파이어들은 용감한 피터 옥타비언의 지휘를 받으며 결국 공격자들을 물리친다. 이 두 작품은 확실히 극단적인 사례지만, 현대 소설과 영화는 전반적으로 긍정적인 뱀파이어 상을 선호하는 추세다. 『트와일라잇』 시리즈의 젊은 주인공들처럼 말이다.

양면적인 성격 때문에 어느 한 쪽으로 분류할 수 없는 뱀파이어도 있다. 『렛 미 인』의 엘리가 그렇다. 그녀는 세상에 홀로 남겨진 애처로운 열두 살 소녀이며 어린 오스카르를 죽음의 위기에서 구해주지만, 동시에 잔혹하게 사람들을 공격하여 피를 남김없이 빨아들이는 괴물이기도 하다. 엘리는 『뱀파이어와의 인터뷰』의 클로디어와 같은 계보라 할 수 있으며, 전통적인 이분법을 적용할 수 없는 뱀파이어에 속한다.

44

뱀파이어의 매력이 어떤 이들의 행동에 영향을 미칠 수 있는가?

문학, 텔레비전, 영화에서 폭력을 금지해야 하느냐의 여부는 몇 년 전부터 현대 사회를 뒤흔드는 문제 중 하나였다. 유감스럽게도 산업화된 강대국에서 종종 발생하는 폭력 사태나 몰상식한 사건, 특히 살인 같은 중대 범죄가 특정 책이나 영상물의 내용과 직접적 혹은 긴집적 판련이 있는지는 종종 논란거리였다. 일각에서는 사람들이 죽음과 폭력을 무심하게 받아들이고 타인의 생명을 경시하게 된 것이 최근 몇 년간 검열이 완화된 탓이라고 주장한다. 이는 매우 흥미로운 논쟁이기는 하지만 보기보다 복잡한 문제이므로 여기서 깊이 들어가지는 않겠다. 반면, 이런 문제들을 염두에 두고 뱀파이어가 등장하는 영화와 소설이 특정인의 상상력에 끼칠 수 있는 영

  뱀파이어의 매혹

향력에 대해 의문을 가져 보는 것은 가능할 것이다.

오늘날, 특히 미국에서 출판되는 뱀파이어 소설의 대부분이 매우 폭력적이라는 것은 부인할 수 없는 사실이다. 끔찍한 장면에서는 피가 철철 넘쳐흐르고 심지어 글자 그대로 집단 대학살이 묘사되는 경우도 있다. 일부 소설은 고어gore라는 하위 장르에 속하는데, 고어란 차마 눈뜨고 볼 수 없는 잔혹함의 한계를 의도적으로 넘어서고 그런 장면을 생생히 묘사하는 것을 목적으로 한다. 이처럼 끔찍한 묘사가 넘쳐나는 소설은 매우 불건전해 보이기는 하겠지만 그래도 단어로만 표현되기 때문에 어느 정도 추상적인 선을 유지한다. 그러나 영화의 표현 수단인 이미지는 글보다 훨씬 더 공격적이며, 최근에 나온 뱀파이어 영화에서는 폭력적인 장면이 점점 더 강렬해지는 것이 사실이다. 데이비드 슬레이드의 〈서티 데이스 오브 나이트〉에서, 알래스카의 작은 도시에 들이닥친 뱀파이어들은 남녀노소를 가리지 않고 주민들을 모조리 몰살한다. 벽에 피가 튀고 뱀파이어들은 말 그대로 피를 뒤집어 쓴 몰골이다. 토마스 알프레드손의 〈렛 미 인〉에서 소녀 뱀파이어 엘리가 행인을 공격하는 장면은 간신히 참아 줄 만한 수준이지만, 여기서도 여주인공의 얼굴은 피투성이가 된다. 이 영화에서 공포가 절정에 달하는 순간은 엘리가 수영장에서 대학살을 자행하는 마지막 장면이다. 그러나 이들 영화는 몇 년 전부터 스크린을 정복한 좀비 영화나 〈소우Saw〉며 〈호스텔Hostel〉처럼 도저히 참을 수 없는 고문 장면이 나오는 영화에는 견줄 게 못 된다.

이처럼 절정에 달한 공포와 사디즘이 특정 독자나 관객이 그것을 실행에 옮기도록 조장할 수 있을까? 그렇다고 보기는 어렵다. 폭력적인 장면의 불쾌한 면은 소위 '정상적인' 관객에게는 오히려 억제

효과를 발휘하기 때문이다. 연쇄살인범 같은 도착적 범죄자 중 공포소설이나 공포영화에서 착상을 얻은 이들이 있을 수는 있지만, 결정적 증거는 아무것도 없다. 스테판 부르구앙의 『연쇄살인범』을 보면 현실이 허구를 훨씬 능가한다는 점을 확인할 수 있다. 책 속의 범죄자들 중에는 확실히 자기가 뱀파이어인 양 행동한 이들이 있지만, 그들이 영화나 문학의 직접적인 영향을 받아 범죄를 저질렀다는 증거는 전혀 없다.

반면 이보다 더 걱정스러운 현상이 보인다. 1970년대부터, 특히 앤 라이스의 소설을 계기로 뱀파이어가 이상화된 모습으로 그려지자, 미국을 중심으로 일부 청소년층이 뱀파이어를 모델로 삼게 되었고, 극단적인 경우 확연히 병리적인 행동까지 보이는 것이다. 이들은 '고스족goths'을 자처하며 검은 옷에 검은 선글라스를 착용하고, 콘택트렌즈로 고양이 같은 눈빛을 연출하고, 송곳니 모양 의치를 끼는데, 이것이 단지 놀이나 유행 수준에 머무른다면 물론 심각한 일이 아니다. 그러나 이 '뱀파이어 행위'를 문자 그대로 받아들여, 이를 제2의 천성처럼 여긴다면 상황은 훨씬 난처해진다. 미국에서는 청소년들이 뱀파이어 흉내를 단순한 놀이에 그치지 않고 심각하게 빠져들어 거식증이나 우울증에 걸리고 자살 행위까지 저지르는 사례가 늘어나고 있으며, 학부모와 교육자, 의사 들은 크게 걱정하고 있다. 가장 비극적인, 다행히도 지극히 희귀한 사례가 로더릭 패럴이다. 미국의 고등학생인 패럴은 반 친구들에게 자신이 뱀파이어라고 우기다가 결국 스스로 진짜라고 믿게 되었고, 뱀파이어임을 증명하기 위해 여자친구의 부모님을 냉혹하게 살해했다. 결론적으로 문학과 영화 속 늑대인간이나 가학적 살인자처럼 뱀파이어

　　　　　　　　　　　　　　　　

는 정신적으로 취약하고 상상과 현실을 명확히 구분할 줄 모르는
이들에게는 권하지 말아야 할 대상이라 할 수 있다.

45 뱀파이어는 절대적 타자일 수밖에 없는가?

우리 자신을 뱀파이어와 동일시하는 일은 선험적으로 불가능할 것
처럼 보인다. 우리가 경험하는 삶과 뱀파이어의 삶이 너무나 다르
기 때문이다. 뱀파이어는 밤에 활동하고 낮에 자며, 혈관에서 흘러
나오는 신선한 피를 마시며 쾌감을 느끼는데, 이는 정상적인 사람
들이 특히 혐오하는 행위이다. 또한 뱀파이어는 살아가기 위해 남
들을 죽여야만 하며, 죽음을 경험한 적이 있다는 점에서 우리에게
금지된 영역을 알고 있는 셈이다. 그렇기에 뱀파이어는 본질적으
로 우리가 절대 접근할 수 없는 타자성을 구현하는 존재다.

초기 뱀파이어 문학과 영화는 이 타자성의 차원을 철저하게 존중
했다. 19세기 문학 속의 뱀파이어는 미스터리에 싸여 있기 때문에
다가갈 수 없는 존재다. 우리가 루스벤 경에 대해 실제로 아는 거라
곤, 그가 런던 사교계의 유명 인사고 연애 경험이 매우 많다는 점을
제외하면 아무것도 없다. 루스벤 경과 친해져 그리스 여행에 동행
하는 오브리조차 그에 대해 아무것도 모른다. 죽기 전 그는 오브리
로부터 기묘한 장례식을 치러주겠다는 약속과 그의 죽음을 누구에
게도 밝히지 않겠다는 맹세를 받아내며, 미스터리는 한층 더 깊어
진다. 한편 젊고 아름다운 뱀파이어 카르밀라는 매우 이상한 경위
로 로라의 집에 도착한다. 카르밀라를 데려온 의문의 여인은 그녀

를 고아라고 소개하며, 로라의 아버지에게 며칠 동안만 그녀를 머물게 해달라고 부탁한다. 화자인 로라는 카르밀라의 이상한 행동에 놀라면서도 이 새 친구의 매력에 저도 모르게 마음을 빼앗긴다. 하커가 본 드라큘라는 때로는 극도로 정중한 태도를 보이다가 때로는 믿을 수 없을 정도로 난폭하게 행동하는 수수께끼 같은 인물이다. 하커는 드라큘라 백작에 대해 수많은 의문을 느낀다. 왜 백작은 거울이나 피 한 방울처럼 사소한 것을 보고 격렬하게 분노할까? 왜 그는 손님에게 성의 특정 구역에는 접근해선 안 된다고 경고했을까? 왜 그는 밤에만 손님과 만나는 것일까? 왜 그는 직접 식탁을 차리면서 한 번도 함께 식사하는 법이 없는 것일까? 백작이 마치 곤충처럼 머리를 아래로 하고 성벽을 기어 내려가는 광경을 목격하는 순간, 하커가 그에게 받았던 불편한 느낌은 진정한 공포로 돌변한다. 즉, 드라큘라는 다가갈 수도 이해할 수도 없는 타자성의 정수로 나타나는 것이다.

20세기 초의 문학과 영화 속 뱀파이어도 대부분 같은 인상을 준다. 노스페라투와 드레이어 영화에 나오는 늙은 여자 뱀파이어는 기괴하고 병적인 인물이다. 이 시기에 나온 많은 단편소설에서 뱀파이어는 언제나 타자를 상징하는 존재인데, 이는 그가 이방인이며 따라서 우리가 선혀 그 속을 알 수 없는 고독한 존재이기 때문이다. 몇몇 소설이나 영화는 오늘날까지도 이런 견해를 취한다. 스티븐 킹의 『살렘스 롯』에서 뱀파이어 발로가 유별나게 염려스러운 인물인 것은, 그가 세일럼이라는 소도시의 주민 사회에서 완전히 이방인이며, 저택에 숨어 거의 모습을 드러내지 않고, 외부 세계와의 유일한 연결책은 부하 스트레이커뿐이기 때문이다. 영화 〈서티 데

　　　　　　　　　　　　　　　　　　뱀파이어의 매혹

이스 오브 나이트〉에서, 도시에 난데없이 들이닥친 뱀파이어들은
마치 외계인과도 같다. 그들은 어디에서 왔는지, 어떻게 왔는지 도
무지 알 수 없는 데다 이해할 수 없는 언어를 사용하기까지 한다. 영
화 〈렛 미 인〉에서(원작 소설도 마찬가지다), 이상한 소녀 엘리가
스톡홀름의 교외 지대에 별안간 나타난 경위는 온통 수수께끼에 싸
여 있다. 그녀는 누구일까? 어디에서 왔을까? 이런 질문은 영원히
풀리지 않는 의문으로 남는다.

　뱀파이어에 대한 소설과 영화가 늘어감에 따라, 그는 대중에게
매우 익숙한 존재가 되었고 그 미스터리한 아우라도 사라졌다. 세
상과 동떨어진 존재이게끔 해주던 귀족이라는 지위를 잃고, 대도
시의 인파 속에 녹아든 순간부터, 뱀파이어는 특이한 점이 있기는
하지만 우리 중 하나인 존재가 되었다. 언제나 삼인칭으로만 지칭
되던 이 인물이 마침내 자유로이 스스로의 이야기를 할 권리를 얻
고 우리에게 자신이 느끼는 바를 이야기하자, 우리와 그를 가로막
던 벽들은 무너졌다. 전통에 충실한, 미스터리하고 가까이할 수 없
으며 근원적으로 악한 뱀파이어를 그려낸 스티븐 킹의 『살렘스 롯』
이 출판된 지 1년 후, 앤 라이스는 감수성 예민하고 세상을 보는 방
식이 거의 인간과 동일한 뱀파이어, 사후의 삶이 자신에게 가져다
준 좋은 점과 나쁜 점을 상세히 이야기하는 뱀파이어를 주인공으로
내세운다. 드라큘라의 경우, 사악하고 가학적인 성격이 아니고서
야 감정이입이 불가능했지만, 루이의 경우 독자는 그의 육체적이
고 도덕적인 고통을 헤아릴 수 있고 그의 괴로움에 공감할 수 있다.
루이는 더이상 타인이 아니라 어떤 면에서는 우리의 분신이 되며,
이는 레스타나 아르망 같은 앤 라이스 소설의 다른 등장인물뿐 아

니라 오늘날까지 계속 등장하는 다른 뱀파이어들도 마찬가지다. 영원한 젊음을 유지하며 남편이 늙어 가는 모습에 괴로워하는 미리엄, 자신의 육체에 돌이킬 수 없는 변화가 일어남을 느끼며 두려움에 떠는 소녀 사벨라, 인간의 삶이 덧없다는 것을 알기에 타인에게 지속적인 애착을 갖지 못하는 웨일랜드, 실존적 위기를 겪는 티미 밸런타인, 이런 인물들은 분명 괴물이 아니다. 우리는 그들의 문제를 이해하고 그들에게 감정이입할 수 있다.

마지막으로, 영원한 젊음과 불멸을 누리며 복잡한 세상사로부터 자유롭기에 신체적인 면에서나 지성과 경험이라는 면에서나 평범한 인간보다 우월한 존재라는 면에서, 뱀파이어는 괴물도 악마도 아닌, 인간들 틈에서 살아가는 반신半神 같은 존재로 인식될 수 있다. 젊은 독자와 관객들이 뱀파이어를 닮고 싶어하는 것은 놀라운 일이 아니다. 그들 중 대다수의 눈에 뱀파이어는 혐오스러운 타자이기는커녕 오히려 일종의 이상형으로 비치는 것이다.

뱀파이어라는 테마는 어떤 면에서 에로틱한가?

전설 속의 뱀파이어가 공포감을 주는 일종의 '육신을 지닌 영혼'이며, 오직 참을 수 없는 피에 대한 갈증을 해소하기 위해 나이나 성별에 관계없이 먹잇감을 공격하는 반면, 현대 문학과 영화 속의 뱀파이어는 유혹자로 그려지는 경우가 많고 주로 이성을 희생자로 삼는다. 낭만주의 시가 즐겨 그린 뱀파이어가 치명적인 포옹을 선사하는 팜 파탈의 모습이었고, 산문문학 최초의 뱀파이어인 루스벤 경

     뱀파이어의 매혹

이 저항할 수 없는 매력의 돈 후안이었던 것은 결코 우연한 일이 아니다. 즉 현대의 뱀파이어는 성적인 이미지를 지니고 있으며, 뱀파이어가 대중을 그토록 매혹한 이유 중 하나도 분명 거기에 있을 것이다.

만나는 여자마다 겁에 질리게 했던 흉측한 용모의 바니와 같은 일부의 예외를 제외하면, 19세기 이야기 속의 뱀파이어는 보통 매력적인 외모이며, 이는 희생자를 유혹하는 수단이기도 하다. 특히 여자 뱀파이어는 거부할 수 없으리만치 매혹적이다. 로뮈알과 로라는 각각 클라리몽드와 카르밀라의 매력에 반하고, 『드라큘라』에서는 금욕적이고 고결한 성격의 조너선 하커가 세 뱀파이어 여인이 그를 포옹하러 다가오는 순간 유혹에 굴복할 뻔한다. 드라큘라 역시, 불쾌한 면모가 있기는 하지만 당당하고 중후한 풍채의 잘생긴 남성인데, 그는 유혹적인 외모를 무기로 희생자에게 접근하지는 않는다. 루시 때에는 몰래 방에 숨어들어가는 방법을 썼고, 미나의 경우는 잠든 남편을 죽이겠다는 가증스러운 협박을 통해 목적을 이루었다. 독자가 보기에 드라큘라는 유혹자라기보다 공격자에 가까우며, 영화 속 드라큘라는 1958년까지 줄곧 이런 이미지를 유지했다. 노스페라투는 악몽 같은 괴물로 그려지며, 벨라 루고시, 카를로스 비야리아스, 론 체이니 주니어, 존 캐러딘이 연기한 드라큘라도 진정한 돈 후안은 아니다. 빅토리아 시대의 작가들은 뱀파이어를 음침하고 병적인 인물로 묘사했으며, 이런 경향은 19세기 전반 내내 지속된다. 벤슨의 단편소설 「탑의 방」에 등장하는 앰워스 부인과 유명한 '탑의 방'에서 화자를 기다리는 여인은 진정한 악녀들이다. 매그너스 백작처럼 남성인 뱀파이어도 그리 다르지 않다. 영화가 뱀파이어의 에로틱한 측면을 완전히 재발견한 것은 1958년 크리스토퍼 리가 연기한 새로운 드라큘라가 출현하면서부터였다. 크리스토퍼 리가 해머 사에서 찍은 여러 편의 영화에서, 뱀파이어는 희생자의 방에 몰래 침입하는데, 이때 희생자는 모두 속이 비치는 잠옷 차림의 아름다운 여인들이고, 관능적인 에로티시즘이 드러나는 장면이 상당히 많다. 20세기의 뱀파이어 영화에는 진정 명장면이라 꼽을 만한 대담한 장면이 몇 있다. 〈굶주림〉에서 카트린 드뇌브와 수전 서랜던이 동성애적 사랑을 나누는 장면, 토브 후퍼의 〈라이프 포스〉 초반에 외계에서 온 뱀파이어 마틸다 메이가 아슬아슬한 옷차림을 한 채 만나는 남자마다 사로잡아 생명력을 빨아먹는 장면, 로버트 로드리게즈의 〈황혼에서 새벽까지〉에서 거의 옷을 걸치지 않은 셀마 헤이엑이 관능적인 춤을 추는 장면 등이 그렇다. 오늘날의 뱀파이어 문학에서는 성적인 표현이 공공연하게 등장하며 이성인 뱀파이어와 희생자가 서로 펠라티오나 쿤닐링구스를 주고받는 장면도 흔하다.

　뱀파이어와 그 희생자의 관계는 언뜻 생각하는 것보다 훨씬 더 복잡하며, 다소간 사도마조히즘적인 연인 관계와 비슷한 점이 상당히 많다. 예를 들어 「죽은 연인」에서 클라리몽드는 쾌락을 느끼며 로뮈알의 피를 빨고, 로뮈알은 자기 생명이 위태롭나는 것을 알면서도 그녀에게 말한다. "마셔요! 내 사랑이 내 피와 함께 그대의 몸속에 스며들도록."(고티에, 1962, 113쪽) 「죽은 연인」은 희생자가 뱀파이어에게 사랑을 느껴 흡혈 행위를 승낙하는 최초의 뱀파이어 이야기다. 「카르밀라」에도 이런 면이 뚜렷하게 드러나는데, 이경우는 동성애적 사랑이 된다. 카르밀라의 포옹과 키스에 처음에

　　　　　　　　　　　　　　　　　　　　뱀파이어의 매혹

는 당혹스러움을 느끼던 로라는 결국 그것을 즐기게 된다. 로라는 카르밀라의 아름다움에 넋을 잃는다. "아! 달빛을 받은 그녀가 얼마나 아름답던지."(르 파누, 1997, 79쪽) 그리고 황홀한 포옹에 몸을 맡긴다. "부드러운 그녀 뺨의 타오르는 듯한 열기가 내 뺨에 느껴졌다." 카르밀라가 밤에 다녀간 이후 병에 걸린 로라는 쾌락과 공포가 뒤섞인 양면적인 감정을 겪는다. "첫번째 변화는 상당히 기분 좋은 느낌이었다. 그렇지만 그것은 지옥으로 떨어지는 입구에 가까워졌다는 징조였다."(같은 책, 87쪽) 「죽은 연인」과 「카르밀라」에 어렴풋이 드러난, 뱀파이어의 희생자가 흡혈 행위에 완전히 동조하는 연인일 수 있다는 생각은 20세기 문학으로 오면 더욱 뚜렷하게 눈에 띈다. 마르크 아가피의 「굴」의 화자는 뱀파이어 여주인공에게 피를 빨리며 분명한 쾌감을 느낀다. "느껴진다. 지금 그녀가 내 목을 물어뜯었다. 기분이 좋다."(아가피, 1968, 36쪽) 여성 인물의 경우 뱀파이어의 이가 피부에 박히는 순간 진짜 오르가슴을 느끼기도 한다. 크리스핀 더비의 『제 몫을 주장하기』^{To Claim His Own}에 나오는 마리가 그렇다. "그가 그녀를 관통하는 순간 그녀의 몸은 격렬하게 요동쳤고, 뱀파이어와 희생자 둘은 핏빛 황홀경에 취해 서로를 꼭 끌어안았다."(더비, 1975, 189쪽) 이런 견지에서 보면 뱀파이어와 희생자의 관계는 입으로만 제한된 성관계라고 할 수 있다. 남성 뱀파이어의 경우, 목덜미 피부를 뚫고 들어가는 이는 명백한 남근의 상징이다. 송곳니가 아니라 혀 아래 감춰진 침을 이용하는 『뱀파이어 태피스트리』의 웨일랜드처럼 여러 변형이 존재하기는 하지만 상징적인 면에서는 마찬가지다. 여자 뱀파이어의 경우, 육감적인 입과 입술이 음부와 질 역할을 한다. 남성인 연인은 거기에 완전히 삼켜지는 꿈을 꾼다.

뱀파이어와 '희생자'—이런 맥락에서도 희생자라는 표현이 어울릴지는 모르겠지만—의 관계에서는 에로스와 타나토스가 밀접하게 결부된다. 죽음을 선사하거나 당한다는 행위가 쾌락의 근원이 되는 것이다. 이런 생각은 「카르밀라」에서도 이미 나타난다. 여백작은 로라에게 말한다. "……나는 너의 뜨거운 생명으로 살고, 너는 죽는 거야, 환희 속에서 죽어 내 것이 되는 거야."(르 파누, 1997, 69쪽) 크로퍼드의 「피는 생명이니」에서, 사랑하는 크리스티나에게 피를 거의 남김없이 빨려 반죽음이 된 안젤로는 "그 붉은 입술에 더 내주고만 싶은 기묘한 욕망"(크로퍼드, 1970, 187쪽)을 느낀다. 이블린 E. 스미스의 『당신이 잠든 사이 부드럽게』의 여주인공 안나는 애타는 심정으로 뱀파이어가 물어주기를 기다리는데, 그녀가 보기에 그것은 가장 궁극적인 형태의 키스다. 그 키스로 인해 죽는 것은 안나에게는 일종의 카타르시스이다. "그녀는 자기 몸에 단 한 방울의 피도 남지 않을 때까지, 그리하여 그녀가 완벽하게 깨끗하고 완벽하게 순수해질 때까지 키스가 지속되기를 바랐다."(스미스, 1970, 190쪽) 그러나 이 치명적인 에로티시즘의 탐험을 더 깊이 추구하는 것은 앤 라이스이다. 『뱀파이어와의 인터뷰』에서, 루이는 "뱀파이어는 오직 살인을 통해서만 육체적 사랑의 절정에 달하고 만족을 느낄 수 있다"(라이스, 1978, 339쪽)고 설명한다. 루이 자신도 레스타에게 피를 완전히 빨렸을 때 강렬한 쾌감을 느꼈다. "그의 입술의 움직임이 내 피부의 솜털을 쭈뼛 서게 했고, 내 몸 전체에 사랑의 쾌락과도 같은 격렬함이 물결처럼 밀어닥치던 것이 기억나."(같은 책, 30쪽) 그리고 루이는 뱀파이어가 되어 레

     뱀파이어의 매혹

스타가 주는 피를 마신다. "나는 마셨지, 그가 낸 상처를 통해 피를 빨아들였어. 젖 먹던 시절 이후 처음으로 입으로 빨아들일 때의 특별한 쾌감이 되살아났고, 내 몸과 마음은 일치되어 생명의 피에 열중했어."(같은 책) 앤 라이스의 뱀파이어들에게는 포식자와 희생자 사이의 피의 관계가 에로틱한 관계의 정수이다. 두 존재가 피를 주고받으며 완벽한 융합을 이루기 때문이다.

대담하게도 앤 라이스는 소아성애와 근친상간에 속하는 장면을 호의적으로 묘사함으로써 몇몇 성적인 터부를 공격하기까지 했다. 『뱀파이어와의 인터뷰』에서 루이는 어린 클로디어에게(클로디어의 나이는 고작 여섯 살이다) 양아버지 같은 존재지만, 둘의 관계는 아버지와 딸의 애정 어린 친밀함을 훨씬 넘어서는 깊은 수준까지 간다. 『뱀파이어 레스타』에서 어머니 가브리엘을 뱀파이어로 만든 레스타는 젊고 아름다운 모습이 된 그녀를 보고 사랑에 빠지며, 소설은 어머니와 아들이 육체적 사랑을 나누었음을 넌지시 암시한다. 이런 면에서 알 수 있듯 뱀파이어라는 테마에는 에로티시즘이 강하게 깃들어 있으며, 이런 에로티시즘은 매우 다양한 방식으로 나타났다. 한편 스테프니 메이어는 『매혹Fascinotion』과 또다른 소설 『트와일라잇』 시리즈에서 사람을 물지 않는 뱀파이어와 인간 소녀의 순결한 사랑을 묘사하는데, 아마 최근의 뱀파이어 이야기가 보이는 과도한 에로티시즘에 대한 반작용일 것이다. 그러나 이는 『트와일라잇』의 주 독자층이 청소년이고, 모르몬교 신자인 저자가 독자 부모의 심기를 거스르지 않으려 주의했기 때문이기도 하다.

단편이 되었든 장편이 되었든 뱀파이어 이야기 안에는 죽음이 편재하며, 죽음을 상기시킬 만한 요소를 모두 갖추고 있다. 폴리도리의 시대부터 우리 시대에 이르기까지, 실제로 뱀파이어는 살아 있는 시체라는 면모를 지녀왔다. 안색은 창백하고, 입김에서는 역한 냄새가 풍기며, 피부는 얼음처럼 차갑다. 가장 고전적인 견해에 따르면, 그들은 낮에 관 속에서 잠을 자고, 마치 스스로를 애도하듯 상복 같은 검은 옷을 입는다. 해머 사의 영화에서 드라큘라는 주로 영구차를 타고 이동한다. 마지막으로, 대부분의 이야기에서 뱀파이어를 만나는 장소는 교회의 지하 납골당이나 가족 묘지이다. 카를 한스 슈트로블의 『페르 라셰즈 묘지의 무덤 ^{Das Grabmal auf dem Père-Lachaise}』 (1913)에서, 주인공은 내기를 걸고 어느 폴란드 백작부인의 가족 묘지에서 일 년을 살기로 한다. 백작부인이 밤마다 그의 피를 빨러 온다는 사실을 모른 채 말이다. 레알 지역의 매춘부인 「가련한 소냐」의 여주인공은 동트기 전에 페르 라셰즈 묘지에 있는 자기 무덤으로 돌아간다. 괴기영화에서 공포가 극도에 달하는 것은 앙상한 손에 의해 관 뚜껑이 삐걱거리며 열리는 순간이다. 죽음과 이를 상기히는 모든 특성은 공포영화의 중심 소재가 된다.

　뱀파이어의 시점에서 쓰였거나 뱀파이어의 직접적인 증언이 실린 현대 소설의 경우, 저자는 죽는다는 경험이 인간에게 어떻게 느껴질지를 그려내고자 한다. 레스터 델 레이의 1939년작 「불의 십자가」에서, 화자인 뱀파이어가 자신이 죽었음을 깨닫는 것은 신체적인 느낌 때문이 아니라 자신을 보는 마을 주민들의 이상한 행동 때문이다. "저들은 왜 나를 두려워하는 걸까? 이 할머니는 왜 내가 지나가자 울면서 아이들을 집 안으로 들여보내는 걸까? 왜 내가 지나가는 길마다 다들 불을 끄고, 거리가 사막처럼 적막해지는 것일까?"(델 레이, 1992, 233쪽) 레이 브래드버리의 「불기둥^{Pillar of Fire}」(1948)에서 주인공 랜트리는 숨을 쉴 수 없다는 점 때문에 자신이 죽었음을 알게 된다. "그는 숨을 쉬려고 했다. 되지 않았다. 그는 땅 위를 걸었고, 땅속에서 나왔지만, 죽어 있었다."(브래드버리, 1968, 172쪽) 랜트리는 자신의 신체는 작동을 멈추었지만 살아 있는 존재와 똑같이 돌아다닐 수는 있다는 사실을 알게 된다. "울고 싶었지만, 눈물 또한 나오지 않았다. 그가 아는 것이라곤 자신이 서 있다는 것뿐이었다. 하지만 죽었으니 걸을 수도 없어야 할 텐데!"(같은 책). 피터 톤킨의 『에드윈 언더힐의 일기^{The Journal of Edwin Underhill}』(1981)의 주인공 역시 같은 놀라움을 겪는다. 자살 시도 후 정신을 차린 그는 처음에는 자신이 아직도 살아 있다고 생각하지만, 차차 몸의 이상한 감각을 깨닫는다. "가슴 위에 얹힌 팔의 무게가 느껴지지 않았다. 손가락으로 더듬어 보니 조끼에 닿기는 했는데, 마치 얇은 장갑을 끼고 만지는 것 같았다. 수많은 신경 말단에서 힘차게 뛰던 심장 맥박이 더이상 느껴지지 않았다. 내 목과 콧구멍을 스치는 공기의 흐름도 느껴지지 않았다."(톤킨, 1983, 111쪽) 『뱀파이어와의 인터뷰』에서 루이는 죽는 순간의 느낌을 최대한 정확히 설명하려 애쓴다. "내 몸에서 인간의 피는 모두 뽑혀나갔어. 나는 인간으로서는 죽어가고 있었지만, 뱀파이어로서는 완벽하게 살아 있었지. 새로이 깨어난 감각들로 나는 내 육체의 죽음을 목격해야만 했어."(라이스, 1976, 33쪽) 보다 최근작인 앨런 길브리스의 『갈레노스

Galen』(1997)에서는 자신의 몸에 무슨 일이 벌어지는지 완전히 자각하는 가운데 브렌다의 육체가 분해되는 과정이 지극히 면밀하게 묘사된다. "이제 그녀의 가슴과 배가 찢어졌다. 몇 분 지나자 그녀의 몸 전체는 내부의 압력으로 인해 머리부터 발끝까지 너덜너덜 찢긴 꼴이 되었다. 피부가 조각조각 벗겨지기 시작해, 몸에 붙은 축축한 생살이 그대로 드러났다."(길브리스, 1997, 110쪽). 저자는 임상적 죽음 이후 브레다의 육체가 재구성되는 과정에 대해서도 지나치리만치 세세한 묘사를 펼친다. 뱀파이어에게 죽음은 종말이 아니라 다른 형태의 삶으로 향하는 단순한 이행일 뿐이다. 카를 하로퍼, 랜트리, 피터 언더힐이 느낀 죽음 이후의 삶의 특징은 신체적 감각이 사라졌다는 것이다. 마치 신체기관이 보고, 듣고, 생각하고, 움직이는 능력을 제외한 기능을 모조리 상실한 것처럼 말이다. 반대로 앤 라이스에게 죽음 이후의 삶은 시각, 후각, 청각 감각이 날카롭게 살아나는 새로운 삶이다. 루이는 사후의 삶에서의 첫 순간이 진정한 마법과도 같았다고 말한다. "색채와 형태를 지각하는 능력을 그때서야 겨우 얻은 듯한 기분이었어."(라이스, 1976, 32쪽).

　죽음이 언제나 비극적이거나 서정적으로 묘사되지만은 않는다. 특히 앵글로색슨 국가의 문학과 영화에서 죽음은 감칠맛 나는 블랙 코미디의 주제가 되기도 한다. 단연 탁월한 영화인 폴란스키의 〈박쥐성의 무도회〉는 이 방면의 진수를 보여 준다. 죽음을 무겁지 않게 다루고자 하는 일부 뱀파이어 이야기에는 이따금 우스꽝스러운 상황이 등장하기도 한다. 레이 브래드버리의 「홈커밍」에서 뱀파이어 아이들이 관에 누워 얌전히 잠자는 장면이나, 리처드 매드슨의 「장례식The Funeral」(1955)에서 뱀파이어를 입관하는 과정이 떠들썩한 축

　　　　　뱀파이어의 매혹

제로 그려지는 장면이 그렇다.

 정신분석은 뱀파이어를 어떻게 보는가?

뱀파이어가 매혹적인 것은 우리 존재에 동기를 부여하는 두 가지 기초적 본능, 삶충동과 죽음충동의 교차점에 위치하고 있기 때문이다. 삶충동은 쾌락 원칙을 기반으로 하며 생명을 보존하고자 하는 본능이다. 죽음충동은, 프로이트가 『쾌락 원칙을 넘어서』에서 설명하는 바에 따르면, "자극으로 인한 내적 긴장을 줄이고, 일정한 상태를 유지하고, 제거하려는 경향"(프로이트, 1980, 10쪽)이다. 삶충동의 만족은 갑작스런 긴장의 이완으로 특징지어지는데, 정신분석학자들은 그 결과 찾아오는 황홀한 상태를 '작은 죽음'이라는 의미심장한 명칭으로 부른다. 이 의식을 벗어난 상태는 브라만의 열반 상태와 가깝다. 뱀파이어의 흡혈 행위는 여기에 완벽하게 해당하는 상징적 예라 할 수 있다. 오르넬라 볼타가 저서 『뱀파이어 Le Vampire』의 서문에서 말했듯 "사실 뱀파이어는 무엇보다도 에로틱한 창조물이다. 매혹당한 '희생자'는 파트너에 의해 희열 상태에 빠져 그를 저항할 수 없는 괴물로 보며, 그가 가하는 공격을 언제나 즐긴다."(볼타, 1962, 9쪽) 「피는 생명이니」, 『당신이 잠든 사이 부드럽게』, 『뱀파이어와의 인터뷰』 등 수많은 뱀파이어 이야기에서 희생자가 일종의 관능적인 마비 상태에 빠져 의식적으로건 그렇지 않건 죽음을 열망하는 것은 바로 이런 이유에서다(질문 46 참조). 점차 피가 빠져나간다는 것은 희생자에게 물질과 본능의 세계를 떠나 모든 불안과 긴장을 없애는 완전한 행복에 도달할 수 있는 방법인 것이다.

한편 뱀파이어 쪽에서는 희생자에게 성적 욕망과 비슷한 소유욕을 느끼는데, 여기에는 공격과 파괴 충동이 동반된다. 그러므로 뱀파이어의 흡혈 행위는 어느 정도로는 사랑의 욕망에 내재된 사디즘적 부분을 상징한다고 할 수 있다. 해블록 엘리스가『성의 심리학 Psychology of Sex』(1933)에서 강조하듯, "일반적으로 사디즘은 감정의 대상에게 육체적 혹은 정신적 고통을 가하고자 하는 충동과 연결된 성적인 감정으로 정의"되기 때문이다(엘리스, 1961, 172쪽). 프로이트는 "리비도의 구강기 단계에서는 사랑하는 대상의 소유가 대상에 대한 파괴와 일치한다. 이후에 가학적 성향은 독립적으로 분리되며, 최종적으로 엄밀한 의미의 성기기에 이르러 생식 행위가 사랑의 주된 목적이 되면, 가학적 성향은 개인을 충동하여 성적 대상을 점령하고 성행위의 완수가 가능하도록 대상을 지배하도록 한다."(프로이트, 1980, 68쪽)고 설명한다.

희생자가 동의하는 한, 흡혈 행위는 사디즘과 마조히즘이 밀접히 연관된 사랑의 관계와 유사하다. 해블록 엘리스의 지적처럼 정상적인 인간의 성적 본능에 사디즘과 마조히즘적 부분이 있다 해도, 흡혈 행위는 그와 달리 정상적 성생활로부터의 탈선을 의미한다. 흡혈 행위의 사도마도히즘적 충동은 명백히 병리적인 차원에 속하는데, 정상적인 성적 관계와는 달리 둘 중 하나의 죽음으로 이어지기 때문이다. 어니스트 존스는『악몽에 관하여On the Nightmare』(1931)에서 뱀파이어 신화가 억압된 성적 욕망, 성행위에 대한 불안, 혹은 어린 시절의 근친상간적 욕망과 연관된 죄책감 등의 매우 다양한

　　　　　　　　　　　　　　　　뱀파이어의 매혹

감정으로 인해 촉발된 병적 환상에서 기원했다고 주장했다. "정신 분석은 이 무의식적 죄책감의 근원이 발달 과정에서 완전히 극복되지 못한 유년기의 근친상간적 욕망이라는 사실을 명확히 밝혔다."(존스, 1978, 313쪽) 강박적 성격을 띨 경우, 이런 감정은 특정 개인이 살인을 저지르도록 몰고 갈 수 있다. 살인을 행위에 옮기는 주체는 일반적으로 자신의 근원적인 동기를 의식하지 못한 채, 자신의 억제로 인해 달성하지 못한 성적 만족을 타인의 고통에서 얻는다. 시어도어 스터전의 『당신의 피 약간』이 이런 사례에 해당하는 이야기이다. 주인공인 미국 군인 조지 스미스는 상관을 공격했다가 두 명의 군 소속 정신과 의사에게 진찰을 받는다. 상담 과정에서 조지는 두 건의 살인을 고백한다. 한 번은 노인, 한 번은 어린아이였고, 살인을 저지르며 그는 희생자의 피를 마셨다. 이 '뱀파이어'는 분명 살아 있는 시체가 아니라 피에 광적인 집착을 보이는 우울증에 걸린 사이코패스다. 두 의사는 피에 대한 이런 열광이 한편으로는 아버지에 대한 증오, 다른 한편으로는 그가 어릴 때 죽은 어머니에 대한 죄책감과 연관되어 있음을 알게 된다. 그에게 피는 어머니의 모유와 결부되었고, 모유는 그에게 생생한 만족을 안겨 주었다. 그러나 그는 자신이 느낀 이 쾌감이 어머니를 고갈시켜 죽게 했다고 여겼다. 정상적인 성생활을 할 수 없었던 조지가 자신의 이상한 충동을 만족시키는 방법은 여자친구 안나의 생리혈을 빨아먹는 것뿐이었다. 노인을 살해함으로써 조지는 상징적으로 증오하던 아버지를 죽였고, 아이를 죽임으로써 과거 자신의 모습이었던, 어머니의 죽음을 초래한 장본인인 기생충 같은 아이를 죽인 것이다.

영화와 문학에서 뱀파이어가 난폭하고 공격적인 인물로 그려질

경우, 이는 대부분 거세하는 아버지라는 상징적 이미지를 나타낸
다. 미국의 정신의학자와 정신분석학자 들은 스토커가 『드라큘라』
를 집필한 이유를 궁금하게 여겼다. 스토커의 전기를 연구한 결과,
학자들은 어린 시절의 브램이 잦은 병치레로 학업을 자주 중단하던
허약한 소년이었으며, 그를 애지중지한 어머니로부터 다정한 보살
핌을 받았음을 확인했다. 반면 그는 아버지를 두려워했는데, 아버
지는 매우 엄격하고 권위적이며 아들들에게 엄한 규율을 강요하는
인물이었다. 브램이 23세 때 아버지는 그가 젊은 여배우들과 관계
를 갖는다고 꾸짖은 적이 있었다. 일부 정신분석가에 따르면 드라
큘라는 이 무서운 아버지를 표상하며, 소설의 결말에서 죽음에 처
한다. 맥길리브레이 교수의 『드라큘라: 브램 스토커의 망한 걸작
_{Dracula : Bram Stoker's Spoiled Masterpiece}』(1952)에 따르면, 『드라큘라』의 중심
테마는 부친 살해이며, 이를 뒷받침하는 증거는 단지 드라큘라가
제거된다는 것만이 아니다. 아서 홈우드의 아버지나 조너선 하커
의 고용주처럼 아버지의 이미지를 상징하는 많은 부차적 인물들이
죽는다. 드라큘라가 그 창조자의 눈에 자기 친아버지의 상징적 이
미지로 비쳤다는 생각은 매력적이지만, 맥길리브레이는 반 헬싱에
대해서는 언급하지 않는다. 반 헬싱 역시 아버지 같은 인물이지만
의지할 수 있는 사람이며, 그의 이름 에이브러햄은 스토커의 아버
지 이름이다. 한편 조지프 비어먼 박사는 「드라큘라: 지속되는 유
년기 질병과 구강기의 3대 특성_{Dracula : Prolonged Childhood Illness and the Oral Triad}」
(1972)이라는 논문에서 『드라큘라』의 진정한 테마는 형제 살해라
고 단언한다. 비어먼에 따르면, 이 소설에는 어린아이였던 스토커
가 형제들을 향해 느낀 무의식적인 죽음의 욕망이 세 차례의 유아

 뱀파이어의 매혹

살해 형태로 나타난다. 이 '카인 콤플렉스'는 미치광이 렌필드와 카인의 아들 에녹의 비유, 그리고 미나 하커의 이마에 남은 불명예스러운 상처와 카인의 낙인이라는 비유를 통해 무의식적으로 표현된다. 다른 정신의학자 시모어 슈스터는 「드라큘라 그리고 어린이의 외과적 유발 트라우마Dracula and Surgically Induced trauma in Children」(1973)에서 드라큘라라는 인물은 스토커가 어릴 때 두려워했던 의사들을 상징한다고 주장한다. 뱀파이어의 무는 행위는 어린 브램이 무서워했던 피하 주사기를 무의식적으로 환기한다. 이를 뒷받침하기 위해 슈스터는 드라큘라라는 이름의 앞 두 글자 Dr이 닥터doctor의 약자와 일치한다는 점을 지적한다.

서로 대립하는 이 '설명'들을 통해 우리가 알 수 있는 것은, 소설을 통해 저자를 정신분석하려 드는 것은 무모한 짓이며 그런 분석 방식을 사용한다면 증명하지 못할 게 없다는 점이다. 어쨌든 이런 설명은 정신의학자와 정신분석학자들이 뱀파이어에 관심을 지녔다는 증거를 보여 준다는 점에서는 가치가 있다.

49 롤플레잉 게임은 뱀파이어에 대한 현대의 신화에 어떻게 기여했는가?

롤플레잉 게임은 1980년대와 1990년대 미국에서, 뒤이어 유럽에서 엄청난 인기를 누렸다. 롤플레잉 게임이 급속하게 성장한 것은 환상과 판타지의 세계관 속에서였다. 처음에, 즉 1960년대에는 전쟁 시뮬레이션 게임이 큰 유행이었다. 롤플레잉 게임의 원조는 1966년 게리 가이각스가 만든 〈체인 메일Chain Mail〉로, 톨킨의 『반지의 제왕』의 영향을 받은 것이다. 1974년에 나온 가장 오래된 롤플레잉 게임 〈던전 앤 드래곤Dungeons and Dragons〉은 역시 톨킨의 영향을 받았으며, 중세의 판타지 세계가 배경이다. 이 게임은 미국에서 큰 인기를 끌었고 프랑스에도 발매되었는데, 뒤이어 수많은 아류작이 생겼다.

뱀파이어는 이 분야에 신속하게 자리 잡았고, 1990년에 제작된 〈뱀파이어: 가장무도회Vampire: la Mascarade〉는 출시 즉시 대성공을 거두었다. 미국에서는 화이트 울프 사에 의해, 프랑스에서는 엑사고날 사에 의해 배포된 이 게임은 앤 라이스 소설의 영향을 받은 것으로, 카인의 후예인 뱀파이어들이 인간으로 가장하여 대도시 한복판에서 은밀하게 살아가고 있다는 설정이다. 가장무도회Mascarade라는 제목의 의미도 그것이다. 뱀파이어들은 비밀 단체를 결성하여 서로 뭉치는데, 가장 세력이 큰 두 단체는 각각 인간에게 발각되지 않도록 주의하는 '카마릴라'와, 뱀파이어가 인간보다 우월하다고 주장하며 공공연히 투쟁을 벌이는 '사바트'이다. 이들 단체에 속하지 않은 뱀파이어는 '아나크'이다. 뱀파이어 세계를 구성하는 이 세 세력은 다시 여러 일족으로 나뉜다. 카마릴라에는 브루하, 강그렐, 말카비안, 노스페라투, 토리도, 트리미어, 벤트루라는 일곱 개의 일족이 있다. 사바트에는 라좀브라와 샤미세라는 두 일족밖에 없으며, 아나크는 아사마이트, 지오바니, 라브노스, 세타이트의 네 일족으로 나뉜다. 카마릴라와 사바트는 서로 인정사정없는 전쟁을 벌이고 있고, 따라서 플레이어는 온갖 전략을 구사할 수 있다.

뱀파이어는 다른 롤플레잉 게임에도 등장한다. 〈레이븐로프트Ravenloft〉와 〈워해머Warhammer〉의 경우가 그렇다. 〈레이븐로프트〉는

   뱀파이어의 매혹

1983년 만들어진 중세의 판타지 세계관에 기반한 게임으로, 처음에는 〈던전 앤 드래곤〉의 배경 세계로 쓰이다가 1990년 완전히 독립했다. 1986년 제작된 〈워해머〉 역시 중세 판타지 롤플레잉이지만, 중세 말엽을 배경으로 하며 세계관이 훨씬 더 절망적이라는 점이 〈던전 앤 드래곤〉과의 차이다.

이 세 롤플레잉 게임에는 TV 시리즈의 경우가 그렇듯 여러 '파생 상품'이 딸려 나왔는데, 특히 게임의 세계관을 배경으로 한 많은 소설이 출판되었다. 〈레이븐로프트〉 시리즈에서는 스트라드 폰 자로비치 남작과 일자베트라는 두 뱀파이어 주인공이 눈에 띈다. 드라큘라가 모델인 스트라드 폰 자로비치 남작은 크리스티 골든의 『안개의 뱀파이어Vampire of the Mists』(1991)와 P. N. 엘로드의 『나, 스트라드: 뱀파이어의 회고록I. Strahd: The Memoirs of a Vampire』(1993), 『나, 스트라드: 아잘린과의 전쟁I. Strahd: The War against Azalin』(1998)에 나온다. 일레인 버그스트롬의 『피의 남작부인Baroness of Blood』(1995)의 여주인공인 일자베트는 바토리 백작부인을 그대로 본딴 인물이다. 〈워해머〉 시리즈에는 영국 작가 킴 뉴먼이 잭 요빌이라는 가명으로 집필한 세 편의 소설, 『드라헨펠스Drachenfels』(1989), 『주느비에브 언데드Genevieve Undead』(1993), 『실버 네일스Silver Nails』(2002)가 있으며, 주느비에브 디외도네라는 여자 뱀파이어가 주인공이다. 〈뱀파이어: 마스카라드〉 역시, 카마릴라 분파에 속하는 각 일족을 상세히 다룬 『클랜 노벨Clan Novel』(1999~2000) 시리즈와 다양한 3부작 등 수십 편에 달하는 소설을 탄생시켰다. 이들 소설은 모두 젊은 층에서 큰 인기를 거두었고, 독자들은 롤플레잉 게임을 통해 자기가 좋아하는 영웅과의 동일시를 직접 경험할 수 있었다. 즉 롤플레잉 게임이라는 현상은 현대의 뱀파이어 신화가 형성되는 데 있어 문학, 영화, TV 시리즈만큼이나 지대한 공헌을 했다.

라는 현상은 현대의 뱀파이어 신화가 형성되는 데 있어 문학, 영화, TV 시리즈만큼이나 지대한 공헌을 했다.

결론

뱀파이어에 대해 어떤 결론을 내릴 수 있을까?

"나는 유령을 믿지 않지만, 무섭기는 하다." 마담 뒤 데팡의 말이다. 이 문장은 우리의 동시대인들이 뱀파이어를 두고 하는 말이라볼 수도 있다. 여러 세기에 걸쳐 형성된 뱀파이어에 대한 믿음은 입에서 입을 통해 대대로 전승되었고, 세월이 흐르면서 점차 구체적으로 되었으며, 계몽주의 시대 초기에 서구 세계에 알려졌을 때에는 과학자, 의사, 철학자, 심지어 교회까지도 승리의 이성을 앞세워이를 비난했다. 낭만주의 시인들이, 이후에는 소설가들이 뱀파이어 전설을 소재로 취하지 않았다면, 뱀파이어는 어쩌면 완전히 잊혀 일부 민족학자, 사회학자, 인류학자만 관심을 갖는 대상이 되었을지 모른다. 그런데 21세기 초인 지금 뱀파이어는 도처에서 모습을 보인다. 문학, 영화, 텔레비전, 롤플레잉 게임, 심지어 광고에서까지 말이다. 뱀파이어는 현대 생활의 익숙한 일부가 되었고, 어린아이부터 중년에 이르기까지 모두가 그들을 안다. 아마 중부 유럽의 외딴 지방에 사는 일부 노인이나 오컬트 신봉자 정도를 제외하면 오늘날 뱀파이어의 존재를 믿는 이는 없지만, 그럼에도 뱀파이어는 여전히 매혹적이다. 분명 그 이유는 이 포식자들이 우리의 존재와 깊은 관련이 있는 상징들 즉 피, 생명, 사랑, 죽음 등의 한복판에 위치하기 때문일 것이다.

18세기와 19세기의 전환점에 문학 속에 등장한 이래, 뱀파이어는 확실히 여러 차례 변신을 겪었다. 낭만주의 시인들은 뱀파이어를 침울한 미남 유혹자나 팜 파탈의 모습으로 묘사했으며, 『드라큘라』의 출간 이후 빅토리아 시대 사람들에게 뱀파이어는 신과 인간의 적인 사악한 인물이 되었다. 영화는 1950년대 말까지 이런 이미지를 고착시켰고, 종종 뱀파이어를 노스페라투처럼 끔찍한 괴물로 그려냈다. 20세기 후반의 문학과 영화 속에서 뱀파이어는 점차 인간적인 모습을 갖게 되었고, 앤 라이스는 뱀파이어로 하여금 자유롭게 자기 이야기를 하도록 함으로써 돌이킬 수 없을 중대한 변화를 가져왔다. 초자연적인 아우라를 벗고, 일방적 비난에서 어느 정도 자유로워진 현대의 뱀파이어는 공동체적 상상력 속에서 사랑할 줄 알고 괴로워할 줄도 아는 감수성 예민한 존재로 자리를 굳혔으며, 독자와 관객은 거리낌 없이 뱀파이어에게 감정이입을 할 수 있게 되었다. 빅토리아 시대에 악마의 수하로 여겨지던 뱀파이어는 이제 영원히 젊고 불멸이며 복잡한 세상사에서 완전히 자유로운, 일종의 초인이 되었다. 21세기 들어 뱀파이어가 젊은 독자들의 선

　　　　　　　　　　　　뱀파이어의 매혹

망과 매혹의 대상이 된 것도 그리 놀라운 일이 아니다. 청소년 독자를 대상으로 한 『트와일라잇』4부작이 전 세계적으로 엄청난 성공을 거둔 것이 그 대표적인 예다. 젊고 잘생긴 뱀파이어가 인간 소녀와 사랑에 빠지고, 연인을 향한 사랑의 힘으로 본능의 가혹한 법칙을 억누른다는 점에서, 이는 신낭만주의라 할 수 있다. 이런 인물은 드라큘라와는 명백히 정반대이다.

뱀파이어가 상상 속에 영속해온 것은 환상문학 속의 다른 어떤 존재보다도 시대적 분위기의 변천에 더 잘 적응할 수 있기 때문이다. 수없이 이야기되고 되풀이되었음에도, 뱀파이어라는 인물은 모든 유행을 초월해 살아남았다. 오늘날 그렇듯, 뱀파이어는 앞으로도 오래도록 우리를 매혹시킬 것이다.

19세기

Anonyme, Varney the Vampire, or the Feast of Blood, Londres, Edward Lloyd, 1847(roman attribué successivement à Thomas Preskett Prest et à James Malcom Rymer).

BRADDON, Mary E., Good Lady Ducayne, dans Strand magazine, n° 11, février 1896.

CLADEL, Léon, Ompdrailles, le Tombeau des lutteurs, Paris, Cinqualbre, 1879.

DOYLE, Arthur Conan, The Parasite, Londres, Constable, 1891.

DUMAS, Alexandre, L'Île de Feu(1870), Bruxelles, Recto-Verso, 1991.

_________, Les Mille-et-un fantômes, Paris, Le Constitutionnel, 1894.

FÉVAL, Paul, Le Chevalier Ténèbre, dans Le Musée des familles, avril-mai 1860.

_________, La Vampire, dans Les Drames de la mort, 1862.

_________, La Ville-vampire, Paris, Éditions Dentu, 1875.

FIELD, John Osgood(sous le pseudonyme de XL), A Kiss of Judas, dans Pall Mall Magazine 1, n° 3, juillet 1893.

GAUTIER, Théophile, La Morte amoureuse(1836), dans Contes fantastiques, Paris, José Corti, 1962.

GILBERT, William, The Last Lords of Gardonal, dans Argosy, juillet-septembre, 1867.

GOGOL, Nikolaï, Vij(1835), dans Histoires de vampires, Paris, Robert Laffont, 1961.

JAMES, Henry, De Grey(De Grey : A Romance, 1868), dans Les Fantômes de la jalousie,

Paris, NeO, 1982.

________, Professor Fargo, dans The Galaxy, août 1874.

________, The Sacred Fount, New York, Charles Scribner's Sons, 1901.

LE FANU, Joseph Sheridan, Carmilla(1871), dans Vampire : Dracula et les siens, Paris, Omnibus, 1997.

MARRYAT, Florence, The Blood of the Vampire, Londres, Hutchinson, 1897.

NODIER, Charles, Lord Ruthwen et les vampires(1820), Marseille, Laffite, 1978.

POLIDORI, John William, Le Vampire(The Vampyre, 1819), dans Vampire : Dracula et les siens, Paris, Omnibus, 1997.

PONSON DU TERRAIL, Pierre-Alexis, La Baronne trépassée(1853), Verviers, Marabout, 1975.

________, La Femme immortelle(1869), Paris, Éditions de l'aube, 2006.

STOKER, Bram, Dracula(1897), Verviers, Marabout, 1993.

TOLSTOÏ, Alexeï, La Famille du Vourdalak(1846), dans Anthologie du fantastique, Paris, Le Club français du livre, 1958.

TOURGUENIEV, Ivan, Apparitions, 1864.

________, Clara Millitch, dans Le Messager de l'Europe, janvier 1883.

WELLS, Herbert George, L'Étrange Orchidée(The Strange Orchid, 1894), dans Histoires anglo-saxonnes de vampires, Paris, Librairie des Champs-Élysées, 1978.

20세기 전반부

BENSON, Edward Frederick, La Chambre dans la tour(The Room in the Tower, 1912), dans La Chambre dans la tour, Paris, Le Masque, 1978.

________, Mrs Amworth(1922), dans Vampires : Dracula et les siens, Paris, Omnibus, 1997.

________, Negotium Perambulans, dans Hutchinson's Magazine, novembre 1922.

BLACKWOOD, Algernon, The Transfer, dans Country Life, décembre 1912.

BLOCH, Robert, La Cape(The Cloak, 1939), dans Histoires anglo-saxonnes de vampires, Paris, Librairie des Champs-Élysées, 1978.

________, Croquemitaine viendra te chercher(The Bogey Man Will Get You, 1946), dans

Contes de terreur, Paris, Opta, 1974.

BRADBURY, Ray, Pillar of Fire (1948), dans The Midnight People, Londres, Leslie Frewin, 1968.

CAMPBELL Jr., John W., La Bête d'un autre monde (Who Goes There?, 1938), dans Le Ciel est mort, Paris, Denoël, 1955.

CAPES, Bernard, The Mask, dans The Fabulist, 1915.

CAPUANA, Luigi, Le Mari vampire (Il Vampiro, 1907), dans Histoires de vampires, Paris, Robert Laffont, 1963.

CAPOTE, Truman, Miriam, dans Mademoiselle, juin 1945.

DEL REY, Lester, Cross of Fire (1939), dans Weird Vampire Tales, New York, Gramercy Books 1992.

DERLETH, August, Nellie Foster, dans Weird Tales, juin 1933.

_________, The Satin Mask, dans Weird Tales, janvier 1936.

_________, Tourbillons de neige (The Drifting Snow, 1939), dans Histoires anglo-saxonnes de vampires, Paris, Librairie des Champs-Élysées, 1978.

DOYLE, Arthur Conan, Le Vampire du Sussex (The Adventure of the Sussex Vampire, 1924), dans Vampire Story, Paris, Fleuve Noir, 1994.

EWERS, Hanns Heinz, Vampir (1922), Lausanne, L'Âge d'homme, 1989.

FARRÈRE, Claude, La Maison des hommes vivants, Paris, Librairie des Annales, 1911.

HARVEY, W(illiam) F(ryer), 《Miss Avenal》(1928), dans Histoires anglo-saxonnes de vampires, Paris, Librairie des Champs-Élysées, 1978.

HERON-ALLEN, Edward, Another Squaw?, dans Some Women of the University, Londres, Stockwell, 1934.

_________, The Princess Daphne, Londres, Drane, 1888.

HYDER, Alan, Vampires Overhead, Londres, Philip Allan, 1935.

JAMES, Montague Rhodes, Le comte Magnus (Count Magnus, 1904), dans La Grande Anthologie du Fantastique, tome 3, Paris, Omnibus, 1997.

KELLER, D. H., La Guerre du Lierre (The Ivy War, 1930), dans Histoires anglo-saxonnes de vampires, Paris, Librairie des Champs-Élysées, 1978.

KUTTNER, Henry, Dans ma solitude (I, the Vampire, 1937), dans Trois Seigneurs de la nuit, n° 3, Paris, NeO, 1988.

LAWRENCE, David Herbert, La Jolie Dame (The Lovely Lady, 1928), dans Histoires anglo-saxonnes de vampires, Paris, Librairie des Champs-Élysées, 1978.

LEIBER, Fritz, La Fille aux yeux avides (The Girl with the Hungry Eyes, 1949), dans Fiction, n° 211, juillet 1971.

LE ROUGE, Gustave, Le Prisonnier de la planète Mars (1908), Paris, UGC, 1976.

________, La Guerre des vampires (1909), Paris, UGC, 1976.

LEROUX, Gaston, La Poupée sanglante, Paris, Taillandier, 1924.

MANNHEIM, Karl, Vampires of Venus, Manchester, Pamberton, 1950.

MOORE, Catherine Lucille, Julhi (1933), dans Shambleau, Paris, J'ai Lu, 1972.

________, Shambleau (1935), dans Shambleau, Paris, J'ai Lu, 1972.

MOSELLI, José, La Fin d'Illa (1925), Bruxelles, Grama, 1994.

OWEN, Thomas, Le Péril (1943), dans Vampire Story, Paris, Fleuve Noir, 1994.

QUINN, Seabury, The Silver Countess, dans Weird Tales, octobre 1929.

________, Mortmain, dans Weird Tales, janvier 1940.

RACHILDE, (Marguerite VALETTE), La Buveuse de sang, dans Contes et nouvelles, Paris, Mercure de France, 1900.

________, Le Grand Saigneur, Paris, Flammarion, 1922.

RAY, Jean (Raymond Jean-Marie de KREMER), Le Gardien du cimetière, dans Ciné, 1919.

________, Le Vampire aux yeux rouges (1935), dans Harry Dickson IV, Marabout, 1977.

ROSNY aîné, J.H. (J.H.H. BOËX), La Jeune Vampire, dans La Vampire de Bethnal Green, Paris, Éditions Albert, 1935.

ROUSSEAU, Victor, A Cry from Beyond, dans Strange Tales, septembre 1931.

ROWAN, Victor, Quatre pieux de bois (Four Wooden Stakes, 1925), dans Histoires anglo-saxonnes de vampires, Paris, Librairie des Champs-Élysées, 1978.

________, Le vampire qui chante (1936), dans Harry Dickson I, Marabout, 1965.

SMITH, Clark Ashton, L'Enchanteresse de Sylaire (The Enchantress from Sylaire, 1941), dans Histoires anglo-saxonnes de vampires, Paris, Librairie des Champs-Élysées,

1978.

___________, La Fin de l'histoire (The End of the Story, 1930), dans Histoires anglo-saxonnes de vampires, Paris, Librairie des Champs-Élysées, 1978.

STOKER, Bram, La Dame au linceul (The Lady of the Shroud, 1909), Babel/Actes Sud, 1993.

___________, L'Invité de Dracula (Dracula's Guest, 1914), dans Dracula, Verviers, Marabout, 1993.

STROBL, Karl Hans, Le Mausolée du Père-Lachaise (Das Grabmal auf dem Père-Lachaise, 1913), dans Trois Saigneurs de la nuit, n° 3, Paris, NeO, 1986.

STURGEON, Theodore, Le Professeur et l'ours en peluche (The Professor's Teddy Bear, 1948), dans Histoires d'horreur, Fiction spécial, n° 10, 1966.

VIDAL, Gore, A Search for the King, New York, Dutton, 1950.

VIERECK, George Sylvester, La Maison du vampire (The House of the Vampire, 1907), Dole, La Clef d'argent, 2003.

WELLMAN, Manly Wade, On ne raille pas le diable (The Devil is not Mocked, 1943), dans Trois Saigneurs de la nuit, n° 3, Paris, NeO, 1988.

___________, Pendant que luisait la lune (When it Was Moonlight, 1940), dans Trois Saigneurs de la nuit, Paris, NeO, 1986.

WHARTON, Edith, L'Ensorcelé (Bewitched, 1925), dans Vampires : Dracula et les siens, Paris, Omnibus, 1997.

WILKINS-FREEMAN, Mary, Luella Miller (1902), dans Vampires : Dracula et les siens, Paris, Omnibus, 1997.

20세기 후반부

AGAPIT, Marc, La Bouche d'ombre, Paris, Fleuve Noir, 1973.

___________, La Goule, Paris, Fleuve Noir, 1968.

AICKMAN, Robert, Extraits du journal d'une adolescente (Pages from A Young Girl's Journal, 1973), dans Fiction, n° 270, juin 1976.

ALDISS, Brian, Dracula Unbound, New York, Harper Collins, 1991.

ALLEN, Woody, Le Comte Dracula (Count Dracula, 1971), dans Pour en finir une bonne fois

 뱀파이어의 매혹

pour toutes avec la culture, Paris, Solar, 1973.

ANDAHAZI, Federico, La Villa des mystères(Las Padiosas, 1998), Paris, Éditions Métaillé, 2000.

BENACQUISTA, Tonino, Les Morsures de l'aube, Paris, Rivages, 1992.

BLOCH, Robert, The Scent of Vinegar(1994), dans Girl's Night Out, New York, Barnes & Noble, 1997.

BRADBURY, Ray, La Grande Réunion(Homecoming), dans Le Pays d'octobre, Paris, Denoël, 1957.

BRÈQUE, Daniel, La Grosse Dame, dans Territoires de l'Inquiétude, n° 4, Paris, Denoël, 1992.

BRITE, Poppy Z., Âmes perdues(Lost Souls, 1992), Paris, Albin Michel, 1996.

BROWN, Fredric, Du sang !(Blood, 1955), dans Histoires anglo-saxonnes de Vampires, Paris, Librairie des Champs-Élysées, 1968.

BURKE, John Fredrick, Dracula, Prince of Darkness, dans The Second Hammer Horror Film Omnibus, Londres, Pan Books, 1967.

CAMPBELL, Ramsey, Conversion, dans The Rivals of Dracula, Londres, Corgi, 1977.

CARLISLE, Robin, Blood and Roses, New York, Hillman, 1960.

CHARNAS, Susy McKee, Un vampire ordinaire(The Vampire Tapestry, 1980), Paris, Robert Laffont, 1982.

CHETWYND-HAYES, Ronald, Dracula's Children, Londres, William Kimber, 1987.

_______, The House of Dracula, Londres, William Kimber, 1987.

_______, The Labyrinth, dans The Elemental, Londres, Fontana, 1974.

_______, The Monster Club, Londres, New English Library, 1975.

COMPÈRE, Gaston, Le Cercueil Z 14, dans Trois Saigneurs de la nuit, Paris, NéO, 1986.

_______, In Dracula Memoriam, Bruxelles, Le Cri édition, 1998.

CRAWFORD, F. Marion, Car le sang est la vie(For the Blood is the Life, 1905), dans Les Cent ans de Dracula, Paris, Librio, 1997.

DA COSTA, Lima, Sun of Dracula, dans Famous Monsters, juin 1961.

DADEY, Debbie, JONES, Marcia Thornton, Dracula Doesn't Drink Lemonade, New York,

Scholastic, 1995.

DANIELS, Les, Le Vampire de la Sainte Inquisition(The Black Castle, 1978), Paris, J'ai Lu,
1992. Autres romans, The Silver Skull(1979), Citizen Vampire(1979), Yellow Fog(1986),
No Blood Spilled(1991).

DANIELS, Philip, The Dracula Murders, Londres, Robert Hale, 1983.

DICK, Philip K., La Dame aux biscuits(The Cookie Lady, 1953), dans Histoires préférées du
maître ès crimes, Paris, Presses Pocket, 1981.

DOZOIS, Gardner, DANN, Jack, Plus morts que morts-vivants(Down among the Dead Men,
1982), dans Trois Saigneurs de la nuit, n° 2, Paris, NéO, 1986.

DRAKE, David, Il fallait faire quelque chose(Something Had to Be Done, 1975), dans Trois
Saigneurs de la nuit, n° 2, Paris, NeO, 1986.

ELLISON, Harlan, Essaie donc un couteau émoussé(Try a Dull Knife, 1968), dans Territoires
de l'inquiétude, n° 4, Paris, Denoël, 1992.

ELROD, P.N., Moi Strahd. Journal d'un vampire(I, Strahd. The Memoirs of a Vampire,
1993), Paris, Fleuve Noir, 1997.

__________, II, Strahd. The War against Azalin, Renton, TSR, 1998.

FAIVRE D'ARCIER, Jeanne, Rouge flamenco. Biographie d'un vampire, Levallois-Perret,
Éditions Manya, 1993.

FARRACHI, Armand, Un amour de Dracula, Paris, Barrault, 1987.

FINNEY, Jack, L'Invasion des profanateurs(Invasion of the Body Snatchers, 1955), Paris,
Denoël, 1977.

FORD, John M., The Dragon Waiting, New York, Simon & Shuster 1983.

GARDNER, Craig Shaw, The Lost Buys, New York, Berkley, 1987.

GILBREATH, Alan, Galen, Memphis, Ronin Enterprises, 1997.

GOLDEN, Christie, Vampire des Brumes(Vampire of the Mists, 1991), Paris, Fleuve Noir,
1994.

GOLDEN, Christopher, Des saints et des ombres(Of Saints and Shadows, 1994), Paris,
Presses Pocket, 1995.

GOULART, Ron, Série Vampirella: Bloodstalk(1975), On Alien Wings(1975),

 뱀파이어의 매혹

Deadwalk(1976), Blood Wedding, (1976), Deathgame(1976), Snakegod(1976).

GRIPARI, Pierre, Le Vampire de la place Rouge, dans Pedigree du Vampire, Lausanne, L'Âge d'homme, 1977.

HAMILTON, Laurell K., Série Anita Blake : Guilty Pleasures(1993), The Laughing Corpse(1994) ; Circus of the Damned(1995), The Lunatic Café(1996), Bloody Bones(1996), The Killing Dance(1997), Burnt Offerings(1998), Blue Moon(1999), Obsidian Buttterfly(2000).

HAWKE, Simon, The Dracula Caper, New York, Ace Books, 1988.

HÉBERT, Anne, Héloïse, Paris, Éditions du Seuil, 1980.

HERBERT, James, 48(1997), Paris, Presses de la Cité, 1999.

HOLLAND, Tom, Deliver Us from Evil, Londres, Little, Brown & Co, 1997.

________, La Malédiction des pharaons(The Sleeper in the Sand, 1998), Paris, Presses de la Cité, 1999.

HOWARD, Richard, Dies Irae, dans The Vampire Bedside Companion, Londres, Leslie Frewin, 1975.

HUTSON, Shaun, Érèbe ou les verts pâturages(Erebus, 1984), Paris, Fleuve Noir, 1986.

JOHNSTONE, Richard A., Mr. Alucard(1964), dans Nouvelles Histoires d'outre-monde, Paris, Casterman, 1967.

KAST, Pierre, Les Vampires de l'Alfama, Paris, Olivier Durban, 1975.

KING, Stephen, Salem(Salem's Lot, 1975), Paris, Jean-Claude Lattès, 2005.

________, L'Oiseau de nuit(The Night Flier, 1988) dans 13 histoires diaboliques, Paris, Albin Michel, 2000.

KLAUSE, Annette Curtis, La Solitude du buveur de sang(Silver Kiss, 1990), Paris, Pocket, 1994.

KLOTZ, Claude, Paris Vampire, Paris, Jean-Claude Lattès, 1974.

KNIGHT, Amarantha, The Darker Passions : Dracula, New York, Masquerade, 1993.

KOONTZ, Dean, L'Interrogatoire(The Interrogation, 1987), dans Ténèbres, n° 10, juin-août 2000.

LAWS, Stephen, Gideon(1993), Paris, Presses de la Cité, 1994.

LEE, Tanith, The Janfia Tree, dans Blood is Not Enough, New York, William Morrow, 1989.

__________, Sabella, ou la pierre de sang(Sabella, or The Blood Stone, 1982), Paris, Opta, 1992.

__________, Volkhavaar, Londres, Hamlyn, 1977.

LIMAT, Maurice, Moi, vampire, Paris, Fleuve Noir, 1966.

LITTLE, Bentley, The Summoning, New York, Zebra, 1993.

LORY, Robert, Dracula Returns, New York, Pinnacle Books, 1973. Autres romans : The Hand of Dracula(1973), Dracula's Brothers(1973), Dracula's Gold(1973), The Drums of Dracula(1974), The Witching of Dracula(1974), Dracula's Lost World(1974), Dracula's Disciple(1975), Challenge to Dracula(1975).

LUMLEY, Brian, Necroscope(1986), Bruxelles, Claude Lefrancq, 1997.

MACDONALD, Philip, Le Vampire(Murders Gone Mad, 1931), Paris, Minerve, 1987.

MARASCO, Robert, Notre vénérée chérie(Burnt Offerings, 1973), Paris, NeO, 1986.

MARK, Tony, L'Autre Dracula, Paris, Éditions Blanche, 1997.

MASTERTON, Graham, Bridal Suite, dans New Terrors 1, Londres, Pan Books, 1980.

MATHESON, Richard, Bois mon sang(Drink My Red Blood, 1951), dans Trois Saigneurs de la nuit, Paris, NeO, 1986.

__________, Je suis une légende(I Am Legend, 1954), Paris, Denoël, 1987.

__________, Funérailles(The Funeral, 1955), dans Fiction, n° 27, février 1956.

MATHESON, Richard Christian, Vampire(1986), dans Territoires de l'inquiétude, n° 4, Paris, Denoël, 1992.

MONETTE, Paul, Nosferatu, New York, Avon, 1979.

MONTELEONE, Thomas, Lyrica, (1987), Paris, J'ai Lu, 1992.

MOORCOCK, Michael, Stormbringer, New York, Daw Books, 1977.

MORALES, Adelaida Garcia, La Logique du vampire(La Lógica del vampiro, 1989), Paris, Denoël, 1991.

MUNO, Jean, La Voix du sang, dans Histoires singulières, Bruxelles, Jacques Antoine, 1979.

MURDOCH, Iris, An Accidental Man, Londres, Chatto & Windus, 1963.

 뱀파이어의 매혹

MUSCHG, Adolf, La Lumière et la clef(Das Licht und der Schlüssel, 1984), Paris, Gallimard, 1986.

NEIDERMAN, Andrew, Love Child, New York, Tor Books, 1986.

NESVABDA, Joseph, Vampires Ltd.(1964), dans Vampire Stories, Micharel O'Mara, 1992.

NEWMAN, Kim, Anno Dracula(1992), Paris, J'ai Lu, 1999. Autres romans: Le Baron rouge sang(The Bloody Red Baron, 1998), Le Jugement des larmes(Judgment of Tears, 1998).

OWEN, Dean, The Brides of Dracula, Derby, Monarch, 1960.

PAGE, Gerald, The Tree, dans Magazine of Horror, août 1965.

PELOSATO, Alain, Ruines, Pantin, Naturellement, 1999.

PERUCHO, Joan, Les Històries naturals, Barcelone, Ediciones Destino, 1960.

POWERS, Tim, Le Poids de son regard(The Stress of Her Regard, 1989), Paris, J'ai Lu, 1994.

PTACEK, Kathryn, In Silence Sealed, New York, Tom Doherty, 1985.

RAVEN, Simon, Doctors Wear Scarlet, Londres, Anthony Blond, 1960.

RAYJEAN, M.A.(Jean LOMBARD), La Bête du néant, Paris, Fleuve Noir-Angoisse, 1970.

REEVES-STEVENS, Garfi eld, Contrat sur un vampire(Bloodshift, 1981), Paris, Pocket, 1993.

RENARD, Christine, La Mante au fil des jours, Verviers, André Gérard-Marabout, 1977

RICE, Anne, Entretien avec un vampire(Interview with the Vampire, 1976), Paris, Jean-Claude Lattès, 1978. Autres romans: Lestat le vampire(The Vampire Lestat, 1988), La Reine des damnés(The Queen of the Damned, 1990), Armand le vampire(The Vampire Armand, 1998), Pandora(1998), Vittorio the Vampire(1999), Merrick(2000).

RICE, Doug, Blood of Mugwump, Illinois State University, 1996.

ROMERO, George et SPARROW, Susan, Martin, New York, Stein & Day, 1977.

ROSE, Jeanne, Nuits magnétiques(Goodnight My Love, 1996), Paris, Harlequin, 1997.

RUDDY, John, The Bargain, New York, Knightsbridge, 1990.

RUDORFF, Raymond, Les Archives des Dracula(The Dracula Archives, 1971), Paris, Denoël, 1971.

RUELLAN, André, On a tiré sur le cercueil, Paris, Denoël, 1997.

RUSSELL, Eric Frank, Guerre aux invisibles (Sinister Barrier, 1939), Paris, Hachette/Gallimard, 1952.

RYAN, Shawn, Nocturnas, New York, Pocket, 1995.

SABERHAGEN, Fred, Les Confessions de Dracula (The Dracula Tape, 1975), Paris, Pocket, 1995. Autres romans : Le Dossier Holmes-Dracula (The Holmes, Dracula File, 1978), Un vieil ami de la famille (An Old Friend of the Family, 1979), Un amour de Dracula (Thorn, 1980), Dracula et les spirites (Seance for a Vampire, 1994), A Sharpness in the Neck (1996).

SAXON, Peter, Les Vampires du Finistère (The Vampires of Finistère, 1970), Paris, Galliéra, 1973.

SEIGNOLLE, Claude, Le Chupador, Paris, Éditions pédagogiques modernes, 1960.

_______, Pauvre Sonia, dans La Nuit des Halles, Paris, Maison neuve, 1965.

SIMMONS, Dan, L'Échiquier du mal (Carrion Comfort, 1989), Paris, Denoël, 1992.

_______, Les Fils des ténèbres (Children of the Night, 1992), Paris, Albin Michel, 1994.

SMITH, Clark Ahton, Morthylla (1953), dans La Grande Anthologie du fantastique, tome 3, Paris, Omnibus, 1997.

SMITH, Evelyn E., La Jeune Fille et le vampire (Softly While You're Sleeping, 1961), dans Fiction, n° 112, 1963.

SMITH, Martin Cruz, Le Vol noir (Nightwing, 1977), Paris, Presses de la Cité, 1978.

SOMTOW, S.P., Vampire Junction (1984), Paris, J'ai Lu, 1993.

STABLEFORD, Brian, The Empire of Fear, Londres, Simon & Shuster, 1988.

STEAKLEY, John, Vampires (Vampire$, 1990), Paris, Pocket, 1998.

STEINER, Kurt (André RUELLAN), Syncope blanche, Paris, Fleuve Noir, 1958.

ST GEORGE, Margaret, Peur sur les ondes (Love Bites, 1995), Paris, Harlequin, 1988.

STRAUB, Peter, Ghost Story (1979), Paris, Seghers, 1979.

STRIEBER, Whitley, Les Prédateurs (The Hunger, 1981), Paris, J'ai Lu, 1983.

STURGEON, Theodore, Un peu de ton sang (Some of Your Blood, 1961), Paris, Éditions Télémaque, 2008.

SWANWICK, Michael, Le Baiser du masque (In the Drift, 1985), Paris, Denoël, 1988.

SYMONS, Julian, The Players and the Game, Londres, Collins, 1972.

TENNANT, Emma, The Bad Sister, New York, Coward, McCann & Gohegan, 1978.

TONKIN, Peter, Le Journal d'Edwin Underhill (The Journal of Edwin Underhill, 1981), Paris, Seghers, 1983.

TREMAYNE, Peter, The Revenge of Dracula, Londres, Bailey Bros. & Swinfen, 1978. Autres romans : Dracula Unborn (1980), Dracula, My Love (1980).

WILLIAMSON, Chet, To Feel Another's Woe, dans Blood is Not Enough, New York, William Morrow, 1989.

WILLIAMSON, J.N., Vladimir's Conversion, dans Celebrity Vampires, New York, Daw Books, 1995.

WILSON, Colin, Les Parasites de l'esprit (The Mind Parasites, 1960), Paris, NeO, 1980.

__________, Les Vampires de l'espace (The Space Vampires, 1986), Paris, Albin Michel, 1978.

WILSON, David Niall, This is My Blood, Black River, Terminal Fright Press, 1999.

WILSON, F. Paul, La Forteresse noire (The Keep, 1981), Paris, Presses Pocket, 1993.

WRIGHT, T. Lucien, Thirst of the Vampire, New York, Pinnacle Books, 1992.

YARBRO, Chelsea Quinn, Le Comte de Saint-Germain (Hotel Transylvania, 1978), Éditions Arda, 1998. Autres romans : The Palace (1978), A Flame in Byzantium (1987), Crusader's Torch (1988) et In the Face of Death (2004).

YEOVIL, Jack (Kim NEWMAN), Série Warhammer : Beasts in Velvet (1994), Drachenfels (1993), Genevieve Undead (1993).

ZELAZNY, Roger, Le Maître des ombres (Jack of Shadows, 1972), Paris, Pocket, 1978

21세기

BOUSQUET, Charlotte, Lettres aux ténèbres, Auch, Le Calepin jaune, 2008.

CHINTESCO, Manou, Les Compagnons d'Hela, Aix-en-Provence, Nestiveqnen, 2004.

CLARK, Simon, Vampyrrhic, Londres, New English Library, 1998.

DEDMAN, Stephen, Shadows Bite, New York, Tor Books, 2001.

HAMILTON, Laurell K., Série Anita Blake (suite) : Narcissus in Chains (2001), Cerulean Sins (2002), Incubus Dreams (2004), Micah (2006), Danse Macabre (2007), The

Harlequin(2007), Blood Noir(2008).

HARRIS Charlaine, Série Southern Vampires : Dead until Dark(2001), Living Dead in
    Dallas(2002), Club Dead(2003), Dead to the World(2004), Dead as a Doornail(2005),
    Definitely Dead(2006), All Together Dead(2007), From Dead to Worse(2008).

LEDESMA, Francisco González, La Ville intemporelle, ou le vampire de Barcelone(La Ciudad
    sin tiempo, 2007), Nantes, L'Atalante, 2008.

LINDQVIST, John Alvide, Let the Right One Come in(Låt den Rätte Komma in, 2004),
    Londres, Quercus, 2007.

LOUKANIENKO, Sergueï, Night Watch, les Sentinelles de la nuit(Ночной Дозор, 1998),
    Paris, Albin Michel, 2006. Autres romans : Day Watch(Дневной Дозор, 2000),
    Twilight Watch(Сумеречный Дозор, 2004), Final Watch(Последний Дозор,
    2007).

MASTERTON, Graham, Descendant, New York, Leisure Books, 2006.

______, Manitou Blood, New York, Leisure Books, 2005.

MEYER, Stephenie, Fascination(Twilight, 2005), Paris, Hachette, 2005. Autres romans :
    Tentation(New Moon, 2006), Hésitation, (Éclipse, 2007), Révélation(Breaking Dawn,
    2007).

PAULY, Françoise-Sylvie, L'Invitée de Dracula, Paris, Denoël, 2001.

VARGAS, Fred, Un lieu incertain, Éditions Viviane Hamy, 2008.

À la recherche de Dracula (In Search of Dracula -Pa jack efter Dracula), documentaire de
Calvin Floyd (Suède/États-Unis), 1971, avec la participation de Christopher Lee.

Addiction (The) d'Abel Ferrara (États-Unis), 1995, avec Christopher Walken, Lily Taylor et
Paul Calderon.

Ailes de la nuit (Les) (The Night Flier) de Mark Pavia (États-Unis), 1997, avec Miguel Ferrer.

Ataud del vampiro (El) de Fernando Mendez (Mexique), 1958, avec Germán Robles.

Aux frontières de l'aube (Near Dark) de Kathryn Bigelow (États-Unis), 1987, avec Jenny
Wright, Lance Heriksen, et Adrian Pasdan.

Baiser du vampire (Le) (Kiss of the Vampire) de Don Sharp (Grande-Bretagne), 1962, avec
Clifford Evans.

Bal des vampires (Le) (Dance of the Vampires -The Fearless Vampire Killers) de Roman
Polanski (États-Unis), 1967, avec Roman Polanski, Sharon State et Ferdy Mayne.

Blacula de William Crain (États-Unis), 1972, avec William Marshall et Vonetta McGee.

Blade de Stephen Norrington (États-Unis), 1998, avec Wesley Snipes, Stephen Dorff et Udo
Kier.

Buffy tueuse de vampires (Buffy the Vampire Killer) de Fran Ruben Kuzui (États-Unis), 1992,
avec Kristy Swanson, Donald Sutherland et Rutger Hauer.

Cauchemar de Dracula (Le) (Horror of Dracula) de Terence Fisher (Grande-Bretagne), 1958, avec Christopher Lee(Dracula), Peter Cushing, Carol Marsh et Michael Gough.

Charlots contre Dracula(Les) de Pierre Désagnat(France), 1980, avec les Charlots, Amélie
Prévost et Gérard Jugnot.

Chronos de Guillermo Navarro(Mexique), 1992, avec Frederico Luppi et Ron Perlman.

Cicatrices de Dracula(Les)(The Scars of Dracula) de Roy Ward Baker(Grande-Bretagne),
1970, avec Christopher Lee(Dracula), Jenny Hanley et Dennis Waterman.

Cirque des vampires(Le)(Vampire Circus), 1972, de Robert Young(Grande-Bretagne).

Coeur pétrifié : Carmilla(Le), téléfilm de Paul Planchon(France), 1988, avec Emmanuelle
Messignac(Carmilla), Aurelle Doazan et André Pomarat.

Count Dracula, téléfilm de Philip Saville(Grande-Bretagne), 1978, avec Louis
Jourdan(Dracula).

Countess Dracula de Peter Sasdy(Grande-Bretagne), 1970, avec Ingrid Pitt(la comtesse
Báthory).

Deux Nigauds contre Frankenstein(Abbot and Costello Meet Frankenstein) de Charles. T.
Barton(États-Unis), 1948, avec Bela Lugosi(Dracula) et Lon Chaney Jr.

Devil Bat(The) de Jean Yarbrough(États-Unis), 1940, avec Bela Lugosi et Suzanne Kaaren.

Devil is not Mocked(The), téléfilm de Gene Kearney(États-Unis), 1971, avec Francis
Lederer(Dracula) et Helmut Dantine.

Dracula de Tod Browning(États-Unis), 1930, avec Bela Lugosi(Dracula), Helen Chandler,
Edward Van Sloan et Dwight Frye.

Dracula de George Melford(États-Unis), 1930, avec Carlos Villarias(Dracula).

Dracula de John Badham(États-Unis), 1979, avec Frank Langella(Dracula), Laurence
Olivier et Donald Pleasence.

Dracula(Bram Stoker'Dracula) de Francis Ford Coppola(États-Unis), 1992, avec Gary
Oldman(Dracula), Anthony Hopkins, Wynona Ryder et Keanu Reeves.

Dracula 2001(Dracula 2000) de Patrick Lussier(États-Unis), 2000, avec Gerard
Butler(Dracula), Colleen Fitzpatrick et Christopher Plummer.

Dracula et les femmes(Dracula Has Risen from the Grave) de Freddie Francis(Grande-
Bretagne), 1968, avec Christopher Lee(Dracula), Veronica Carlson et Rupert Davis.

Dracula et ses femmes vampires(Dracula), téléfilm de Dan Curtis(États-Unis/Grande-
Bretagne), 1973, avec Jack Palance(Dracula), Simon Ward et Nigel Davenport.

Dracula mort et heureux de l'être(Dracula : Dead and Loving It) de Mel Brooks(États-Unis),
1995, avec Leslie Nielsen(Dracula), Mel Brooks et Stephen Weber.

Dracula. Pages tirées du journal d'une vierge(Dracula. Pages from a Virgin's Diary) de Guy
Maddin(Canada), 2002, avec Wei-Qiang Zang(Dracula).

Dracula, père et fils d'Édouard Molinaro(France), 1974, avec Christopher Lee(Dracula),
Bernard Menez et Marie-Hélène Breillat.

Dracula, prince des ténèbres(Dracula, Prince of Darkness) de Terence Fisher(Grande-
Bretagne), 1965, avec Christopher Lee(Dracula), Barbara Shelley et Andrew Keir.

Dracula 73(Dracula A.D. 72) d'Alan Gibson(Grande-Bretagne), 1972, avec Christopher
Lee(Dracula), Peter Cushing et Caroline Munro.

Dracula vit toujours á Londres(The Satanic Rites of Dracula) d'Alan Gibson(Grande-
Bretagne), 1973, avec Christopher Lee(Dracula), Peter Cushing et Joanna Lumley.

Drakula Istanbulda de Mehmet Muhtar(Turquie), 1953, avec Atif Kaptan.

Du sang pour Dracula(Andy Warhol's Dracula) de Paul Morrissey(Italie/France), 1973,
avec Udo Kier(Dracula), Vittorio de Sica et Roman Polanski.

Elegy for a Vampire, télèfilm de Don McDougall(États-Unis), 1972.

Embrasse-moi vampire(Vampire's Kiss) de Robert Bierman(États-Unis), 1989, avec
Nicholas Cage et Elizabeth Ashle.

Enfants de Salem(Les)(Return to Salem's Lot) de Larry Cohen(États-Unis), 1987, avec
Michael Moriarty(Barlow), Samuel Fuller et Andrew Duggan.

Entretien avec un vampire(Interview with the Vampire) de Neil Jordan(États-Unis), 1994,
avec Brad Pitt(Louis), Tom Cruise(Lestat), Antonio Banderas et Kirsten Dunst.

Et mourir de plaisir de Roger Vadim(France/Italie), 1960, avec Annette Vadim, Elsa
Martinelli et Mel Ferrer.

Fille de Dracula(La)(Dracula's Daughter) de Lambert Hillyer(États-Unis), 1936,
avec Gloria Holden, Edward Van Sloan et Otto Kruger.

Fils de Dracula(Le)(Son of Dracula) de Robert Siodmak(États-Unis), 1943, avec Lon

Chaney Jr.(comte Alucard).

Forteresse noire(La)(The Keep) de Michael Mann(États-Unis), 1984, avec Scott Glenn,
Alberta Watson et Michael Carter.

Fille de Dracula(La)(Dracula's Daughter) de Lambert Hillyer(États-Unis), 1936.

Funeral(The), téléfilm de John Mereyth Lucas(États-Unis), 1971, avec Werner Klemperer
et Joe Flynn.

Génération perdue(The Lost Boys) de Joel Schumacher(États-Unis), 1987, avec Kiefer
Sutherland.

Girl with the Hungry Eyes(The), téléfilm de John Badham(États-Unis), 1972, avec Joanna
Pettet, James Farantino et John Astin.

Gran Amor del Conde Drácula(El) de Javier Aguirre(Espagne), 1972, avec Paul
Naschy(Dracula), Haydee Politoff et Rossana Yani.

Innocent Blood de John Landis(États-Unis), 1992, avec Anne Parillaud et Robert Loggia.

Incense for the Damned de Robert Hartford-Davis(Grande-Bretagne), 1970, avec Peter
Cushing, Madeleine Hinde et Patrick Mower.

Je suis une légende(I Am Legend) de Francis Lawrence(États-Unis), 2007, avec Will Smith.

Last Man on Earth(The) de Sidney Salkow(Italie/États-Unis), 1964, avec Vincent Price.

Légende des ténèbres(La)(Daughter of Darkness), téléfilm de Stuart Gordon(États-Unis),
1990, avec Anthony Perkins et Mia Sara.

Leonor de Juan-Luis Bunuel(France/Espagne/Italie), 1974, avec Michel Piccoli, Liv
Ullmann et Ornella Mutti.

Lèvres rouges(Les) de Harry Kümel(France/Belgique/Allemagne), 1971, avec Delphine
Seyrig(la comtesse Báthory).

Life Force de Tobe Hooper(États-Unis), 1985, avec Mathilda May, Peter Firth et Frank
Finlay.

Londres la nuit(London after Midnight) de Tod Browning(États-Unis), 1927, avec Lon
Chaney.

Lust for a Vampire de Jimmy Sangster(Grande-Bretagne), 1970, avec Yutte Stengaard(Carmilla),
Ralph Bates et Mike Raven.

  뱀파이어의 매혹

Maison de Dracula(La)(House of Dracula) d'Erle C. Kenton(États-Unis), 1945, avec John
Carradine(Dracula), Lon Chaney Jr. et Lionel Atwill.

Maison de Frankenstein(La)(House of Frankenstein) d'Erle C. Kenton(États-Unis), 1944,
avec John Carradine(Dracula), Boris Karloff et Lon Chaney Jr.

Maîtresses de Dracula(Les)(The Brides of Dracula) de Terence Fisher(Grande-Bretagne),
1960, avec David Peel, Peter Cushing, Yvonne Montlaur et Martita Hunt.

Marque du vampire(La)(Mark of the Vampire) de Tod Browning(États-Unis), 1935, avec
Bela Lugosi, Lionel Barrymore et Carole Borland.

Martin de George Romero(États-Unis), 1978, avec John Ampala, Lincoln Maazel et George
Romero.

Messe pour Dracula(Une)(Taste the Blood of Dracula) de Peter Sasdy(Grande-Bretagne),
1970, avec Christopher Lee(Dracula), Linda Hayden et Ilsa Blair.

Masque du démon(Le)(La Maschera del demonio) de Mario Bava(Italie), 1960, avec
Barbara Steele et John Richardson.

Mon fils, le vampire(Mother Riley Meets the Vampire) de John Gilling(États-Unis), 1952,
avec Bela Lugosi(Dracula) et Kitty McShane.

Morse(Låt den Rätte Komma in-Let the Right One in) de Thomas Alfredson(Suède), 2008,
avec Lina Leandersson(Eli), Kare Hedebrant et Per Ragnar.

Morsures de l'Aube(Les) d'Antoine de Caunes(France), 2000, avec Guillaume Canet, Asia
Argento et Gérard Lanvin.

Nadja de Michael Almereyda(États-Unis), 1995, avec Peter Fonda(Dracula), Suzy Amis et
David Lynch.

Night Watch(Ночной Дозор) de Timour Bekmambetov(Russie), 2005.

Nosferatu, le vampire(Nosferatu, oder Eine Symphonie des Grauens) de Friedrich Wilhelm
Murnau(Allemagne), 1922, avec Max Shreck(Nosferatu).

Nosferatu, fantôme de la nuit(Nosferatu, Phantom der Nacht) de Werner
Herzog(Allemagne/France), 1979, avec Klaus Kinski(Nosferatu), Isabelle Adjani et
Bruno Ganz.

Nosferatu a Venezia de Augusto Caminito(Italie), 1988, avec Klaus Kinski(Nosferatu),

Donald Pleasence et Barbara de Rossi.

Novia ensangrentada(La) de Vincente Aranda(Espagne), 1972, avec Alexandra
Bastedo(Carmilla), Simon Andreu et Maribel Martin.

Nuits de Dracula(Les)(El Conde Dracula) de Jesus Franco(Allemagne/Italie/Espagne),
1970, avec Christopher Lee(Dracula), Herbert Lom et Klaus Kinski.

Ombre du vampire(L')(Shadow of the Vampire) d'E. Elias Merhige(États-Unis), 2000, avec
Willem Dafoe, John Malkovitch, Udo Kier et Catherine McCormak.

Plan 9 from Outer Space d'Edward D. Wood Jr.(États-Unis), 1959, avec Bela Lugosi,
Vampira et Gregory Walcott.

Prédateurs(Les)(The Hunger) de Tony Scott(États-Unis), 1983, avec Catherine
Deneuve(Miriam), David Bowie et Susan Sarandon.

Reine des damnés(La)(The Queen of the Damned) de Michael Rymer(États-Unis), 2002,
avec Aaliyah, Paul McGann et Vincent Perez.

Requiem pour un vampire de Jean Rollin(France), 1971, avec Marie-Pierre Castel, Mireille
Dargent et Philip Gaste.

Return of the Vampire(The) de Lew Landers(États-Unis), 1943, avec Bela Lugosi et Nina
Foch.

Rise de Sebastian Gutierrez(États-Unis), 2007, avec Lucy Liu, Michael Chicklis et James
D'Arcy.

Sagesse des Crocodiles(La)(The Wisdom of Crocodiles) de Po-Chih Leong(Grande-
Bretagne), 1998, avec Jude Law et Elina Lowensohn.

Sept vampires d'or(Les)(The Legend of the Seven Golden Vampires) de Roy Ward
Baker(Grande-Bretagne/Hong Kong), 1974, avec John Forbes Robinson(Dracula) et
Peter Cushing.

Sévices de Dracula(Les)(Twins of Evil) de John Hough(Grande-Bretagne), 1971, avec
Peter Cushing.

Survivant(Le)(The Omega Man) de Boris Sagal(États-Unis), 1971, avec Charlton Heston.

Temps sont durs pour Dracula(Les)(Vampira-Old Dracula) de Clive Donner(États-Unis),
1974, avec David Niven(Dracula) et Veronica Carlsen.

　　　　　　　　뱀파이어의 매혹

Temps sont durs pour les vampires (Les) (Tempi duri per i vampiri) de Pio Angeletti (Italie),
1959, avec Christopher Lee, Sylva Koscina et Renato Rascel.

Tendre Dracula ou les confessions d'un buveur de sang de Pierre Grünstein (France), 1974,
avec Peter Cushing (Dracula), Jean-Louis Trintignant et Bernard Menez.

Trente jours de nuit (Thirty Days of Night) de David Slade (États-Unis), 2007, avec Melissa
George et Josh Hartnett.

Twilight 1 de Catherine Hardwicke (États-Unis), 2008, avec Kristen Stewart et Robert
Pattison.

Underworld de Len Wiseman (États-Unis), 2003, avec Kate Beckinsale, Scott Speedman et
Sophia Miles.

Une Nuit en enfer (From Dusk till Dawn) de Robert Rodriguez (États-Unis), 1996, avec
George Clooney, Quentin Tarantino, Harvey Keitel et Salma Hayek.

Vamp de Richard Wenk (États-Unis), 1986, avec Grace Jones, Chris Makepeace Sandy et
Robert Husler.

Vampire Affair (The), téléfilm d'Alf Kjellin (États-Unis), 1965, avec Robert Vaughn, David
McCallum, Leo G. Carroll et Martin Landau.

Vampire de ces dames (Le) (Love at First Bite) de Stan Dragoti (États-Unis), 1979, avec
George Hamilton (Dracula) et Susan Saint James.

Vampire de Düsseldorf (Le) de Robert Hossein (France), 1965, avec Robert Hossein et
Marie-France Pisier.

Vampire Lovers (The) de Roy Ward Baker (Grande-Bretagne), 1970, avec Ingrid
Pitt (Carmilla), Dawn Addams et Peter Cushing.

Vampires de John Carpenter (États-Unis), 1998, avec James Woods, Daniel Baldwyn,
Sheryl Lee et Thomas Ian Griffith.

Vampires de Salem (Les) (Salem'Lot) de Tobe Hooper (États-Unis), 1979, avec Michael
Moriarty (Barlow), James Mason, David Soul et Lance Kerwin.

Vampires, vous avez dit vampires ? (Fright Night) de Tom Holland (États-Unis), 1985, avec
William Ragsale, Roddy McDowell et Chris Sarandon.

Vampiro (El) de Fernando Mendez (Mexique), 1959, avec German Robles.

Vampyr ou l'étrange aventure de David Gray de Carl Theodor Dreyer(France), 1932.

Van Helsing de Stephen Sommers(États-Unis), 2004, avec Hugh Jackman, Kate Beckinsale, Richard Roxburgh et Kevin O'Connor.

Vlad de Billy Zane(États-Unis), 2002, avec Francesco Quinn(Vlad), Billy Zane et Monica Davidescu.

고대 문헌

BOYER D'ARGENS, 137ᵉ lettre, dans Lettres juives, ou correspondance philosophique, historique et critique, La Haye, 1738.

CALMET, Dom Augustin, Dissertation sur les revenants en corps, les excommuniés, les oupires ou vampires, broucolaques, etc. (1751). Réédité par Jérôme Million, Grenoble, 1986.

DAVANZATI, Giuseppe, Dissertatione sopra i vampiri, Naples, 1744.

DESNOYERS, 《Les Stryges de Hongrie》, Le Mercure galant, mai 1693.

FLÜCKINGER, Visum et Repertum, 1732.

LAMBERTINI, Prospero (Benoît XIV), De servorum Dei beatificatione et de Beatorum canonizatione, Livre 4, Rome, 1749.

LAVATER, Louis, De spectris, lemuribus, magnis atque insolitis fragoribus, Genève, 1575.

RANFT, Michael, Dissertatio historico-critica de masticatione mortuorum in tumulis, Leipzig, 1725. Réédité par Jérôme Millon, Grenoble, 1995.

ROHR, Philip, Dissertatio historico-philosophica de masticatione mortuorum, Leipzig, 1679.

RZACZYNSKI, Naturgeschichte Polens. Historia Regni Poloniae, 1722.

SCHERTZ, Ferdinand, Magia posthuma, Olmütz, 1704.

STOCK, Johannes, Dissertatio physica de cadaveribus sanguisugis, Iéna, 1732.

VOLTAIRE, article 《Vampires》, dans Dictionnaire philosophique, édition de Kehl, 1784–1787.
   Reproduit dans Histoires de vampires de Vadim, Paris, Laffont, 1961.
ZOPF, Johann Heinrich, Dissertatio de vampyris serviensibus, Duisburg, 1733.

뱀파이어에 관한 저작(역사, 신화, 사회학, 정신분석학)

AMBELAIN, Robert, Le Vampirisme, Paris, Laffont, 1977.
ANDREESCO, Ioanna, Où sont passés les Vampires ?, Paris, Payot, 1997.
BARBER, Paul, Vampires, Burial and Death. Folklore and Reality, New Haven, Yale
   University Press, 1988.
BOURGOIN, Stéphane, Les Confessions du Vampire de Düsseldorf, Paris, Éditions Méréal,
   1999.
BOURRE, Jean-Paul, Le Culte du vampire aujourd'hui, Nice, Alain Lefeuvre, 1978.
______, Dracula et les vampires, Monaco, Éditions du Rocher, 1981.
BRASEY, Édouard, Traité de vampirologie par le docteur Abraham Van Helsing, Paris, Le Pré
   aux clercs, 2009.
BROWN, David E., Vampiro. The Vampire Bat in Fact and Fantasy, Silver City, New Mexico,
   1994.
CAZACU, Matei, L'Histoire du prince Dracula en Europe centrale et orientale (XV{e} siècle),
   Genève, Librairie Droz, 1988.
______, Dracula, Paris, Taillandier, 2004.
COURAU, Laurent, Vampyres. Quand la réalité dépasse la fiction, Paris, Flammarion, 2006.
CREMENE, Adrien, Mythologie du Vampire en Roumanie, Monaco, Éditions du Rocher,
   1981.
DELORME, Roger, Les Vampires humains, Paris, Albin Michel, 1979.
FAIVRE, Antoine, Les Vampires, Paris, Éric Losfeld, Le Terrain Vague, 1962.
FAIVRE, Antoine et MARIGNY, Jean (dir.), Les Vampires, Colloque de Cerisy, Paris, Albin
   Michel, 《Les Cahiers de l'Hermétisme》, 1994.
GERARD, Emily de Laszowska, 《Transylvanian Superstitions》, Nineteenth Century
   Magazine, juillet 1885.

_______, The Land beyond the Forest, Londres, Blackwood, 1888.

LECOUTEUX, Claude, Histoires de vampires, autopsie d'un mythe, Paris, Imago, 1999.

LOPEZ, Gérard, Le Vampirisme au quotidien. Réflexions sur Dracula et la psychologie des vampires, L'Atelier de l'Archer, 1999.

MABERRY, Jonathan, Vampire Universe, New York, Kensington, 2006.

MCNALLY, Raymond T. et FLORESCU, Radu, À la recherche de Dracula, Paris, Laffont, 1973.

MARIGNY, Jean, Sang pour sang. Le réveil des vampires, Paris, Gallimard, 《Découvertes》, 1993.

MARKALE, Jean, L'Énigme des vampires, Paris, Pygmalion, 《Bibliothèque de l'étrange》, 1991.

MASCETTI, Manuela Dunn, Le Livre des vampires, Paris, Solar, 1993.

MASTERS, Anthony, The Natural History of the Vampire, Londres, Hart-Davis, 1972.

MELTON, J. Gordon, The Vampire Book. The Encyclopedia of the Undead, Detroit, Visible Ink Press, 1999.

MILLER, Elizabeth, A Dracula Handbook, Xlibris, 2005.

NOLL, Richard, Vampires, Werewolves and Demons. Twentieth Century Reports in Psychiatric Literature, New York, Brunner/Mazel, 1993.

PENROSE, Valentine, La Comtesse sanglante, Paris, Mercure de France, 1962.

RIBADEAU-DUMAS, François, Á la recherche des vampires, Verviers, Marabout, 1976.

RONECKER, Jean-Paul, B.A.-BA Vampires, Puiseaux, Éditions Pardès, 1999.

SUMMERS, Montague, The Vampire, His Kith and Kin, Londres, Kegan Paul, Trench, Trubner & Co., 1928.

_______, The Vampire in Europe, Londres, Routledge & Kegan Paul, 1929.

UNDERWOOD, Peter(dir.), The Vampire's Bedside Companion, Londres, L. Frewin, 1975.

VILLENEUVE, Roland, Loups-garous et vampires, Paris, J'ai Lu 1970. Édition révisée et augmentée, Paris, Bordas, 1991.

VILLENEUVE, Roland, DEGAUDENZI, Jean-Louis, Le Musée des vampires, Paris, Henri Veyrier, 1976.

VIROUX, Pascal, La Voie du Dragon ou La révélation du vampire, Paris, Dervy, 2001.

VOLTA, Ornella, Le Vampire, Paris, Jean-Jacques Pauvert, 1962.

WILGOWICZ, Pérel, Le Vampirisme. De la Dame blanche au Golem, Meyzieu, Césura Lyon Édition, 1991.

문학과 영화 속 뱀파이어에 대한 저작

AUERBACH, Nina, Our Vampires, Ourselves, The University of Chicago Press, 1995.

BAK, John S.(éd.), Postmodern Dracula. From Victorian Themes to Postmodern Praxis, Newcastle, Cambridge Scholars Publishing, 2007.

BAZIN, Claire, CHAUVIN, Serge(dir.), Dracula. L'œuvre de B. Stoker et le film de F. F. Coppola, Nantes, Éditions du Temps, 2005.

BELLEMIN-NOËL, Plaisirs de vampires. Gautier, Gracq, Giono, Paris, PUF, 2001.

BILGER, Nathalie, Anomie vampirique, anémie sociale. Pour une sociologie du vampire au cinéma, Paris, L'armattan, 2002.

BOUVIER, Michel et LEUTRAT, Jean-Louis, Nosferatu, Paris, Gallimard, Les Cahiers du cinéma, 1981.

BYRON, Glennis(éd.), Dracula, New York, St. Martin' Press, 《New Casebooks》, 1999.

CARTER, Margaret L., Shadow of a Shade. A Survey of Vampirism in Literature, New York, Gordon Press, 1975.

________, The Vampire in Literature. A Critical Bibliography, Ann Arbor, University of Michigan Research Press, 1989.

DUPERRAY, Max, SIPIÉRE, Dominique, Dracula. Bram Stoker & Francis Ford Coppola, Paris, Armand Colin/CNED, 2005.

EIGHTEEN-BISANG, Robert, Dracula. An Annotated Bibliography, White Rock, Transylvania Press, 1994.

FARSON, Daniel, The Man Who Wrote Dracula, Londres, Michael Joseph, 1975.

FIÉROBE, Claude(dir.), Dracula. Mythe et métamorphoses, Villeneuve d'Ascq, Presses du Septentrion, 2005.

FINNÉ, Jacques, La Bibliographie de Dracula, Lausanne, L'Âge d'homme, 1986.

FROST, Daniel, The Monster with a Thousand Faces. Guises of the Vampire in Myth and
Literature, Bowling Green State University Popular Press, 1989.

GELDER, Len, Reading the Vampire, Londres, Routledge, 1994.

GOENS, Jean, Loups-garous, vampires et autres monstres. Enquêtes médicales et
littéraires, Paris, CNRS Éditions, 1993.

GRIVEL, Charles(dir.), Dracula. De la mort à la vie, L'Herne, n° 68, 1997.

HOLTE, James Craig(dir.), The Fantastic Vampire. Studies in the Children of the Night,
Newport, Greenwood Press, 2001.

JARROT, Sabine, Le Vampire dans la littérature du XIXᵉ au XXᵉ siècle, Paris, L'Harmattan,
2000.

JONES, Stephen, The Illustrated Vampire Movie Guide, Londres, Titan Books, 1993.

LEATHERDALE, Clive, Dracula. The Novel and the Legend, Wellinborough, The Aquarian
Press, 1985.

LUDLAM, Harry, A Biography of Dracula. The Life of Bram Stoker, Londres, W. Foulham &
Co., 1962.

MARIGNY, Jean, Le Vampire dans la littérature anglo-saxonne(2 vol.), Paris, Didier-
Érudition, 1985.

————, Le Vampire dans la littérature du XXᵉ siècle, Paris, Honoré Champion, 2003.

————, (dir.), Dracula, Paris, Autrement, 《Figures mythiques》, 1997.

MILLER, Elizabeth, Reflections on Dracula. Ten Essays, White Rock, Transylvania Press,
1997.

MONTACLAIR, Florent, Le Vampire dans la littérature et au théâtre. Du mythe oriental au
motif romantique, Besançon, Presses du Centre Unesco, 1998.

PAQUET-DEYRIS, Anne-Marie et MENEGALDO, Gilles, Dracula, Neuilly, Atlande, 2006.

POZZUOLI, Alain, Bram Stoker, prince des ténèbres. Biographie, Paris, Séguier, 1989.

————, Dracula (1897-1997). Guide du centenaire, Paris, Éditions Hermé, 1996.

————, Dracula. Le Lexique du vampire, Montpellier, Éditions de l'Oxymore, 2005.

PAYGNARD, Philippe, Dracula, Paris, DLM Éditions, 1995.

RAMSLAND, Katherine, A Biography of Anne Rice, New York, Dutton, 1991(Anne Rice, la reine des vampires, Bruxelles, Claude Lefrancq, 1997).

RONAY, Gabriel, The Dracula Myth, Londres, W. H. Allen, 1972.

ROTH, Phyllis, Bram Stoker, Boston, Twayne Publishers, 1982.

RUAUD, André-François et BALLESTER, Isabelle, Les Nombreuses Vies de Dracula, Lyon,
Les Moutons électriques, 《La bibliothèque rouge》, 2008.

SADOUL, Barbara(dir.), Visages du vampire, Paris, Dervy, 1999.

SILHOL, Léa(dir.), Vampires. Portraits d'une ombre, Montpellier, Éditions de l'Oxymore,
1999.

TWITCHELL, James, The Living Dead. A Study of the Vampire in Romantic Literature, Durham,
Duke University Press, 1981.

VALLS DE GOMIS, Estelle, Enquête autour d'un mythe, Turquant, Cheminements, 2005.

논문

AGUERRE, Jean-Claude, 《Résistance de la chair, destitution de l'âme》, dans Les Vampires,
Colloque de Cerisy, Paris, Albin Michel, 1993.

BENTLEY, C.F., 《The Monster in the Bedroom. Sexual Symbolism in Bram Stoker's
Dracula》, Literature and Psychology, n° 22, 1972.

BIERMAN, Joseph S., 《Dracula. Prolonged Childhood Illness and the Oral Triad》, American
Imago, n° 29, 1972.

COMANZO, Christian, 《Dracula ou le voyage ambigu》, Les Cahiers du CERLI, n° 8, mars
1984.

FAIVRE, Antoine, 《Du vampire villageois aux discours des clercs(Genèse d'un imaginaire à
l'aube des Lumières)》, dans Les Vampires, Colloque de Cerisy, Paris, Albin Michel,
1993.

FINNÉ, Jacques, 《De deux transformations narratives des récits de vampires des origines à
1985》, Les Cahiers du GERF, n° 2, 1992.

GARNIER, Gérard, 《Shambleau, ou Du bon usage des vampires》, Horizons du fantastique,
n° 26, 1974.

GATTEGNO, Jean, 《Folie, croyance et fantastique dans Dracula》, Littérature, n° 8, décembre

1972.

GIRARD, Gaïd, 《Les écrits de Laura. Analyse de Carmilla de J. S. Le Fanu》, Les Cahiers du
    CERLI, n° 20, 1990.

GRIGORE-MURESAN, Madalina, 《La femme vampire chez Mircea Eliade, Théophile Gautier
    et Joseph Sheridan Le Fanu》, Les Cahiers du GERF, n° 7, 2001.

LE CAM, Pierre-Yves, 《Kim Newman et ses vampires》, Les Cahiers du GERF, n° 7, 2001.

MCGILLIVRAY, Royce, 《Dracula. Bram Stoker's Spoiled Masterpiece》, Queen's Quarterly,
    n° 79, 1959.

MELTON, J. Gordon et EIGHTEEN-BISANG, Robert, 《Vampire Fiction for Children and
    Youth》, Transylvanian Journal, vol. 2, n° 1, 1996.

MILNER, Max, 《À quoi râvent les vampires ?》, Le Monstre, Revue des sciences humaines,
    tome LIX, n° 88, 1982.

PERRIN, Jean, 《La femme vampire dans la poésie romantique anglaise》, dans Les
    Vampires, Colloque de Cerisy, Paris, Albin Michel, 1993.

PONNAU, Gwenhaël, 《 "Pauvre Sonia" ou le don du sang》, Claude Seignolle, Otrante, n° 10,
    printemps 1998.

RUIZ, Luc, 《Ce qui doit être lu d'une histoire de vampires : I Am Legend de Richard Matheson》,
    dans Dramaxes. De la fiction policière, fantastique et d'aventures, ENS Éditions, 1995.

SANGSUE, Daniel, 《Nodier et le commerce des vampires》, Revue d'histoire littéraire de la
    France, n° 2, 1998.

SHUSTER, Seymour, 《Dracula and Surgically Induced Trauma in Children》, The British
    Journal of Medical Psychology, n° 46, 1973.

STANLEY, Odile, 《Dracula. Naissance d'un archétype》, Les Cahiers du CERLI, n° 2, janvier
    1981.

STEIN, Gérard, 《Dracula ou la circulation du "sans"》, Littérature, n° 8, décembre 1972.

WASSON, Richard, 《The Politics of Dracula》, English Literature in Transition, n°
    9, 1966.

기타

ANDREESCO, Ioanna et BACOU, Mihaela, Mourir à l'ombre des Carpathes, Paris, Payot, 1986.

ARIES, Philippe, L'Homme devant la mort, Paris, Éditions du Seuil, 1977.

BOURGOIN, Stéphane, Serial Killers, Paris, Grasset, 1993. Édition révisée et augmentée, Grasset 2003.

BOURSEILLER, Christophe, Les Forcenés du désir, Paris, Denoël, 2000.

COLLIN DE PLANCY, Jacques-Albin-Simon, Dictionnaire infernal(1825). Réédité par les éditions 10/18, 1999.

ELLIS, Havelock, Psychology of Sex, Londres, Heinemann, Medical Books, 1931. Réédité par Pan Books, Londres, 1961.

FREUD, Sigmund, 《Au-delà du principe du plaisir》(《Jenseits des Lustprinzips》, 1920), dans Essais de Psychanalyse, Paris, Payot, 1980.

JONES, Ernest, On the Nightmare, Londres, Methen, 1931(reproduit partiellement dans The Vampyre, Lord Ruthven to Count Dracula de Christopher Frayling, Londres, Gollancz, 1978.)

VON KRAFFT-EBING, Richard, Psychopathia Sexualis, Vienne, 1886.

뱀파이어의 매혹

뱀파이어학, 매혹적인 허구의 존재에 대한 성찰

어린 시절, 몇 번이고 되풀이해 읽으며 좋아했던 책 중 '꼬마 흡혈귀 시리즈'가 있다. 책 본문에서도 아동 뱀파이어 문학의 대표작으로 소개된, 독일 작가 앙겔라 좀머 보덴부르크의 꼬마 흡혈귀 시리즈는 뱀파이어물을 비롯한 각종 공포소설에 폭 빠진 소년 안톤이 근처 묘지에 사는 '진짜' 뱀파이어 꼬마 루디거와 알게 되며 일어나는 다양한 소동을 그리고 있다. 잠자리에 들라치면 한밤중 지하 묘지의 으스스한 정경이나 주인공 안톤이 루디거의 피에 굶주린 가족들에게 물릴 위험에 처하는 장면 등 오싹한 장면이 떠올라 쉽게 잠을 이루지 못하고, 그러게 뭐하러 무서운 책을 읽느냐는 엄마의 타박을 듣기도 했지만, 그 책에는 무서우면서도 쉽게 손을 뗄 수 없는 매력이 있었다. 책을 통해 처음 알게 된 뱀파이어라는 존재는 무서운 만큼 몹시 흥미로웠고, 책 속에서 주인공이 뱀파이어 망토를 빌려 입고 자기 방 창문을 통해 밤하늘로 날아올라 뱀파이어 친구들과 온갖 모험을 펼칠 때면 부러운 생각마저 들곤 했다. 위협적인 능력으로 인간을 해칠 수 있으며 인간의 피를 주식으로 삼는 존재, 그렇지만 햇빛이나 십자가, 마늘 등 별로 대단찮은 것에 의해 치명적인 상처를 입을 수 있기에 나약한, 그래서 이따금 연민을 자아내는 존재. 귀신이나 유령, 괴물 등 책과 이야기를 통해 알게 된 다른 무시무시한 존재들과 달리, 뱀파이어는 인간과 전혀 다르면서도 닮은 꼴인 존재였고, 이 '닮음'과 '다름'이라는 양면성이야말로 뱀파이어가 무엇보다도 더한 공포와 흥미를 자아내게 하는 특성이 아니었나 생각한다.

우리는 왜 뱀파이어에 매혹되는가? 언제나 원서가 출간된 시기보다 한 걸음 늦게 독자와 만나게 되는 것이 번역서의 운명이지만, 저자 장 마리니가 책 속 50가지 질문과 대답을 관통하는 화두로 삼고 있는 이 물음은 한국어로 이 책을 접하게 될 독자들에게도 아무런 시차 없이 그대로 받아들여질 수 있을 듯하다. 과거에 인기를 누리던 뱀파이어를 소재로 한 영화, 드라마, 소설, 만화 등이 대부분 외국 작품들이었던 데 반해, 최근 들어서는 한국 드라마나 소설, 만화, 웹툰에서도 뱀파이어가 주인공으로 등장하는 작품을 흔히 찾아볼 수 있다. 포털 사이트 검색창에 '뱀파이어'를 넣으면 '뱀파이어의 특징을 알려 주세요'나 '뱀파이어가 주인공인 소설을 쓰려고 해요'에서 심지어 '뱀파이어가 되는 방법을 알려 주세요'(!) 같은 질문까지 등장한다. 뱀파이어는 일종의 '캐릭터'로서 그야말로 전성기를 누리고 있는 것이다.

동유럽과 중유럽 전설 속에서 탄생한, 본래는 별다른 매력이나 놀라운 힘이라곤 없으며 무덤과 관의 불결하고 혐오스런 이미지만을 연상시켰던 '되살아난 시체' 뱀파이어는 어떤 과정을 거쳐 그토록 매혹적인 존재로 진화하게 되었을까? 이 책 속 50개의 질문과

　　　　　　　　　　　　　　뱀파이어의 매혹

대답은 바로 그러한 의문에 대한 체계적이고 종합적인 설명이라 할 수 있다. 저자 장 마리니는 그의 이름에 따라붙는 '뱀파이어학자vampirologue'라는 우리의 귀에는 조금 낯설게 들리는 수식어가 무색하지 않게, 넓고 깊은 지식과 놀라울 만큼 방대한 자료를 바탕으로 뱀파이어의 모든 것을 보여 준다.

전체 4부로 나누어진 책 내용을 간략하게 소개하자면, 우선 1부 「전설 속의 뱀파이어」에서는 뱀파이어라는 존재가 인간의 공동체적 상상계 속에 자리 잡게 된 기원과 동유럽 여러 국가의 전승 속에 남은 뱀파이어의 특성 및 그 퇴치법 등에 대한 문화적이고 역사적인 고찰을 하고 있다. 2부 「문학 속의 뱀파이어」에서는 뱀파이어가 등장하는 최초의 서사문학 폴리도리의 「뱀파이어」에서부터 브램 스토커의 걸작 『드라큘라』를 거쳐 비교적 최근의 베스트셀러 앤 라이스의 『뱀파이어와의 인터뷰』와 리처드 매드슨의 『나는 전설이다』에 이르기까지, 뱀파이어를 주제로 하는 다양한 장르의 문학작품들을 살펴본다. 환상문학이 아닌 다른 방면의 작품으로 더욱 유명한 작가들 중 뱀파이어라는 주제에 매력을 느낀 작가가 적지 않다는 사실, 그리고 SF와 판타지를 비롯해 언뜻 연관성을 생각하기 쉽지 않은 장르에서도 뱀파이어가 상당한 인기를 누렸다는 사실은 사뭇 흥미로우며, 뱀파이어를 좋아하는 독자라면 저자가 늘어놓는 많은 책 제목 중 이미 읽은 작품을 체크하거나 앞으로 읽어 볼 작품 목록을 작성하며 각별한 즐거움을 누릴 수 있을 것이다. 3부 「영화와 예술 속의 뱀파이어」에서는 영화, 미술, 게임, 만화 등 문학 이외의 다양한 예술 속에 등장하는 뱀파이어의 모습을 추적하고 있다. 흑백영화의 고전들에서 현대의 블록버스터와 만화에 이르기까지 그 목록은 아주 풍성하며, 혹시 모를 스포일러에 대한 걱정을 접어 두다면 저자의 간결하고 핵심을 찌르는 비평까지 함께 즐길 수 있다. 4부「뱀파이어에 대한 현대의 신화」에서는 세월의 흐름에 따라 뱀파이어의 이미지가 사회의 가치관 변화와 더불어 겪어 온 변천의 과정을 짚는다. 타자성, 악, 죽음, 에로티시즘 등 다양한 프리즘을 통해 본 뱀파이어의 이미지를 통해 독자는 뱀파이어가 단순히 전설 속 괴물이 아닌 인간의 가장 깊숙한 본능을 들춰 보여 주는 복잡한 존재임을 알게 될 것이다.

우리가 지닌 본능과의 이러한 깊은 연관성, 그리고 죽음과 삶이라는 정반대의 특질을 동시에 구현하고 있다는 역설이야말로, 뱀파이어가 소위 말하는 '순수문학'과 '장르문학'의 지형 구분선을 넘나들며 많은 창작자와 독자들을 매혹시킬 수 있던 비결이 아닐까. 뱀파이어의 탄생은 스토커의 기념비적인 작품『드라큘라』를 시작으로 본다면 100년, 동유럽의 전설들까지 거슬러 올라가면 400년노 더 된 과거의 일이며, 그 기본적인 특징은 크게 변하지 않았기에 어찌 보면 낡고 진부하다고도 할 수 있는 주제다. 그럼에도 뱀파이어는 고전적인 서사문학에서뿐 아니라 만화, 게임, 애니메이션 등 최신 예술 장르에서도 대단한 인기를 누리고 있다. 이는 시대의 변천과 기술의 발전으로 우리의 삶이 과거와 비교할 수 없을 정도로 달라졌음에도 불구하고 우리의 본능은 그리 크게 변하지 않았으며, 죽음과 삶, 영혼, 사랑 등의 주제는 시대와 장르를 불문하고 우리를 매혹시키는 소재임을 보여 주는 증거라 할 수 있다.

번역하는 동안, 저자의 방대한 지식과 주제에 대한 진지한 태도 덕분에 감탄과 일말의 원망을 동시에 느껴야 했다. 실제로 존재하

　　　　　　　　　　　　　　뱀파이어의 매혹

지 않는 뱀파이어라는 허구적 존재에 대한 접근이 어느 다른 주제 못지않게 사실적 자료들을 바탕으로 한 진지하고 성실한 연구가 될 수 있다는 점은 깊은 경탄을 불러일으켰다. 그뿐 아니라 인용된 다양하고 많은 작품들을 통해 뱀파이어를 단순한 학문적 고찰의 대상으로만 보는 게 아니라 정말 그 주제에 대해 깊은 흥미를 느끼고, 탁월한 비평가적 안목을 내보이고, 무엇보다도 작품 감상을 진심으로 즐기는 저자의 태도는 아주 인상적이었다. 가령 "뱀파이어 나오는 것 중에 뭐 재미있는 거 있어요?"라는 흔하고 가벼운 질문을 던진다 해도 저자는 열성적으로 대답해 줄 것이며, 기대를 배반하지 않는 훌륭한 추천 작품 목록을 추려 줄 듯하다.

한편, 유럽 각 언어 속 뱀파이어 명칭에 대한 문헌학적 연구나 중세 라틴어 연구서에 대한 언급 등은 번역을 각별히 힘들게 한 부분이었고, 언급된 문학 작품 중 다수가 원제가 아닌 불어 번역 제목으로 표기되었기에 이 책을 통해 인용된 작품을 찾아보고자 할 독자들을 위해 일일이 원제를 찾아 병기해야 했던 점도 기억에 남는다. 그럼에도, 개인적으로 뱀파이어라는 존재에 상당한 매력을 느끼며 공포소설을 즐겨 읽는 덕분에 작업은 상당히 즐거웠으며, 스토커의 『드라큘라』와 르 파누의 「카르밀라」 등 과거 읽었던 작품을 다시 꺼내 음미하며 읽어보는 기회가 되었음은 물론, 온라인 게임을 시작해 볼까 하는 뜻밖의 충동까지 뒤따랐다.

마지막으로, 환상문학에 대한 깊은 관심으로 이 책의 출간을 제안하신 충북대학교 불문과 고봉만 선생님과 더딘 작업을 질책하지 않고 격려와 조언을 주신 문학동네 인문팀의 고원효 편집장님, 꼼꼼한 안목으로 원고의 완성도를 높여 준 송지선 편집자님께 감사드

린다. 번역자와 편집자의 호흡이 잘 맞을 경우 고된 작업이 얼마나 수월해질 수 있으며 그 자체로 얼마나 큰 기쁨을 안겨 주는지 깨달을 수 있는 드문 경험이었다. 아무쪼록 이 책이 독자 여러분에게 뱀파이어에 대한 다른 독서와 다른 감상으로 이어지는 기회를 선사해 드릴 수 있기를 바란다.

2012년 3월

김희진

　　　　뱀파이어의 매혹

찾아보기

작품명

(숫자는 장별 질문 번호에 해당하며, 작품명 다음에 영화감독이나 작가 이름 또는 세부 갈래명을 넣었다. 자세한 사항은 앞의 관련 부록을 참조하길 바란다.)

지은이 **장 마리니**Jean Marigny

1939년 세르부르에서 태어났으며 1975년부터 1999년까지 프랑스 스탕달 대학(그르노블 제3대학)에서 교수로 재직했고 은퇴 이후에도 명예 교수로서 영미문학을 가르쳤다. 스탕달 대학 '환상문학 연구회'의 설립자이자 '드라큘라 트란실바니아 학회'의 캐나다 지부 멤버다. 그는 현재 뱀파이어 연구의 세계적인 권위자로 손꼽힌다. 『앵글로색슨 문학 속의 뱀파이어』(1985), 『피에는 피로: 뱀파이어의 부활』(1993), 『20세기 문학에서의 뱀파이어』(2003), 『뱀파이어: 전설에서 현대 신화까지』(2011) 등 뱀파이어에 관한 여러 권의 저서와 다수의 논문을 발표했으며, 드라큘라에 대한 '피귀르 미티크' 총서의 책임 편집을 맡았다.

옮긴이 **김희진**

성균관대학교에서 불어불문학과 영어영문학을 전공했다. 현재 동 대학원에서 번역 이론을 공부하며, 출판·기획·번역 네트워크 '사이에'의 위원으로 활동하고 있다. 옮긴 책으로는 슬라보예 지젝의 『폭력이란 무엇인가』(공역), 『실재의 사막에 오신 것을 환영합니다』(공역)를 비롯하여 『프리다 칼로』, 『칸: 침묵과 빛의 건축가 루이스 칸』, 『스캣!』, 『티베트』, 『초속 5000킬로미터』, 『엘제 양』, 『미국의 대통령들』, 『체르노빌』 등이 있다.

뱀파이어의 매혹

초판 1쇄 인쇄 2012년 4월 20일
초판 1쇄 발행 2012년 4월 30일

지은이 장 마리니 | 옮긴이 김희진
펴낸이 강병선
기획 고원효 | 책임편집 송지선 | 편집 고원효 김영옥
디자인 장원석 | 저작권 김미정 한문숙 박혜연
마케팅 신정민 서유경 정소영 강병주 | 온라인 마케팅 이상혁 장선아
제작 안정숙 서동관 김애진 | 제작처 영신사(인쇄) 신안제책사(제본)

펴낸곳 (주)문학동네
출판등록 1993년 10월 22일 제406-2003-000045호
주소 413-756 경기도 파주시 문발동 파주출판도시 513-8
전자우편 editor@munhak.com | 대표전화 031)955-8888 | 팩스 031)955-8855
문의전화 031)955-8890(마케팅), 031)955-2686(편집)
문학동네 카페 http://cafe.naver.com/mhdn

ISBN 978-89-546-1799-4 03800

* 이 도서의 국립중앙도서관 출판시도서목록(CIP)은 e-CIP홈페이지
  (http://www.nl.go.kr/ecip)와 국가자료공동목록시스템(http://www.nl.go.kr/kolisnet)에
  서 이용하실 수 있습니다.(CIP 제어번호 : CIP2012001804)

www.munhak.com